KB077292

황장엽을 암살하라

황장엽을 암살하라 1
정건섭 장편소설

초판 인쇄 | 2010년 05월 25일
초판 발행 | 2010년 05월 31일

지은이 | 정건섭
펴낸이 | 신현운
펴는곳 | **연인M&B**
디자인 | 이희정
기   획 | 여인화
등   록 | 2000년 3월 7일 제2-3037호
주   소 | 143-874 서울특별시 광진구 자양동 680-25호(2층)
전   화 | (02)455-3987 팩스 | (02)3437-5975
홈주소 | www.yeoninmb.co.kr
이메일 | yeonin7@hanmail.net

값 12,000원

ⓒ 정건섭 2010 Printed in Korea

ISBN 978-89-6253-060-5 04810
ISBN 978-89-6253-059-9 04810(전2권)

정건섭 장편소설

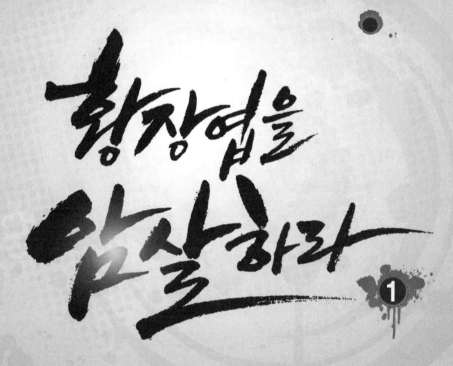

황장엽을 암살하라

①

이미 시작된

8년 전 ﹀ 황장엽 암살음모 사건!

이 소설은 북한 권력자들이 남한으로 귀순한 황장엽 씨를 암살하기 위한
전문 요원의 파견과 이를 저지하려는 한국 측 요원들의 피 나는 암투를 그린 것이다.
그러나 본래의 목적은 탈북자들의 피눈물 나는 고통과 북한의 실정과 현실을
있는 그대로 고발하는 데 있다.

연인M&B

황장엽을 암살하라

전략적 암살

'우지끈!'

쌓인 눈의 힘을 견디지 못하고 둔탁한 소리를 내며 나뭇가지 하나가 부러졌다. 영하 20도를 오르내리는 혹한이 벌써 열흘째 계속되고 있다. 그는 일흔네 살의 노구를 천천히 일으켜 세워 창가로 걸어갔다. 천지가 얼어붙은 눈으로 덮여 있었다.

"몹쓸 사람."

누군가를 원망하며 부러진 나뭇가지를 바라보았다.

'제 힘을 견디지 못하면 부러지는 법이지.'

그는 잔뜩 짓누르고 있는 회색빛 하늘을 바라보며 중얼거렸다. 금세 또 폭설이 쏟아질 기세였다. 남조선으로 도망쳐버린 황장엽, 굶주림에 쓰러지거나 두만강을 건너 중국으로 도망치는 탈북자들, 막대한 자금을 투자하여 비밀리에 추진 중인 ICBM(대륙간 핵미사일), 불야성을 이루는 평양 귀족들의 파티들…… 어지러운 상념들이 그의 머리를 휘젓고 다녔다.

'씽―'

매서운 바람이 또 창을 때린다. 평양 동북부 150Km지점, 울창한 숲으로 둘러싸인 넓은 공터에 통나무로 지은 별장 한 채가 서 있고, 그는 이곳으로 이주되어 벌써 한 달째 감금생활을 하고 있다. 다섯 명의 사병들이 감시하고 있지만 그들이 없다고 해도 그는 도망칠 방법도, 장소도 없다. 당과 군 수뇌부에 전략무기 개발 감축과, 감축에 따른 절약 비용으로 곡물을 수입하자는 호소문을 발송한 뒤 이곳에 강제로 감금된 것이었다.

소위, 혁명 1세대 사회주의 복지국가 건설을 꿈꾸며 러시아 공산당에 입당, 김일성과 함께 평생을 사회주의 혁명으로 보낸 인물이다. 북한에서는 황장엽에 버금가는 사회주의 이론가로도 꼽히고 있다. 하지만 그의 야심에 찬 설계는 마치 가볍기 짝이 없는 눈송이에 소나무 가지가 부러지듯 그렇게 허망하게 무너지고 말았다.

소련의 경제파탄이 불러온 고르바초프의 페레스트로이카정책, 붕괴되는 소련과 함께 무너진 동구권 사회주의 국가들, 북조선으로 몰아친 재정파탄. 결국, 사회주의는 구조적 모순과 비효율적 제도로 완전히 붕괴되고 말았다. 그는 남조선과 북조선이 동시에 군축을 결의하여 식량문제를 비롯한 사회안정에 총력을 기울여야 하며 닫힌 체제의 문을 열어야 인민들이 살 수 있다고 역설했다.

국민이 없는 사회주의란 허구에 지나지 않는다는 것을 그는 누구보다도 잘 알고 있었다. 하지만, 국가권력을 장악하고 있는 군 수뇌부가 이를 수용할 이치가 없다.

약관 23세가 되던 1948년 3월 27일, 평양에서 개최된 제2차 북조선 노동당 전당대회에서 청년단장을 맡아 혁명대열에 참여했던 이 정치 거물도 무너져가는 사회주의 체제의 벼랑과 함께 감금이라는 치욕적인 종말을 맞게 되었다.

그의 눈에 눈물이 글썽거렸다. 그것은 눈물이 아니라 가슴을 찢는 '피'였다. 동족상잔의 피를 흘려 세운 북조선, 이제 그 국민들은 배고픔을 견디지 못해 목숨을 걸고 탈북을 자행하고 있다.

'이 모순을 어쩌자는 것인가.'

팔짱을 낀 채 창밖을 응시하던 그의 시선이 얼어붙은 듯 한 지점에 머물렀다. 콩알만하던 점이 점점 가까이 다가오고 있었다.

'팔, 팔, 팔……'

대형 군용헬기가 뚜렷이 보이기 시작했다.

늙은 혁명가는 마치 석고로 빚은 듯 우뚝 선 채 점점 더 가까이 다가오는 헬기를 바라보고 있었다. 군용헬기다.

적어도 1개 소대는 족히 수송할 수 있는 대형 헬기다. 헬기는 공터에 쌓인 눈을 휘몰아내며 착륙을 시도하고 있었다.

잠시 몸을 뒤흔들던 헬기는 마침내 눈밭에 무사히 착륙했고, 활짝 열린 문짝에서 계급장도 군부대 마크도 없는 20여 명의 병력이 쏟아져 나왔다.

손에는 각각 개인화기가 들려져 있는데, 그들은 헬기에서 내리자마자 경비병들을 향해 마구 총질을 해댔다. 무장도 하지 않은 경비병들은 교대병이라도 오는 줄 알고 손을 흔들며 환영하고 있었는데, 갑작스러운 총기 난사로 대응사격 한 번 해 보지 못하고 눈밭에 픽, 픽 쓰러졌다.

'탕— 타당— 타당.'

늙은 혁명가는 씁쓸한 미소를 지으며 몸을 돌렸다. 그리고 커다란 책상서랍에서 소련제 권총을 꺼내들었다. 6·25 남침 때부터 분신처럼 휴대하고 다니던 총이다.

그는 총구를 자신의 아랫배를 향해 겨누었다.

'쨍그렁!'

유리창 깨지는 소리와 함께 시커먼 총구 하나가 머리를 내밀었고, 늙은 혁명가는 늦을세라 힘껏 방아쇠를 당겼다.

'타당—'

한꺼번에 세 발의 탄환이 쏟아져 나와 그의 창자를 꿰뚫었다. 그는 총을 놓고 뒤로 나자빠졌다. 배에서 펌프질하듯 검붉은 피가 솟구쳤다.

무장 군인들이 우르르 몰려들었다.

"확인해!"

지휘자인 듯한 사내가 명령을 내렸지만 그것은 부질없는 일이다. 두 눈을 부릅뜬 채, 노구의 얼굴은 천장을 향하고 있었고, 숨은 이미 멈춰버린 뒤였다.

군인들은 다시 밖으로 몰려나가 눈밭에 쓰러진 다섯 구의 경비병 사체를 통나무 별장 안으로 끌어들였다.

지휘자는 책상 위의 노트와 메모지, 책들을 빈 박스에 채워넣었다.

"임무 끝!"

군인 하나가 부동자세로 거수경례를 하며 보고했다.

"청소해!"

명령은 단호하고도 단조롭게 내려졌다. 그리고 몸을 돌려 아직도 열심히 프로펠러를 돌리고 있는 헬기를 향해 뚜벅뚜벅 걸어갔다.

군인 하나가 앞질러 나가 헬기에서 휘발유통 하나를 꺼내들고 목조로 된 별장을 향해 뛰어갔다.

지휘자가 휘발유통을 든 부하에게 소리쳤다.

"끝까지 확인해!"

"네!"

그는 다시 달려갔다. 그리고 마치 짐짝처럼 쌓여져 있는 사체들 위에 휘발유를 끼얹었다. 다른 병사 하나가 중국제 플라스틱 라이터를 꺼내 불을 붙이며 팔을 내밀었다.

통나무로 급조된 별장. 아니, 사실상의 처형장소로 급조된 건물과, 노 혁명가와 경비병의 사체들이 순식간에 화염에 휩싸이기 시작했다.

지휘자는 헬기 앞에 서서 팔짱을 낀 채 꼼짝도 않고 치솟는 불길을 바라보았다. 그의 머릿속에는 아무것도 들어 있지 않다. 상대가 누구든 명령에 의하여 처형한 것이고 그는 훌륭히 임무를 완수했을 뿐이다.

저격에 앞서 스스로 목숨을 끊어버린 이 노인이 누군지 알지도 못한다. 알 필요도 없었다. 기계처럼 목적만 완수하면 되는 것이다. 그것이 그가 소속된 특수부대의 특별한 임무였다. 그렇게 훈련받았고 그렇게 실천했다.

스스로 목숨을 끊어버린 이 노인이 대단한 사회주의 이론가이며 북조선 사회주의 태동을 주도한 중요한 인물임을 알았다고 해도 별다른 변화는 없었을 것이다.

자결을 선택한 이 노 혁명가는 이제 한 줌의 재가 되어버렸고 화재가 난 자리는 군인들의 재빠른 솜씨로 흔적도 없이 사라져 버렸다.

장교급 지휘자는 부하들을 격려하며 다시 헬기의 몸체에 몸을 실었다.

"여우사냥 즐겁게 끝났음!"

짧은 암호가 특수부대 본부로 타전되었고, 본부에서는 치하의 인사 한마디 없이 조속한 부대 복귀를 명령했다.

그들의 헬기는 눈 덮인 숲 위에서 한 점의 점으로 작아지더니 마침내 그 모습을 감추고 말았다. 타다만 목재와 흙과 눈으로 뒤덮인 불 탄 자리 위로 씽— 찬바람이 휘몰아쳤다.

노 혁명가의 일생은 그렇게 끝났다.

당 서열 40위권 내 십여 명이 고급 승용차에 몸을 싣고 묘향산을 향해 달리고 있었다. 심장마비로 급서한 혁명 1세대 마지막 요인의 장례식에 참석하러 가는 길이었다. 노 혁명가가 스스로 목숨을 끊은 3일 뒤의 일이다.

빨치산을 결성하여 첫 연설을 했던 바로 그 자리에 그 요인을 매장하기로 되어 있었다.

묘향산은 평안북도 향산군과 자강도 회천시, 평안남도 영원군과의 경계선에 자리잡고 있는 빼어난 절경의 산이다. 6 · 25 당시에는 빨치산을 훈련시킨 역사 깊은 산이다.

인민군 사령부는 노 혁명가가 심장마비로 급서했다고 발표했다. 하지만 최근 그의 행적으로 미루어 보아, 그가 피살당했을 것이라는 의견이 지배적이었다. 노 혁명가를 측근에서 오랫동안 보필했던 한 행정장교는 침통한 얼굴로 창밖을 응시하고 있었다.

'참 아까운 인물인데…….'

그는 통탄을 금할 수 없었다. 소련이 붕괴되기 오래전, 이 사내는 잠시 모스크바에 체류한 적이 있었는데, 소련이 아프가니스탄을 침공한 후였다. 이때, 노 혁명가는 '소련의 아프가니스탄 침공은 소련 붕괴의 전주곡이 될 것'이라며 우려의 말을 한 일이 있었다.

10년 가까운 아프가니스탄과의 전쟁에서 소련은 막대한 경제적 손실을 입었다. 급기야 1987년에서 1989년에 이르는 3년간에 걸쳐 소련은 기어이 군대를 철수하기에 이르렀다.

그것이 소련 붕괴의 서곡이었다. 노 혁명가의 예언은 한 치의 빈틈 없이 적중했다. 그때부터 노 혁명가를 비롯한 이들 몇몇은 사회주의를 표방하는 소련과 그 위성국가들의 붕괴를 조심스럽게 점치기 시작했고, 기어이 소련, 폴란드, 동독, 헝가리, 루마니아 등이 무너져갔다.

그런 혜안을 가진 노 혁명가가 북한에 대해 비관적 견해를 갖는 것은 너무나 당연한 일이었다. 그렇다고 그가 남한에 대한 경의를 표한 일도 없었다. 남한의 '햇볕정책'은 노 혁명가가 증오하는 김정일식 국가경영방식만 더욱 강하게 만들 것이고, 인민들은 여전히 헐벗고 굶주리게 될 것이 분명하기 때문이었다.

'정신나간 사람들이야. 전쟁을 피하겠다고 돈을 평양에 들어부어? 진통제 맞고 통증을 잠시 잊는 거나 마찬가지지.'

남조선은 왜 황장엽의 충고에 귀 기울이지 않는지 안타깝기만 했다. 굶는 인민들은 더욱더 두만강을 건너 중국으로 목숨을 건 죽음의 탈주를 시도할 것이며 당은 기를 쓰고 이를 저지하려 할 것이다. 이런 비극을 외면할 수 없어 남북한 신뢰를 원했고, 군축을 호소했던 것이다. 하지만 그는 더 이상의 진전을 보지 못한 채 삶을 마감하게 되었다.

장례는 엄숙하게 진행되었다. 군사령관 김정일을 대신한 추모사가 낭독되고 대리석으로 된 빈 관은 땅속 깊숙이 묻혀졌다. 조포弔砲 소리가 겨울 숲으로 은은히 번져갔고, 조객들은 그의 무덤에 꽃을 던져 주었다. 엄숙하고 침통하게 진행된 장례식 분위기는 더없이 무겁게만 느껴졌다. 김정일은 여론을 의식해 이렇게 노 혁명가에게 엄숙한 장례를 치러주었다.

장례가 끝나고 향산호텔로 자리를 옮겨 따뜻한 차로 언 몸을 녹였다. 하지만 차를 마시는 동안에도 누구 하나 선뜻 입을 여는 사람이 없었다.

북·남조선과의 충실한 휴전협정과 그 이행, 이에 따른 긴장상태 완화, 무기 감축, 조건 없는 쌍방 정상회담을 골자로 하는 노 혁명가의 호소문과 성명문을 받아들였던 사람들은 그 문장의 행간에 김정일의 세습과 독선적 노선에 노골적인 반감이 숨어 있다는 것을 눈치채고 있었다. 그래서 그들 모두는 이런 비극적 죽음의 순간이 노 혁명가에게 곧 닥쳐오리라고 예견했었다.

실제, 땅속에 묻어버린 대리석 관 속에 노 혁명가의 사체는 없다는 걸 알지만 그 말을 입 밖으로 꺼내지는 못했다.

외교관 출신의 한 요인은 진저리를 치며 엽차를 들이켰다. 일선에서 은퇴한 이 외교관은 소름 끼칠 만큼 푸른 겨울 하늘을 바라보고 있었다. 그리고 심장마비로 급서했다는 노 혁명가를 생각하고 있었다.

노 혁명가는 사회주의가 자본주의에 비해 모럴(도덕적) 면에서 한결 순수하다고 믿었다. 러시아의 부패한 귀족들을 단숨에 쓸어버린 레닌의 약속도 철저히 믿었다. 레닌은 이렇게 말했다.

"인류의 역사는 우리 시대에 와서 가장 위대하고 가장 어려운 전환을 맞이하고 있으며 이 전환에는 비길 바 없는 중요성이 있으며 또한 조금도 과장 없이 말해 세계의 해방을 가져다 줄 정도의 중요성이 있다. …… 즉, 이 환난은 고난, 고통, 기아와 야만으로부터 공산주의 사회, 전반적인 행복, 확고한 평화의 맑은 미래를 향한 것이다."

레닌의 결의는 그를 감동케 했고, 조국 조선의 지주와 지배계급을 쓸어버려 완전한 사회주의, 누구나 똑같이 사는 공산주의共産主義 국가를 건설코자 했다. 6·25전쟁으로 수없는 동족이 피를 흘리고 목숨을 잃었지만, 피를 흘리지 않고는 혁명을 쟁취하지는 못한다는 생각으로 큰 죄의식도 느끼지 않았다.

미국은 오직 장사꾼에 지나지 않으며 그들은 전쟁을 통하여 생산과 소비를 충족시키고, 축적된 자본을 향락산업에 재투자하는 저속한 민족이며, 자본주의는 타락한 이념이라는 생각을 분명히 했었다.

그러나 2002년 1월 현재, 야심차게 시작했던 레닌의 볼셰비즘은 무참히 붕괴되고, 러시아는 미국의 경제원조로 근근히 버텨가는 경제 3류 국가로 전락하고 말았다. 그 영향은 마침내 북조선에까지 미쳐 인민들은 굶어 죽거나 목숨을 걸고 탈북, 남하를 기도하고 있는 것이다.

성명서와 호소문을 발표한 지 채 열흘도 지나지 않아 노 혁명가는 사회주의의 완성도, 통일도 보지 못한 채 비참한 운명을 맛보아야만 했다. 자신의 당대에 이런 비극적 운명을 맞이하게 되리라고는 꿈도 꾸어 본 일이 없는 그였다.

'전쟁과 핵'을 볼모로 하여 남조선과 미국으로부터 식량과 달러를 구걸해 오기는 하지만 이런 치욕적인 구걸 행위로 언제까지 버텨갈 수 있는지도 의문이다.

장례에 참석했던 요인들은 참담한 마음으로 평양을 향해 출발했다. 다음날 신문과 TV는 간결하면서도 근엄한 장례식을 보도했다.

이들이 장례를 치르던 시간, 평양에 위치한 인민무력부 총참모부 사령관실의 회의실에서 몇몇 참모가 둘러앉아 담소를 나누고 있었다. 노 혁명가 사망 이후 문제를 토의하기 위한 회의 직전 시간이다. 군부 강경파인 이들은 김정일도 함부로 대하지 못하는 군 요직 인사들이다.

"뭐라고? 군축을 해서 식량을 사자고? 넋빠진 소리 아냐?"

"식량문제는 다급한 위기를 넘겼어. 또 이산가족 상봉 한두 번 해주고 남조선에 식량지원 요구하면 보내줄 테고…… 전쟁 날 것처럼 겁주면 언제든지 받아낼 수도 있어."

해군 장성 하나가 턱을 괸 채 한동안 김정일 사진을 들여다보았다. 그리고 혼잣말처럼 중얼거렸다.

"그나저나 꼭 한 번 멋진 복수를 해야 할 텐데……."

"복수라니."

"99년 서해 교전 말야."

"음……."

모두 쓸개 씹은 표정이었다.

"야! NLL(북방한계선:Northern Limit Line) 전투에서 남조선 애들에게 당한 거!"

"음. 자다가도 벌떡 벌떡 일어날 일이지. 한 번 꼭 멋지게 복수해야 하는데……."

서해안 NLL을 침범했다가 한국 해군에 의해 격침된 경비정을 머리에 떠올렸던 것이다.

"본때 한 번 보여주라고. 그리고 이참에 NLL 무효화에 대해 남조선을 압박하라고…… 틀림없이 거기(남한)서도 동조하는 발언이 나올 테니까."

이 해군 장성은 보복에 강한 자신감을 가지고 있었다.

남조선은 지금 무장해제 상태나 마찬가지인 셈이었다. 서해안에서 남조선은 이와 같이 4대 지침이 내려져 있기 때문이다.

1. 북방한계선(NLL)을 지켜라.

2. 먼저 발포하지 마라.

3. 상대가 발사하면 교전규칙을 준수해 격퇴하라.

4. 전쟁으로 확대되도록 하지 마라.

이 장성은 머릿속으로 그림을 그리고 있었다.

'먼저 쏘지 마라?…… 그럼 우리가 먼저 쏘아 격파시키면 그만이

지. 만약 반격을 해 오면 전쟁하자는 거냐며 으름장 놓으면 끝이야.'

언제든 반드시 멋진 보복을 감행할 결심을 굳힌 그였다.

"군의 사기는 하늘을 찌를 테고 남쪽에서 이러쿵저러쿵 말이 있겠지만 그거야 '우발적 사건으로 유감을 표한다.' 라면 더 이상 문제되지 않을 테고……."

이때 정치국 요원 하나가 또 한마디 불쑥 내뱉었다.

"그것도 그렇지만 나도 꼭 보복해야 할 작자가 한 명 남쪽에 있는데……."

"누구!"

"황장엽!"

노 혁명가는 처단했지만 황장엽은 남쪽으로 도망쳐 김정일을 맹렬히 비난하고 있다. 이들에겐 눈엣가시처럼 귀찮은 존재다.

"황장엽? 음. 없애야지. 반드시 없앨 거야. 어떤 희생을 치르더라도…… 그리고 솔직히 우리는 남조선 '햇볕정책' 별로야."

"그까짓 거 얻어먹을 거 다 얻어먹고 적당한 때 끝장내면 그만이지. 남조선과 타협해서 살지는 않아."

"황장엽? 없애야지. 오늘 그 문제가 반드시 거론될 거야."

그들은 책상을 치며 분통을 터트리고 있었다. 노 혁명가를 능가하는 반김정일 체제 요인이다.

황장엽, 노 혁명가를 능가하는 사회주의 이론가이며 지금은 남한에서 반김정일 운동, '햇볕정책' 에 대한 비판을 서슴지 않는 거물이다. 그들은 황장엽의 도주 낌새를 알아차리지 못한 데 대한 분통을 터트리고 있었다.

"진작 낌새를 알아차려 남조선으로 도망치기 전에 처단했어야 했는데……."

"서해안 NLL과 황장엽은 꼭 해결할 거야."

1999년 서해 교전에서의 참패는 군부에 치욕을 안겨주었다. 그들은 이 치욕적 참패를 잊지 못하고 있었다. 그리고 남·북 간 불안요소를 야기시켜 NLL 폐지를 들고 나오면 남조선에서도 틀림없이 화답이 오리라 믿고 있었다.

"NLL문제는 보복으로 끝나겠지만…… 황장엽 제거에는 많은 문제가 발생될 수가 있어. 첫째 미국이 가만있지 못할 것이고 남조선에서도 여론이 악화될 거야. 그렇게 되면 '햇볕정책'을 고수해 온 DJ정부가 애먹지."

"하지만 어떤 희생을 치르더라도 그냥 둘 수는 없어. 조국의 배신자 아닌가."

이들의 환담은 무력부 부부장의 입장으로 끝을 맺었다.

노 혁명가의 죽음에 대비한 회의는 이렇게 겨우 20여 분이라는 짧고도 진지한 가운데 끝을 맺었다.

"당장 소환명령을 내리시오!"

"알겠습니다."

북조선 군부 내에는 아주 독특한 인물이 하나 있다. 기갑부대 전술의 1인자로 알려진 이동호李同浩가 그다.

그는 지금 러시아 하바로프스크에 출장 중이며 기계화부대 러시아 동계훈련에 북한 대표로 참관하고 있다. 이들은 이동호가 노 혁명가의 죽음으로 심경변화를 일으켜 서방세계나 남쪽으로 탈출을 기도 할지도 모른다는 우려를 하고 있었다.

"이동호를?"

"예! 당장 소환토록 조치해요."

이동호, 그의 소환은 곧 그의 숙청이 될 수도 있다. 군 출신 요인들은 착잡한 심정을 감출 수 없었다. 그는 군부 내에서 신뢰받는 인물이다. 특히 3개 여단의 기갑부대 중에서 이동호가 지휘하는 제1여단은 가장 우수한 부대로 평가받고 있었다.

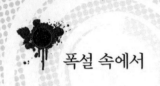

폭설 속에서

하바로프스크khabarovsk. 러시아 극동 최대의 도시며, 극동 최대의
공항을 보유하고 있는 인구 75만의 도시. 풍부한 석탄자원은 극동지
역의 전력을 공급할 만큼 중요한 주산물이며, 따라서 기계공작이 대
단히 발달한 도시이다.

일제시대, 일본군의 간담을 서늘케 했던 독립투사들의 항일운동 본
거지, 흑룡강이라고도 불리는 아무르Amur강이 도도히 흐르고, 곳곳이
자작나무로 둘러싸여 아름답기 그지없는 변방의 대도시. 소련의 동
진정책에 의해 1858년 설립된 도시로 극동사령부極東司令部의 본거지이
기도 하다. 이 도시로부터 120km 떨어진 군사령부는 소란스럽기 짝
이 없었다.

지난 열흘간의 동계훈련을 마치고 귀대하는 병력들의 소란이다.
160대의 전차, 250문의 야포, 그리고 2,000명에 이르는 보병들이 보
전훈련(보병과 전차부대의 합동훈련)을 마치고 자신들의 야영지를 찾아 뒤엉

키고 있었다.

눈보라와 맹추위 속에 진행된 훈련이지만 큰 사고는 없었다. 전차병들은 눈보라 속에서 군가를 부르며 신나게 주먹을 휘두르고 있었다. 연료 사정으로 이 훈련은 3년이나 미루어졌고, 그간 몸이 근질거려 미칠 지경이었던 군인들은 마치 섹스를 즐긴 뒤처럼 기분이 들떠 있었다. 기갑여단 사령관은 지프에 우뚝 선 채 이 장엄한 모습을 바라보고 있었다.

눈보라를 뚫고 들어오는 끝없는 전차의 행렬은 장관을 이루었다.

"어떻소!"

께렌스키kerensky는 양손으로 허리를 짚으며 옆에 서 있는 작은 동양인을 바라보았다. 작은 동양인은 감격에 찬 얼굴로 전차 행렬을 바라보았다. 그는 유창한 러시아어로 대답했다.

"평생 잊지 못할 장관입니다."

"허허허…… 미국이나 중국이 우리를 종이 호랑이로 본다면 큰 착각이죠. 핵탄두는 물론 재래식 전투에서도 미국에 전혀 밀리지 않소."

"동감입니다."

이번 동계훈련에 극비리 참가한 북한 기갑부대 1급 전략가다. 더구나 세계적으로 드물게 전투전략과 군 보급문제의 전문가이기도 하다.

병참이란 단순히 군부대에 물품을 대주는 그런 개념이 아니다. 지리적 여건과 상대할 적군의 화기, 혹은 기후, 지형에 따른 화력 선정 등 탁월한 분석과 전략으로 적을 압도할 무기와 용품을 선정해야 한다.

그는 혹한 속에서의 전차부대 전술과 병참을 연구하기 위해 이 훈련에 참가했다. 러시아 전차부대 훈련 사령관의 강력한 요청에 의해 참관하게 되었다.

이때가 2002년 1월 24일 오후 1시였다. 모란봉에서 노 혁명가의 장례가 치러지고, 무력부 참모부에서는 이동호의 급거 귀환 명령을 결정짓고 있는 바로 그 시간이었다.

하지만 이동호는 아무것도 모른다. 이날 밤, 그는 께렌스키의 숙소에서 보드카에 잔뜩 취할 작정이었다.

열흘에 걸친 동계훈련은 24일 당일 오후 4시에 완료되었다. 최종보고를 받은 께렌스키는 자축의 의미에서 한 잔 하자며 측근 참모와 이동호를 이날 저녁 자신의 숙소로 초청했다.

이동호는 께렌스키가 제공한 자신의 숙소로 돌아왔다. 장교들이 사용하는 아파트 한 채를 얻었고, 옆방은 그가 데려온 참모 한 사람과 경호원 한 명이 함께 기거하고 있었다. 이동호는 자신의 참모와 경호원에게 술과 안주를 보내 노고를 위로하기로 했다.

숙소로 들어섰다. 온수보일러가 작동은 하지만 아직 냉기는 채 가셔지지 않고 있었다. 그는 군복을 벗고 침대에 누웠다.

러시아의 경제 사정이 말이 아니지만 그래도 지금 조국의 사정에 비하면 이들은 아직도 기름진 생활을 하고 있었다. 북조선은 이런 대규모 훈련을 언제 해 보았는지 아득하다. 지금은 대규모 훈련은커녕 보급되는 군량마저 위협받을 지경이다.

"휴—"

그는 긴 한숨을 내뱉었다.

주민들은 굶주림을 견디다 못해 북으로 북으로 도망쳐 얼어붙은 압록강과 두만강을 건너 중국으로, 러시아의 연해주로 목숨을 건 탈주를 감행하며 남한으로 내려가기 위해 몸부림을 치고 있다. 발각되면 체포당하고, 용케 국경을 넘는다 해도 다시 체포되면 다시 또 압송, 감옥행이다.

엄격히 말해 지금 북조선은 레닌이 원했던 사회주의 국가가 아니다. 김일성의 세습을 받은 김정일의 파쇼적 체제다. 진정한 공산주의라면 어떻게 평양에서는 흥청망청 잔치가 끊이지 않고, 변두리에서는 굶어 죽는 인민이 생긴다는 말인가.

'이러자고 혁명한 게 아니었어. 죽을 각오로 뭔가 해야지.'

지금까지 자신을 돌보아 주던 노 혁명가인 어른의 목소리가 귓전에 울려왔다.

"우리는 국제사회에서 너무나 많은 신뢰를 잃었어. 세습도 문제가 있고…… 주민들은 굶어 죽어가고 있는데, 아무 대책도 세우지 않고. 이 체제로는 안 돼. 절대 통일하지 못해. 휴전선 군부대를 대폭 감축시켜 굶주린 인민들 배를 채워줘야 한다고. 오죽하면 탈주를 하겠나…… 이 체제가 빨리 무너져야지."

인민들이 굶어 죽어가는데 주체사상은 다 무엇이며 김일성, 김정일에의 충성은 뭐 말라비틀어진 광대짓이냐며 분개했다.

"원래 레닌식 사회주의는 이런 게 아니었어. 모두가 평등하게 살고, 노동계급이 주인이 되는 사회를 만들자는 것이었지. 하지만 이건 아냐. 김정일 측근과 러시아 귀족들이 무엇이 다르다는 게야. 국가를 열어야 돼. 핵심 몇 명만 욕심을 버리면 우리 민족이 다 살아. 김정일 체제로는 버티지도 못하겠지만……."

노 혁명가는 거침없이 내뱉었다. 비록 듣는 사람이 없는 둘만의 대화지만 위험천만한 발언이다. 그렇다고 이동호 자신이 이런 발언을 저지하고 싶지도 않았다. 김정일은 이미 권력으로 잔뜩 무장하고 있고 국민들이야 굶건 죽어가던 별 관심도 없다.

'군복무 연한이 자그마치 십삼 년이야. 도대체 한창 공부하고 산업 개발에 나서야 할 젊은이들에게 총만 쥐고 있으라 하니, 언제 어떻게 나라가 발전한단 말인가.'

아무리 경제 사정이 나빠도 군 유지비는 한 푼도 줄어들지 않는다. 식량배급, 유류공급이 최악의 상황으로 몰려도 군사자금은 전혀 줄어들지 않는다. 그래서 인민들이 굶음으로 대신 지불하게 되는 것이다.

남쪽의 지원과 외화벌이는 모두 대륙간 유도탄이나 핵 시설에 투입된다. 그러니 인민들이 굶는 것은 당연한 일이다. 이 자금을 마련하기 위해 금강산을 개방하고 남조선 사업가들을 불러들이며 속셈을 감추기 위해 갖가지 교류를 시도하고 있다.

"……에라 모르겠다. 오늘은 술이나 실컷 퍼 마시자."

잠시 휴식을 취한 뒤 옷을 갈아입기 위해 자리에서 일어섰다.

이때였다. 밖에서 노크 소리가 요란스럽게 들려왔다.

"접니다, 사령관님."

자신과 함께 온 부관 참모다.

이동호는 다급해하는 그의 목소리에 의아해하며 문을 열었다. 그는 딱 부러지는 거수경례를 붙이고 나서는 두 장의 종이를 내밀었다.

"평양에서 팩스가 왔습니다."

혹한의 추위와 싸워가며 치른 열흘간의 훈련에서도 얼지 않았던 몸이 꼿꼿이 경직되어 갔다. 부하가 건네준 두 장의 팩스는 그의 피를 일순에 얼어붙게 만들고도 남음이 있었다.

전 노동당 최고위원, 북한의 사상적 상징적인 인물의 하나였던 연두흠의 급서 소식과 즉각 귀환하라는 명령서였다.

"선생께서 가셨다."

그는 비통에 찬 얼굴로 팩스지를 바라보았다.

"……."

"오늘 밤 파티는 취소다. 하바로프스크 우리 영사관으로 간다. 오후 여섯 시에 출발할 테니 준비하라. 차에는 모두 함께 간다."

그는 손목시계를 바라보았다. 5시 20분, 아직 40분의 여유가 남아 있었다. 벌써 날은 어둠에 묻히기 시작했다. 기온은 영하 20도로 뚝 떨어졌다.

그는 욕조에 뜨거운 물을 담고 몸을 담갔다. 피로가 풀리면서 견딜 수 없는 졸음이 쏟아져 왔지만 애써 잠을 털어냈다.

20여 분간의 짧은 목욕을 끝내고 새 군복으로 갈아입었다. 권총과 탄환을 점검한 뒤 께렌스키 숙소로 전화를 걸었다. 그리고 평양으로부터의 팩스와 긴급한 용무로 영사관으로 가며, 거기서 바로 귀국길에 오를 것이라고 했다.

"미안합니다. 장군과 함께 한 잔 하고 싶었는데…… 평양으로 복귀하면 제가 꼭 한 번 초대하겠습니다. 아무튼 멋진 훈련이었습니다."

파티에 참석치 못한다는 정중한 사과를 끝낸 뒤, 유리창이라도 깨뜨릴 것 같은 형형한 눈빛으로 창밖의 밤하늘을 바라보며 무엇인가를 골똘히 생각하고 있었다.

자동차를 대기시켰다는 부하의 현관 전화가 없었다면 그는 석고처럼 우뚝 선 채 밤을 새웠을지도 모른다.

이동호는 일제 007가방에 몇 가지 서류를 챙겨넣고 부하들이 기다리고 있는 아파트 주차장으로 내려갔다. 께렌스키가 제공한 일제 소형 승용차는 히터를 틀어놓아 훈훈했다.

남동쪽으로 120km를 달려가면 극동 최대의 도시 하바로프스크가 나온다. 그리고 여기서 다시 공항 쪽으로 8km를 더 달려가면 공항 채 못 미처 3층 벽돌집이 나오는데, 거기가 북조선 하바로프스크 영사관이 세들어 있는 건물이다.

"가자!"

명령이 끝나자 승용차는 아파트를 빠져나왔다. 자동차는 곧이어 끝없이 이어진 눈 덮인 벌판을 달리기 시작했다.

도로만 겨우 뚫었을 뿐, 사방은 흰 눈으로 잔뜩 뒤덮여 더욱 살벌해 보였고, 눈밭은 달빛에 반사되어 푸르게 빛나고 있었다.

체인을 덜그럭거리며 얼어붙은 눈길을 달리고 있지만 속도는 시속 50km도 되지 않는다. 이따금 군용트럭이 소음을 내며 곁을 스쳐갈 뿐, 도로는 적막하기 짝이 없었다.

이동호는 께렌스키를 떠올렸다.

'께렌스키는 이 훈련을 끝으로 모스크바로 돌아간다. 그는 어쩌면 체첸공화국을 공격하는 전차부대의 최고 책임자로 발령이 날지도

모른다.'

승용차는 미끄러운 눈길을 조심스럽게 달렸다.

무거운 침묵 속에서 승용차는 두 시간을 달려왔다. 평균시속 50km
로 잡는다면 100여km를 달려온 셈이며 이제 20여km만 더 달리면
하바로프스크가 나온다. 날은 완전히 어둠에 파묻혔고, 두 줄기 새파
란 전조등만이 겨우 뚫린 눈길을 밝혔다.

이동호는 이곳 지리를 너무나 잘 안다. 모스크바에서 군사 아카데
미를 수료했고, 소련군 전술학을 이곳에서 2년간 더 공부했다. 께렌
스키는 그때 사귄 장교였다. 그 당시 소령이던 그가 극동군 기갑여단
장이 되어 지금 원스타, 장군이 되었다.

……이제 곧 삼거리가 나온다. 왼쪽은 도시로 가는 길이고 오른쪽
은 아무르강 어귀로 가는 길이다. 오른쪽 길로 들어서면 40km 이상
을 달려야 작은 마을이 나오고 거기서 더 가야 강이 나온다. 평소에
도 차량조차 잘 다니지 않는, 겨우 두 대가 빠져 다닐 수 있는 협소한
길이다.

뒷좌석에 앉아 있는 이동호는 시간을 계산하며 조심스럽게 옆구리
의 권총을 빼들었다. 그리고 차창밖을 살펴보았다. 뒤따라오는 차량
도 없고 정면에서 오는 헤드라이트 불빛도 보이지 않았다. 정적 속에
묻힌 도로에는 오직 자신의 승용차만이 숨가쁘게 달리고 있었다.

이제 조금만 더 가면 삼거리가 나온다. 앞좌석 운전석에는 경호원
이 핸들을 잡고 있고, 옆좌석에는 부관 참모가 타고 있었다.

"잠깐, 차를 멈춰!"

"네."

짧은 대답과 함께 승용차는 속도를 줄여 길옆 공간에 멈추어 섰다.

"무슨 일이십니까?"

부관 참모가 머리를 돌렸다. 이동호는 고개를 돌리는 그의 얼굴을 향해 설명 한마디 없이 방아쇠를 당겼다.

'탕!─'

총알이 그의 머리를 향해 날아들었다. 그는 비명 한마디 지르지 못하고 고꾸라졌다. 화약 냄새가 좁은 공간을 가득 채웠다.

두개골이 파열되어 피가 튀었고, 차창과 이동호의 얼굴과 군복에도 튀었다. 운전을 하고 있던 경호원이 핸들을 놓고 반사적으로 머리를 감싸안았다.

총구가 이번에는 운전석의 경호원을 겨냥했다.

"저항하지 마라. 조금만 더 달리면 삼거리가 나온다. 거기서 오른쪽으로 꺾어라. 만일 핸들에서 손을 떼거나 난폭하게 운전할 때에는 너도 죽는다."

경호원의 손이 후들거렸다. 떨려서 핸들을 잡을 수조차 없었다. 왜 그가 총을 쏘아 부관 참모를 살해했는지, 또 어디로 가자는 것인지 그는 전혀 짐작할 수 없었다.

"왜! 떨려서 핸들을 잡지 못하겠어?"

"네……."

"시간이 없어. 빨리 가자구."

한 손으로 얼굴의 피를 닦으며 소리쳤다.

피로 얼룩진 승용차는 다시 전방을 향해 달리기 시작했다. 경호원은 틈을 노려 반격을 시도하려 했지만 그 틈새를 찾지 못했다. 상관의 총구가 운전하는 그의 목덜미에서 잠시도 떨어지지 않았기 때문이다.

경호원은 공포에 질린 채 차를 몰았다. 자신이 경호해야 할 상관으로부터 오히려 목숨의 위협을 받는 이 상황을 그는 도무지 논리로는 풀 방법이 없었다.

승용차는 마침내 숲속에 뚫린 삼거리에 도착했다. 경호원은 핸들을 오른쪽으로 꺾었다. 여기서부터는 지금까지와는 달리 도로의 조건이 너무나 열악했다.

아스팔트는 형편없이 파손되어 있고, 그 어디에도 보수를 한 흔적이 없었다. 게다가 쌓이고 쌓인 눈이 얼어붙어 한결 더 위험스러웠다. 그만큼 차량 통행이 없다는 뜻이다. 폭이 조금 넓은 커브길에서 자동차는 멈추어 섰다.

이동호는 권총을 움켜잡은 손에 다시 힘을 주었다.

"내려!"

그는 운전석에서 내렸다. 얼굴은 공포와 의혹으로 잔뜩 질려 있었다. 가쁜 숨소리가 들려오기까지 했다. 이동호는 그의 주머니에서 권총을 빼앗아 자신의 주머니에 우겨넣었다.

"시체를 끌어내."

경호원은 굳은 표정으로 명령에 따랐다. 저항은 좀 더 빠른 죽음을 재촉할 것이기 때문이다.

그는 동지의 시체를 차에서 끌어내렸고, 명령에 따라 숲속으로 끌고가 1미터가 넘는 눈구덩이에 파묻었다. 긴장과 두려움과 매장의 노동은 그의 이마를 땀으로 흠뻑 적셔놓았다.

"도대체……."

매장을 끝내고 허리를 펴며 처음으로 입을 열었지만 거기서 다시 입은 닫혀졌다.

"말하지 마! 그리고 구덩이 하나를 더 파! 충분히…… 넓게."

얼어붙은 손가락이 마음대로 움직여 주지 않았지만 명령을 거부할 힘이 없었다. 그는 절망에 찬 얼굴로 다시 구덩이를 파기 시작했다. 그래도, 언제 준비했는지 트렁크에 군용 야전삽이 있어 일하기가 훨씬 수월했다.

'내 무덤을 파는군. 도대체 이 동지가 왜 이러는지 알 수가 있어야지. 혹…… 탈주를?…… 남으로?'

그는 자신의 무덤이 될 눈구덩이를 파며 이동호를 생각하고 있었다. 연두훔의 사망 소식을 듣고 러시아를 탈출하려는 의도임을 미루어 짐작할 수 있었다.

'부관 참모와 나까지 살해하려는 이유는 시간을 벌기 위해서야.'

이제 죽음의 잔은 피할 수 없게 되었다. 낯선 러시아, 극동의 얼어붙은 자작나무 숲속에서 이런 개죽음을 당하리라고는 꿈도 꾸어 본 일이 없다. 그러나 그는 지금 자신의 무덤을 파고 있다.

'이제 조금 있으면 나도 이 구덩이에 묻히겠지? 사람들이 내 시체를 발견하려면 적어도 넉 달 이상은 지나야 할 거야.'

"됐어…… 미안하다. 하지만 네 죽음이 우리 민족을 살릴 것이다."

이동호는 서너 발자국 뒷걸음질을 쳤다. 총구를 겨눈 그의 얼굴도 경호원 못지 않게 고통과 고뇌로 가득했다. 그의 총구가 경호원의 심장을 겨누었다. 푸른 눈빛에 반사된 그의 얼굴이 참담하게 일그러지고 있었다.

'윙―'

칼날 같은 바람이 귀를 찢었다. 온 세상을 꽝꽝 얼어붙게 만드는 혹한의 시베리아 바람이다. 경호원의 시선이 이동호의 얼굴에 꽂혔다.

"나는 목숨을 걸고 경호했습니다. 그런데 왜 나를…… 만일 조국을 탈출하실 계획이시라면 저도 함께……."

이동호의 코끝이 시큰해졌다. 언젠가 차가 벼랑에서 굴렀을 때, 자신의 목숨을 먼저 구해 준 일도 있다. 언제나 그림자처럼…… 경호원은 마치 자신의 분신과 같은 존재가 되어 있었다. 그러나 지금은 감시자에 불과하다. 목숨처럼 아끼던 부하지만 탈출에 걸림돌이 된다면 어쩔 수 없다.

자신은 연두흠 노 혁명가를 목숨같이 따랐다. 이제 평양으로 돌아간다면 그것은 자살행위나 다름없는 일이다. 그리고 평양이 싫어진 지도 이미 오래되었다.

'하지만 어쩔 수 없다. 이건 운명이다. 너를 먼저 보내게 돼서 나도 가슴이 찢어질 것 같다.'

이동호는 눈을 감으며 방아쇠를 당겼다. 총성이 숲을 울렸다.

경호원은 화약 내음과 뒤범벅이 되어 앞으로 고꾸라졌다. 총알 한 방으로 야심 많던 그의 일생은 막을 내렸다.

눈구덩이에 쓰러진 경호원을 바라보던 이동호는 두 손으로 눈을 쓸어모아 시체를 묻었다. 흰 눈 위로 붉은 피가 스며 올라왔다.

"잘 가게."

시체가 완전히 눈 속에 파묻히자 그는 정신없이 자동차로 돌아와 시동을 걸었다. 그리고 차를 돌려 삼거리에서 하바로프스크로 방향을 돌려 달리기 시작했다.

저쪽에 도시의 불꽃이 보이기 시작했다. 거리에 왕래하는 사람은 없지만, 그래도 이따금 보드카에 취한 술주정꾼 몇 명은 있게 마련이다. 승용차를 나무 그늘에 숨겨놓고 마치 먹이를 노리는 맹수처럼 거리를 훑어보기 시작했다.

시계바늘은 어느새 자정을 넘어갔다. 맹추위가 두려워서인지 거리엔 사람들이 눈에 뜨이지 않았다. 그는 초조감을 감출 수 없었다. 입천장이 바짝바짝 타들어가고 있었다.

'누군가가 나타나 주어야 한다. 피묻은 군복으로는 절대 움직이지 못한다. 민간인 옷을 갈아입어야 이 황량한 도시로나마 스며들어 몸을 감출 수 있다.'

30여 분이나 더 지나서야 마침내 가죽점퍼를 입고, 턱에 수염이 덥수룩한 40대 남자가 비틀거리며 나타났다. 손에는 빈 보드카 술병이 들려 있었다.

이동호는 옆구리에서 권총을 꺼내 손잡이를 거꾸로 들고 차에서 조용히 내렸다. 그리고 고양이 걸음으로 그의 뒤를 따라 미행하기 시작했다.

술꾼은 뒤에 미행자가 있음을 전혀 눈치채지 못하고 있었고, 거리엔 행인 한 사람 없이 찬바람만 씽씽 불어댔다.

이동호는 이 술꾼 뒤로 한 발짝 더 달라붙었다. 그리고 재빨리 주변을 훑어보았다. 추위와 바람만이 골목을 에워싸고 있을 뿐 사람의 그림자는 여전히 보이지 않았다.

마흔두 살, 원래 강한 체력에다 훈련으로 다지고 또 다진 솜씨다. 그가 있는 힘을 다해 권총 손잡이로 머리의 급소를 갈겨댔다.

'퍽!'

둔탁한 소리와 함께 나무토막 쓰러지듯 사내는 쓰러졌다.

이동호는 그를 끌고가 차에 실었다. 쓰러진 러시아 사내를 뒷좌석에 우겨넣고 다시 시동을 걸어 오던 길로 되돌아가기 시작했다. 순식간에 벌어진 일이다.

그는 잠시 숨을 고른 뒤, 미친 사람처럼 난폭하게 차를 몰았다. 미끄러운 빙판을 속력을 내어 달렸다.

'가야만 한다. 서울로 가야 한다. 연 선생님이 급서했다고 하지만 틀림없이 강경파 군부에 의해 피살되었을 것이다. 내가 평양으로 되돌아가면, 나도 거기서 끝장난다.'

그는 이를 악물며 액셀러레이터를 밟았다.

불과 몇 시간 사이에 그는 세 사람이나 살해했다. 그것도 자신의 측근 두 명과 죄 없는 러시아 행인이다. 하지만 살아남기 위해서는 어쩔 수 없는 일이다. 가슴에 쌓이고 쌓인 불만을 털어놓을 곳이 없다. 군 장성이라고는 하지만 노 혁명가 연두흠과의 인간적 관계로 그는 늘 의혹의 시선을 받아왔다. 그렇지 않다 하더라도 그런 폐쇄되고 통제된 국가 안에서는 숨통이 막혀 더 살 수가 없었다. 굶어 죽어도 탈주는 못하게 하는 권력에 맞설 방법이 없는 북조선 인민들이다.

'모순이야. 모순 덩어리라고. 이 맹추위에 땔 것, 먹을 것 하나 마련해 주지는 못하고 언 두만강을 건너는 굶주린 백성들을 잡아 가두

기만 하다니…… 공산주의도 사회주의도 아냐. 이건 오직 김정일주의, 포악한 독재정권일 뿐이야!'

자유를 찾을 것이다. 숨이라도 한 번 크게 쉬고 죽더라도 그게 행복할 것 같았다. 목숨을 걸고 서울로 향해 질주할 것이다.

다시 도시를 빠져나와 눈 덮인 숲길로 들어섰다. 술꾼은 아직도 의식을 회복하지 못하고 있었다. 이동호는 차를 멈춰 세우고 뒷좌석으로 옮겨가 사내의 옷을 벗기기 시작했다.

점퍼, 스웨터, 내복, 런닝, 그리고 바지 팬티까지 벗긴 다음 이번에는 피 묻은 자신의 군복을 벗기 시작했다. 그리고 벗어버린 군복을 사내에게 입혔다.

적지 않은 시간이 소요되었지만 이제 자신은 완전한 러시아 민간인이 되었고 술꾼은 북한 장교의 군복을 입은 이동호가 되었다.

군화까지 신겨준 다음, 그는 차 밖으로 나왔다. 그리고 1회용 중국제 플라스틱 라이터를 꺼내 불을 켠 다음 사내의 군복 바지에 불을 붙였다.

불꽃이 옮아 붙은 것을 확인한 그는 라이터를 자동차 속에 던지고 몸을 돌려 뛰기 시작했다. 시내까지 15Km 정도를 달려가야 한다.

도시 외곽지대에는 한국인 동포들이 몰려 사는 마을이 있다. 러시아 정부에서 할당한 농토와 주택에 살며 상업에 종사하거나 군 장교, 사병으로 복무하며 월급으로 생활을 지탱하기도 한다.

2차 세계대전 당시 일본군에 의해 사할린으로 끌려간 동족들의 후예들도 있고, 일본을 피해 두만강을 건너와 소련 극동지역에 정착한 동포들도 있다. 그들은 고국으로 돌아갈 날만 기다리며 살아가지만,

그 꿈을 이룰지에 대해서는 거의가 절망감에 빠져 있는 사람들이다.

동포를 만나면 일단 몸을 은신할 공간은 확보될 것이다. 더구나 북한을 탈출한 동포라면 더욱 따뜻이 보살펴 줄 것이다. 이동호가 선택한 마을이다.

시간을 벌면 언젠가는 남한으로 탈출할 기회를 얻게 될 것이다. 하지만 시간을 너무 지체해서는 안 된다. 북한과 러시아의 공조수사가 이뤄지면 체포는 시간문제다.

그는 얼어붙은 밤길을 뜀박질을 하여 달렸다. 달리다가 숨이 가쁘면 뜀박질을 멈추고 비틀거리며 걸었다. 걷다가 힘이 회복되면 또 달렸다. 하지만, 아무리 훈련으로 단련된 몸이라 하더라도 인간의 체력에는 한계가 있는 법이다. 더구나 영하 20도를 오르내리는 혹한 속에서의 탈출은 절대 만만한 일이 아니었다.

그의 몸에서 기력이 서서히 빠져나가기 시작했다. 속도는 현저히 줄어들고 다리는 후들댔다. 눈밭의 도보는 평지보다 훨씬 힘들게 마련이다.

악명 높은 시베리아 벌판 추위. 영하 20도라고 하지만 1월 한밤 체감 추위는 영하 30도를 밑돈다. 아무리 단련된 체력이지만, 열흘간의 러시아 극동군 동계훈련을 참관했고, 겨우 40여 분의 휴식 끝에 잇달아 세 명을 한꺼번에 살해하는 끔찍한 살인전을 벌였다. 그의 몸에 체력이 붙어 있을 여유가 없었다. 이 체력으로 밤길을 더듬어 40리 가까운 길을 걸어야 한다. 이것은 가히 초인적 능력이 아니고는 불가능한 일이다.

이동호는 마치 연체동물처럼 흐느적거리며 걸었다. 볼은 벌겋게 얼어붙었고 발은 감각을 잃은 지 오래되었다. 초점을 잃은 눈동자는 뚫린 길을 겨우 알아볼 뿐 자신의 방향이 제대로 잡혔는지조차 가늠하기 어려웠다. 하지만 그는 결코 쓰러지지는 않았다. 비틀거리면서도 무너지지는 않았다. 그 힘의 원천은 자유에의 갈망이었다.

"갈 거야. 난…… 간다구…… 서울로. 살아야 한다. 살아서 증언할 것이다. 서울에 가서 황장엽 선생도 만날 것이다. 죽었어, 죽은 거야. 북조선은 죽은 나라라구. 걷자, 쓰러지지 않겠다."

그는 자신을 향해 계속 소리쳤다. 오로지 생존본능 하나에 목숨을 맡긴 채 걷고 또 걸었다. 하지만 발걸음은 그의 명령을 제대로 따르지 않았다. 신발 한 짝이 마치 무쇠처럼 무거웠고, 지친 몸은 서서히 의식을 잃어가고 있었다.

갑자기 그의 몸이 옆으로 삐딱하게 기울기 시작했다. 그는 자신이 쓰러지고 있다는 사실을 모르고 있었다. 쌓여 얼어가는 눈덩이가 얼굴을 때렸을 때서야 겨우 자신이 몸의 균형을 잃고 쓰러졌다는 것을 알게 되었다.

그는 이번에는 기어가기 시작했다. 죽는 순간까지는 삶을 향해 가야 한다. 그것이 본능이다. 이를 악물고 두 눈을 부릅뜨고 그렇게 절망과 싸워가며 기던 그의 눈동자가 갑자기 빛을 발산하기 시작했다.

저쪽, 저 멀리 옹기종기 모여 있는 얕은 지붕의 집들이 어깨를 나란히 하고 있었다. 추녀 밑의 창에서 불빛이 새어 나오는 집도 있었다. 갑자기 그의 몸에서 힘이 솟구쳤다. 단 한 푼 어치의 체력도 남아 있지 않아 보이던 그가 맹수처럼 벌떡 일어났다. 그의 눈동자가 불꽃처럼 이글대며 타올랐다. 그것은 가히 초능력이 아니고는 달리 설명할 말이 없었다.

'살았다!'

최후의 절망적 벼랑에서 다시 삶의 빛을 잡았다. 그는 몸을 일으켜 세워 연체동물처럼 흐느적거리며 또 걸었다.

불빛이 점점 가까이 다가오고…… 집으로 뛰어들고, 문고리를 잡고…… 쓰러지며 뭔가 알 수 없는 비명을 지르고…… 그러고는 기어이 정신을 잃고 말았다.

기침을 쿨럭이는 한 노인과 이를 간호하던 딸, 그리고 소련군 중위로 제대했다는 32세의 노총각 아들이 살고 있는 조선족 동포의 집이다. 그들은 난데없이 뛰어든 낯선 방문객에 잠시 놀라기는 했지만 그가 죽음 직전이라는 것을 알고 따뜻한 안방으로 옮겨주었다.

길고 긴 1월 24일 하루는 이렇게 비극적인 사건 속에서 문을 닫았고, 마침내 25일 아침이 밝아왔다.

아침 10시. 날은 밝았지만 도시는 아직도 추위에서 깨어나지 못하고 있고, 추위 속에서도 사람들은 일터를 향해 분주히 오가고 있었다.

하바로프스크의 제일 번화가인 레닌가 끝에서 동쪽으로 3km를 더 가면 5층 붉은 벽돌집이 나온다. 외견상 어디서나 볼 수 있는 평범한 건물이지만 그 속에는 모스크바의 크렘린과 맞먹는 권력기관인 연방보안국 하바로프스크 지국이 자리잡고 있다.

연방보안국, 약칭 FSB. 낯선 이름이지만 이 FSB가 바로 그 유명한 소련 정보국 KGB의 후신이다. 소련이 경제 악화를 견디지 못해 붕괴되고 많은 전문인력이 퇴출당하여 화려했던 옛 명성에는 미치지 못하지만, 그래도 아직은 가공할만한 위력을 지닌 공포의 정보조직이다.

미국 CIA와 더불어 세계 양대 진영을 이끌어왔던 구 소련 첩보국 KGB를 모르는 사람은 세계에 없다. 하지만 푸틴 대통령의 대 미국 군축협상 외에는 이렇다 할 정치적 사건도 없고 적성국가 중 하나인 일본은 물론 한국과도 교역이 활발히 이루어져 보안국은 비교적 한가한 시간을 보내고 있다.

그런데 보안국의 국장 책상 위 전화가 아까부터 요란스레 울어대고 있었다. 책상 위에 두 다리를 올려놓고 의자에 비스듬히 누워 신문을 읽고 있던 국장은 귀찮은 듯 손을 내밀어 수화기를 집어들었다.

"네, 나 보안국장이오."

"그렇습니까?…… 누구든 상관없습니다. 제보가 있어서요."

"제보?"

국장이 깜짝 놀라 자세를 바로잡았다. 이런 제보가 들어오기는 정말 오랜만이다.

"네, 하바로프스크 동북방 15km 정도 지점 아무르강 근처에 사고가 났습니다."

"사고라니. 무슨……."

"군에서 사용하는 일제 승용차 한 대가 완전히 불에 소각되어 있는데 거기에 시체가 한 구 있었어요. 제가 우연히 발견했죠. 근데 불에 탄 시체가 군복을 입고 있어요."

"누…… 누굽니까. 제보자는."

"그저 평범한 주민입니다. 제 말이 거짓말은 아니라고 말씀 드리고 싶구요, 이 일에 휘말리고 싶지 않아 전화는 이만 끊겠습니다."

더 이상의 통화는 불가능했다. 그가 통화를 일방적으로 끊어버렸기 때문이다. 국장은 제보자의 제보를 믿기로 했다. 이 추운 겨울, 더구나 보안국에 대고 감히 장난전화를 할 사람은 없다.

그는 수화기를 내려놓고 사찰부査察部 요원과 정보국 전문 요원을 호출하여 이 사실을 알려주었다.

군용 승용차라면 적어도 고급 장교급 승용차일 것이며, 시체가 누구인지는 몰라도 극동군 사령부의 장교임이 틀림없을 것이다. 이따금 군수품이나 군용 유류를 빼돌리려다 발각되어 자살하는 장교가 있기 때문이다.

"가자!"

국장은 두 명의 수사 전문 요원을 대동하여 아무르강 사고지점을 향해 달리기 시작했다.

수색대가 아무르강 사건현장에 도착했을 때, 그들은 불타버린 군용 승용차와 한 구의 시체를 발견할 수 있었다.

시체는 불에 완전히 소진되어 식별이 불가능했지만 타다 남은 군복은 러시아군 군복이 아니라 북조선 장교복이 틀림없어 보였다. 신분을 확인할만한 근거자료도 나오지 않았다.

'도대체 누군데 여기서…… 자살? 아니면 피살?

보안국장의 머릿속에 극동군 동계 군사훈련이 기억에 떠올랐다.

'그렇다면 훈련에 참관했던 북조선 장교?

정치적 망명이나 탈북이 빈번한 북한군과 주민이다. 자살했을 가능성이 없는 것도 아니다. 그러나 먼저 신원을 파악해야 한다.

국장은 무선을 통하여 극동사령부와 북조선 영사관에 이 사고를 알려주었다.

한 시간 후 북조선 영사관에서 사람들이 도착했다. 형체를 알아볼 수는 없지만 지난밤 극동사령부에서 영사관을 향해 출발했다던 이동호가 틀림없었다.

'도대체 이동호가 왜 여기서 죽은 거야.'

그동안 극동사령부 께렌스키는 부관을 한 명 대동하여 헬기로 날아왔다. 북조선 영사가 께렌스키를 향해 말했다.

"대동한 부하들이 있었을 텐데…… 사령부에서 떠날 때 혼자였습니까?"

"아니오. 부대에서 대충 조사를 한 뒤 온 겁니다. 부관 참모와 경호원이 함께 떠났다고 했습니다."

"그렇다면…… 그들은…….”

"글쎄요."

"이 장군을 수행했던 참모와 경호원도 틀림없이 어디선가 살해되었을 거요. 틀림없소. 이유 없이 살해했다면 남조선 측…….”

"그건 아닐 거요."

께렌스키가 참담한 표정을 지으며 말했다.

"이동호가 부대를 떠난다는 사실을 안 사람은 몇 명 안 됩니다. 또 남조선에서 이동호를 살해할 이유도 없구요."

"아무튼 철저히 수사하겠소. 우리에게 맡기시오."

보안국장이 단호한 어조로 말했다.

북한 영사는 시체를 완전히 소각하여 한 줌 재로 만든 다음, 상자에 담아 떠나가버렸고, 국장과 께렌스키는 불타버린 차 주위를 맴돌며 의견을 나누었다. 께렌스키는 마치 이동호의 죽음이 자신에게 책임이라도 있는 것처럼 잔뜩 질려 있었다.

"혹…… 북조선에서?"

"그것도 아닐 겁니다. 자, 장군님. 아무튼 보안국으로 돌아갑시다. 몇 가지 여쭤 볼 말씀이 있으니. 이동호가 갖는 북한의 무게를 생각한다면 소홀히 처리할 일이 아닌 것 같습니다."

이들도 더 이상 현지에서 얻을 것이 없다고 판단했는지 서둘러 돌아갔다. 황량한 벌판에 불타버린 승용차만이 을씨년스럽게 서 있었다.

보안국으로 돌아온 국장은 께렌스키를 통하여 이동호의 마지막 행적을 조사한 뒤 부대로 돌려보냈다.

러시아의 겨울 해는 짧았다. 어느새 날은 어둠 속에 파묻히고 있었다. 께렌스키를 돌려보낸 국장은 캄캄한 창밖을 바라보며 깊은 생각에 잠기고 있었다.

'……이동호가 극동사령부 동계 기동훈련에 참관자로 들어온 것은 20일 전, 그리고 열흘간의 대규모 훈련을 끝내고 돌아온 그는 두 장의 팩스를 받고 부대를 떠난다. 그의 행적은 여기서 끝나고 두 명의 부하는 실종상태, 자신은 시체로 발견되는데 형체도 알아보지 못할 만큼 불에 타버렸다. 그렇다면……'

여기까지가 북조선 영사와 께렌스키가 알고 돌아간 내용이다. 하지만 그는 견해를 달리하고 있었다. 이동호가 탈출을 시도하는 것이라고 판단했다.

'그녀석은 탈출했다. 자신의 부하들을 살해하고 어디론가 잠적한 것이 분명하다. 불에 타버린 시체는 어쩌면 그 두 명의 부하들 중 한 명일 수도 있고, 엉뚱한 사람일 수도 있다.'

국장이 이렇게 결정한 데는 그만한 이유가 있다. 사건 현장에 처음 도착했을 때, 그들은 통상적 길이 아닌 숲으로 이어진 길고 긴 사람의 발자국 한 줄을 보았던 것이다.

국장은 함께 동행했던 전문 요원을 불러들였다. 수사 전문 요원답지 않게 뚱뚱한 체격에 말투는 매우 느려 몹시 답답한 인상을 주는 사내다.

국장이 그에게 의견을 물었다.

"어떻게 생각해?"

"……."

"이동호라는 북조선 장교 말야."

"그건……."

한참 눈을 끔벅이던 그가 무겁게 입을 열었다.

"그녀석…… 장난친 것 같습니다."

"장난? 장난이라니. 뭘 어떻게."

수사 요원도 같은 생각이었다는 것을 알아차린 국장이 반색을 하며 되물었다.

"국장님. 그자식 도망쳤어요. 시체는…… 그녀석 부하거나 엉뚱한 녀석일 가능성이 높구요."

"도망? 어디로. 혹한의 밤에."

"평양에서 귀국하라는 통보를 받았다면 그만한 이유가 있겠죠."

그리고 그는 입을 다물고 다시 10분의 시간을 보냈다. 답답하지만 기다려야 한다. 성격은 고치지 못하는 법이다. 그렇게 돌부처처럼 앉아 있던 그가 다시 입을 열었다.

"시내 전역에 수색명령을 내리셔야 할 겁니다. 모스크바나 블라디보스토크로 튈지도 모르니까요. 미 대사관이나 한국 대사관, 영사관으로 튀면 골치 아플 겁니다."

"시내에 수색명령을?"

"네, 국장님. 이동호는 군사전략 중요인물입니다. 께렌스키를 통하여 이번 동계훈련이 체첸에 대한 극비 침공계획의 일환이라는 것도 알고 있을 테고요. 뭐…… 그건 별 중요치 않겠지만…… 사실 미국도 위성을 통해 이 훈련은 알고 있을 겁니다…… 하지만 이동호가 살아 있어 남쪽 조선이나 미국으로 튄다면 우리에게 유리할 이유는 없겠죠."

국장이 머리를 끄덕이며 이를 긍정했다. 북한은 사상 이론가 연두흠의 죽음을 발표했다. 그리고 이동호의 급거 귀국을 명령했다. 죽음을 위장하기는 했지만 이동호가 죽지 않고 탈출을 기도하고 있다는 것을 수사의 초보자도 알 수 있는 일이다.

"국장님."

"말해."

"북조선도 이동호가 탈출을 시도하고 있다는 것을 알았을 겁니다. 북조선 영사관에도 북조선 조직국 요원이 있을 테니까요. 이런 상황을 판단하지 못하겠습니까?"

북한 조직국. 그것은 북한의 보위사령부 산하 비밀경찰조직이다.

"전…… 그들이 사건현장에서 왜 서둘러 떠났는지 모르겠습니다. 사체의 골격을 보더라도 동양인이 아니란 것을 알 수 있지 않겠습니까!"

"책임지기 싫어서일 거야. 화장해서 재를 가져갔으니 영사관으로서야 일 다 했다고 봐야지."

전문 요원이 국장을 바라보며 다시 말했다.

"녀석이 이번 훈련의 성격을 알고 있을 텐데. 미국에 이런 정보가 흘러가면 대통령(푸틴)이 골치 아프지 않겠습니까."

"그건 정치적 문제야. 미국도 이번 훈련은 알고 있을 테고…… 체첸 공격은 미국이 늘 반대해 오던 것이니까 이동호가 그걸 알았던 몰랐던 상관은 없어. 하지만 잡을 수 있다면 잡아야지."

푸틴. 건강 악화로 물러난 옐친의 후계자. KGB 출신으로 대단히 예민한 성품이지만 그래도 국제사회에서 대접받는 인물이다.

운동을 좋아하고 생각이 깊고 나서기 좋아하지 않는, 소련 역대 어느 지도자보다 국익에 충실한 인물이다. 하지만 체첸공화국 문제만큼은 대단히 단호해서 동계훈련을 감행한 국민적 지지도가 높은 러시아 대통령이다. 푸틴은 께렌스키를 무척 신뢰했고, 장차 체첸공화국 침공 때 전차부대를 책임질 장군으로 점찍어 놓고 있었다.

그런데 이런 사실을 이동호가 모를 리 없다는 것이다.

"아무튼 최선을 다해서 잡아 봐…… 하긴 놓쳐도 어쩔 수 없는 일이지만."

국장의 태도는 느슨했지만 요원의 눈에는 은밀히 살기가 돌았다. 언제든 그는 이 국장을 몰아내고 그 자리를 차지할 욕심을 품고 있었다.

다음날, 요원을 중심으로 한 이동호 체포 수사대가 즉각 결성되었다. 이들은 경찰조직을 동원하여 하바로프스크 전역에 은밀한 수색 작전을 개시하였다. 극동사령부 께렌스키의 도움으로 이동호의 사진을 입수하여 검거반에 배포하기도 했다.

하지만 국장은 느긋했다. 영하 2, 30도를 오르내리는 혹한 속에서 더구나 이 외진 도시에서 제가 도망치면 어디까지 가겠느냐, 혼자만의 탈출은 절대 불가능하다고 판단한 것이다. 게다가 목숨을 걸고 잡아야 할 만큼 절박한 상황도 아니었다. 어쨌든 이동호는 죽은 것으로 되어 있으니까…….

이 무렵, 평양과 하바로프스크 북한 영사관은 심각한 연락이 오고 갔다. 영사는 이동호의 죽음을 보고하며 유골을 함에 담아 보냈고, 평양은 받자마자 버렸다.

두 명의 부하, 그러니까 참모와 경호원도 피살되었을 것이라고 보고했지만 평양은 이것조차 믿지 않았다. 이동호는 분명히 두 명의 부하들과 함께 탈출을 시도하고 있거나 아니면 두 부하를 살해하고 도망쳤을 것이라 믿었다.

긴장감이 감도는 가운데 며칠을 기다리기로 했다. 외국 대사관에 부하들과 함께 불쑥 나타난다면 이건 탈북으로 보아야 하고 혼자 나타난다면 부하들을 살해했다고 보아야 한다.

평양은 그래서 더 이상의 훈령을 내리지는 않았다. 그러나 하바로프스크에서의 이동호 수색은 은밀히, 그리고 적극적으로 시작되었다.

200명이 넘는 경찰병력과 군 수사 요원들이 공항과 철도역을 중심으로 뒤지고 있었다. 중심가 검색이 끝나면 한국 동포들이 밀집된 지역을 탐문수사하기로 계획되어 있었다.

그러나…… 그것은 명령과 형식뿐이다. 러시아 경찰국이나 군 수사 요원들은 보안국이 요구하는 만큼의 적극성을 보여주지 않았다. 박봉에 그것도 몇 달씩의 급료가 밀려 있다. 누가 이동호 한 명을 잡기 위해 필사의 노력을 하겠는가.

군복은 초라하고 아내는 돈을 벌기 위해 거리로 나섰다. 다 큰 계집애가 돈을 벌어 보겠다며 한국으로 건너갔는데 1년째 소식이 없다. 추운 바람을 맞으며 기차역 대합실을 서성이는 한 군부대 수사 요원은 자신의 신세를 한탄하며 담배에 불을 붙였다.

'휴— 부산으로 갔다는 계집애가 달러나 많이 벌어 왔으면 좋으련만…….'

상황이 이지경이니 수사에 진전이 있을 리 없다. 실제로 체포된다고 해도 단 몇 백 달러만 준다면 오히려 숨겨줄 형편이다.

국장과 전문 요원이 매일 체크하지만 이동호를 닮았다는 한국인이 발견되었다는 보고는 단 한 건도 없었다.

처음에는 외교분쟁이라도 일으킬 것 같던 북한도 감감무소식이다. 하지만 전문 요원은 집요하게 달라붙었다. 만일 이동호를 찾아낸다면 그는 앞으로 상당한 대접과 훈장을 받아낼 수 있을 것이다.

이동호는 이틀 만에 죽음 같은 잠에서 깨어났다. 단 한 모금의 물도 음식도 먹지 못했다. 의식을 회복했을 때, 그의 몸은 불덩이처럼 열이 높았다. 자신의 손은 허공을 휘젓고 있었다. 알 수 없는 악몽에 시달렸던 것이다.

그가 깨어난 것을 안 가족들의 얼굴엔 두려움과 기쁨의 감정이 번갈아 나타났다. 몸을 덥혀주고, 따뜻한 물을 먹이고, 한국산 라면을 끓여 먹였다. 깊이깊이 감춰둔 아스피린까지 꺼내 먹여 겨우 회복시키는데 성공했다. 정신을 차린 뒤에도 그는 잠시 지나간 시간을 깜빡 잊고 있었다.

"여…… 여기는 어디입니까? 내가…… 왜…… 여기 있지요?"

"그보다도…… 당신은 누굽니까. 여기서 죽는 줄 알았습니다."

중위로 제대한 아들이 이 낯선 사내를 꼼꼼히 살펴보았다. 건장한 체격에 손바닥이 투박한 것으로 보아 같은 동포의 농부 정도로 보였다.

의식을 회복한 이동호가 벽에 등을 기댄 채 잠시 지나간 시간들을 기억하고 있었다. 그의 기억이 곰실곰실 살아나기 시작했다.

두 부하를 죽이고, 민간인을 덮쳐 아무르강 근처에서 불을 싸질러 살해하고…… 옷을 바꿔 입고…… 목숨을 건 탈출…… 연두흠 선생의 급서 소식…… 께렌스키…… 훈련…….

마치 뒤엉킨 영화필름처럼 지나간 시간들이 머리를 마구 휘젓고 다녔다. 비로소 이 집으로 뛰어들기까지의 기억이 분명히 떠올랐다.

이동호는 불안과 두려움에 찬 얼굴로 사내를 바라보았다.

"감…… 감사합니다. 절…… 구해 주셔서."

"한 번 더 묻겠습니다. 누구십니까. 어디서 뭘 하다가 여기까지 오게 된 것입니까."

"네…… 저는…… 저는……."

말을 더듬던 그가 고개를 떨구었다.

"북조선 출신입니다. 벌목공으로 러시아에 왔다가…… 혹한과 굶주림을 견디지 못해 탈출했습니다. 저는 남조선으로 갈 겁니다. 절좀 도와주십시오."

"탈출? 벌목공으로요."

"네…… 절 살려주셔서 정말 감사합니다."

하지만 러시아 장교 출신의 이 사내는 이동호의 말을 전혀 믿지 않았다.

"당신이 북조선 출신이라는 것은 인정합니다. 하지만 벌목공은 아닙니다. 저는 시베리아에서 탈출한 벌목공도 보았고, 실제 작업하는 노동자도 수없이 보았습니다. 하지만 당신처럼 깨끗한 피부를 가진 사람도 없었고, 또 당신처럼 영양상태가 좋은 사람도 없었습니다…… 우리는 같은 동포요. 또 북조선이 지금 어떤 형편이란 것도 잘 알고 있어요…… 하지만 당신이 당신의 신분을 정직하게 밝히지 않으면 나는 당신을 도울 수 없습니다."

집주인은 이동호 목덜미에 말라붙은 피를 보았다. 뿐만 아니라 그의 휴대품에는 권총과 미화 1천 달러, 약간의 러시아 루블도 들어 있었다.

더구나 이 낯선 사내는 무엇인가에 쫓기듯 불안한 표정이 역력하다. 진실을 털어놓지 않으면 밖으로 다시 내몰 수밖에 없다.

"자, 밖에 더운물 준비할 테니 좀 닦아요. 피가 엉겨붙어 있으니까."

"네!"

이동호는 흠칫 놀라 목덜미를 만져 보았다. 응고된 피의 감촉을 분명히 느낄 수 있었다.

"아, 잠시만요."

집주인은 이번에는 장롱에서 무엇인가를 꺼내 앞으로 내밀었다. 권총 한 자루와 20발의 탄환, 그리고 미화 1천 달러와 약간의 루블화가 들어 있는 자신의 지갑이다.

이동호는 본능적으로 권총을 집어들었다. 자기 보호 본능이다.

"걱정하지 마십시오. 우리가 원했다면 당신을 신고했거나 내쫓았을 거요. 안심할 수 있는 곳이니 총 내려놓아요."

총을 힘없이 바닥에 내려놓았다. 이들을 속인다는 것은 부질없는 일이다.

"나는, 러시아 육군 중위 출신입니다. 귀관이 아무리 거짓말을 해도, 나는 속지 않습니다. 귀관은 북조선 고급장교이거나 고위층 인사가 틀림없습니다. 하지만 나는 귀관을 도울 겁니다."

"그렇소. 잘 보셨소. 우선 좀 씻고 와야겠습니다."

이동호는 권총과 탄환, 돈을 침대 위에 올려놓고 밖으로 나갔다.

따뜻한 물로 세수를 하면서도 그의 머리는 쉴 새 없이 돌아가고 있었다. 이곳을 탈출할 것인가. 아니면 이들로부터 협력을 구할 것인가. 이들은 정말 신뢰할 만한 사람들인가. 혹, 밀고하여 자신을 벼랑으로 밀어 떨어뜨리지 않을지…….

하지만 지금은 이들 외에는 더 이상의 구원자가 없다. 더구나 며칠씩 간호까지 하여 목숨을 구해 주지 않았는가. 그러나 자신은 탈북한 장군급 장교다. 수사의 손길은 급속히 뻗쳐올 것이다. 죽음의 문턱에서 겨우겨우 회생은 하였지만 문제는 지금부터다. 다행히 몸의 기력이 빠른 속도로 회복되어가고, 체력도 붙어가고 있었다.

방으로 돌아온 이동호는 이들에게 모든 사실을 털어놓고, 협력을 구하기로 작정을 했다.

"생명도 건져주시고 권총도 되돌려 주어 정말 감사하게 생각합니다…… 선생님 말씀이 맞습니다. 저는 북한을 탈출한 고급장교입니다. 러시아군 훈련에 참관하러 왔다가 도망쳐 왔습니다."

"블라디보스토크에 남조선 영사관이 있습니다. 가서 망명을 요청하시겠습니까?"

"그건 안 됩니다."

"안 되다니요. 그럼 어디로 가실려고요. 중국은 더 위험합니다. 만일 거기서 체포되면 평양으로 다시 소환될 겁니다. 또 여기 숨어 있는 것도 한계가 있을 거구요."

"며칠만 숨겨주시오."

"며칠? 그건 문제가 아닙니다. 하지만 왜 당당히 대사관이나 영사관을 통하지 않으려는 거요."

이동호는 머리를 떨구었다. 아무리 공관으로 뛰어든다고 해도, 신분이 밝혀지면 러시아나 북조선은 수단과 방법을 가리지 않고 망명을 방해할 것이다.

더구나 사람을 살해했기 때문에 이를 빌미로 망명 저지에 더욱 안간힘을 쓸 것이며, 그것은 명분 있는 이유가 될 것이다. 그런데다 남조선은 현 정부로 들어서면서 적극적으로 '햇볕정책'을 추진하는 중이다. 과거 황장엽 씨가 탈출할 때와는 환경이 다르다.

"정식 망명으로는 성공하기 힘듭니다."

이판사판, 이동호는 더 숨길 것도 없이 모든 상황을 털어놓았다.

"그렇다면 망명할 방법이 없지 않겠소."

"한 가지, 딱 한 가지 방법이 있기는 합니다."

"방법이라뇨, 누가 어떻게."

"이곳에 많은 한국 기업들이 와 있습니다. 될수록 규모가 큰 기업체의 책임자만 불러주시면 됩니다. 그 후에는 제가 알아서 합니다. 만일 제게 망명길이 열리기만 하면 귀하는 대단한 보상을 받을 수 있을 겁니다. 그건 제가 장담합니다."

뜻밖의 제안이다. 비공식 망명을 하겠다는 것이다. 밀항을 하던, 위조여권을 만들던, 한국 정부의 공식협력 없이 서울로 가겠다는 것이다. 그리고 이곳 주재 한국의 상사商社를 이용하겠다고 했다.

"나는 북조선의 거물이오. 당신은 평생 돈 걱정하지 않을 거액을 보상받게 될 거요. 날 도와주시오."

이것은 군침 도는 제안이다. 밤중에 뛰어든 북조선 장교를 한국 상사에 연결시키기만 하면 되는 일이다. 적어도 몇 천 달러는 받을 것이며, 이 정도 돈이라면 무슨 사업을 하든 평생 그야말로 돈 걱정 없이 살아갈 것이다. 행운은 이렇게 새해 벽두부터 찾아왔다.

"위험한 일입니다. 하지만 제가 도울 수 있는 일이 있다면 최선을 다하겠습니다."

사내는 권총과 탄환을 이동호 앞으로 내밀었다.

"시내로 들어가 한국 상사를 찾아가 보겠소."

그는 집을 빠져나와 2km 가까운 버스 정류장을 향해 걸어갔다.

'권총과 탄환, 오백 달러…… 거물이라니, 그렇게 믿을 수밖에는 없지만…… 그런데 왜 민간인 도움을 받으려는 거지?'

제일무역 하바로프스크 지사장 박정남은 꽝꽝 얼어붙은 도시의 겨울 풍경을 바라보며 담배에 불을 붙였다.

한·러 수교 정상화 이후 블라디보스토크와 하바로프스크에 진출하여 크게 성공한 케이스의 무역 알선업체이며, 박정남은 이곳 지사장으로 일하고 있다. 처음에는 라면, 초코파이, 값싼 의류 등을 들여와 판매했는데, 이것이 대 히트를 치면서 아예 극동 러시아를 대표하는 한국인 무역 중계회사가 되었다.

그간 쌓아온 두터운 인맥으로 러시아 마피아와 군부까지 손을 잡을 정도다. 본사는 블라디보스토크에 있고, 이곳은 박정남이 책임지고 있는 제1의 지사다. 이 회사의 문이 비죽이 열리면서 한 사내가 들어섰다.

초라한 옷차림이지만, 한국계 러시아인임을 한눈에 알아볼 수 있다. 직원 하나가 자리에서 일어나며 맞아주었다.

"무슨 일로 찾아오셨죠?"

"네…… 저…… 이곳…… 책임자를 좀 뵐까 해서요."

"지사장님?"

"네…… 아무튼…… 제일 높으신 분."

"제게 말씀하시죠."

"아닙니다. 이곳 책임자를 만나게 해 주시오. 거래 문제로 온 것이 아닙니다."

잠시 말씨름이 벌어졌고, 이 소란에 박정남 지사장이 지사장실 문을 열고 얼굴을 내밀었다.

"할 말이 있어 왔습니다. 이곳 책임자를 만나러 왔습니다."

사내가 지사장을 바라보며 말했다.

러시아의 경제가 몰락하면서 강도사건은 꼬리를 감추지 않는다. 하바로프스크 공원 화장실에서 한꺼번에 중국인 보따리 장사꾼 세 명이 목이 없는 시체로 발견된 일도 있다. 이 지역에 사는 조선족이 분명하지만 마음을 놓을 수는 없다.

지사장이 의혹에 찬 눈으로 사내를 바라보았다.

"말하세요. 괜찮으니까."

"아닙니다. 보안을 유지해야 할 일입니다."

"좋습니다. 들어오시오."

지사장이 자신의 집무실로 안내했다. 박제된 사슴의 머리가 걸려 있는데 뿔이 우아해 보였다. 그 옆에 걸린 번쩍이는 엽총도 눈길을 끌었다.

"내가 이곳 책임자요. 말씀하세요."

사내가 주위를 흘낏거리며 둘러보더니 한 장의 서류를 꺼내들었다.

"이걸 좀 보아주세요."

북한의 육군 장성의 신분증이다. 사진이 붙어 있는데, 사각 턱에 시커먼 눈썹이 인상적인 이동호라는 사람이다. 서른여덟 살에 장군까지 되었다면 성골 중에 성골이 틀림없었다.

"그런데요?"

"저는 한족韓族이 모여 사는 마을에 있는 사람입니다. 러시아 육군 중위 출신이고요."

그는 이동호의 느닷없는 침입과 여기까지 오게 된 사정을 자세히 말해 주었다. 정식 영사관을 통한 망명이 아니라 한국인 상사를 통한 은밀한 망명을 요구한다는 이동호의 뜻을 전해 주었다.

"이유는 저도 잘 모르겠습니다. 한국 영사나 대사관을 통해 망명하지는 않겠답니다. 그는 자신을 북조선의 거물이라고 했고, 일이 잘 성사된다면 당신이 내게 보상금을 줄 거라고 했습니다."

"이 신분증은?"

"네, 그가 준 겁니다. 내 말을 믿어 달라는 뜻입니다."

지사장은 믿기 어려운 말을 들었다. 북한의 장성급 거물이 망명을 원한다면 당연히 대사관이나 영사관을 통해야 한다. 일반 탈북자들도 그렇게 서울로 들어온다.

'이 신분증을 이용해 이들이 나를 유인, 거액의 몸값을 뜯어내려는 수작이 아냐?

의혹이 스쳐갔다. 하지만 이 사내의 말이 사실이라면 이건 대어를 낚는 일이다.

"나는 이곳 기관들과도 밀접한 인연을 맺고 있소. 사업을 하다 보면 그렇게 되는 법이죠. 딴 마음을 먹었다면 그냥 가시오."

"아닙니다. 이건 사실입니다. 절 믿어주십시오. 만일 이동호가 남한으로 가게 되면 제게 포상금이나 주십시오."

밑져야 본전이다.

"먼저 탈북 장교를 만나십시오. 그가 정확히 뭘 원하는지는 저도 잘 모르니까요."

"거듭 말하지만 당신 말이 거짓일 때는 재앙을 만날 거요. 그리고 지금은 좋은 시간이 아닙니다. 만일 그가 정말 북한의 거물이라면 나 같은 낯선 사람이 당신의 집을 드나드는 게 현명한 일은 아닐 겁니다. 알겠습니까?"

지사장은 짜릿한 흥분을 느끼고 있었다. 마치 스파이 소설의 주인공이라도 된 듯한 기분이었다.

"저녁 일곱 시쯤 다시 오시오. 날이 어두워지면 나와 함께 갑시다."

이날처럼 지루한 날은 없었다. 일손도 잡히지 않고 시간을 보낼만한 마땅한 방법도 찾지 못했다. 더구나 혹한기에 들어서면 일거리도 현저히 줄어 할 일이 많지 않다. 그렇다고 술로 시간을 때울 처지는 아니다.

그렇게 힘든 시간을 보내고 마침내 날이 어두워졌다. 낮에 찾아왔던 사내는 정확히 7시에 다시 찾아왔다. 두렵기 짝이 없는 모험이지만 이런 기회도 자주 찾아오는 것도 아니다.

지사장은 자신의 승용차를 이용하지 않았다. 이런 일은 은밀히 하는 것이라고 책에서 읽은 기억이 있기 때문이다. 이들은 버스를 이용하여 도시 변두리로 빠져나왔고, 정류장에서 내려 다시 2km 정도를 더 걸었다. 행인이 없어 마을은 어둠과 적막에 묻혀 있었다.

지사장은 사내가 안내하는 한 목조가옥으로 들어갔다. 페치카 장작불이 실내를 따뜻하게 덥혀주고 있었지만, 그는 지금 그 온기의 아늑함도 느끼지 못했다.

잔뜩 긴장한 채 방 안을 둘러보았다. 낡은 TV와 소파, 벽의 옷걸이는 한국의 60년대 말 농촌의 모습 그대로였다. 젊은 여인이 차를 끓여와 마셨지만 빈 잔을 내려놓도록 북한을 탈출했다는 군인은 보이지 않았다.

참다 못한 지사장이 자신을 안내한 사내에게 말했다.

"어디 있습니까. 탈북한 사람!"

"옆방에서 당신을 지켜보고 있습니다. 확신이 안 서는 모양입니다. 하지만 곧 나오겠지요. 달리 대책이 없을 테니까요……."

지사장은 기가 막힌다는 표정으로 사내를 바라보았다.

"날 믿지 못한다뇨. 그렇다면 전 갑니다."

"그 사람을 이해해 주십시오. 가장 절박하고 두려운 상황에 놓여 있으니까요."

그렇게 말하고 옆방으로 들어가 건장한 사내 하나를 데리고 나왔다. 신분증 사진에서 보았던 그 사내다. 사각형 턱에 어깨가 딱 벌어져 있어 한눈에 보아도 무관 출신이 분명해 보였다. 키는 잘해야 173cm 정도여서 큰 키라고는 보이지 않았다.

그가 지사장의 맞은편 의자에 앉았다. 시선을 그의 얼굴에 꽂은 채 움직이지 않았다. 그의 눈은 경계와 두려움으로 가득해 보였다.

지사장은 무언가 긴장을 풀어줄 제스처가 필요하다고 느꼈다. 미소를 지며 손을 내밀어 악수를 청했지만 그는 받아주지 않았다.

"당신, 혹 남조선 기관원은 아니겠죠."

"아니오."

지사장은 한글과 러시아어로 인쇄한 명함을 내밀었다.

"서울에 본사를 둔 제일무역 하바로프스크 지사장 박정남이오. 이름을 불러도 좋고, 지사장이라고 불러도 좋소. 그리고 나는 무역밖에 는 아는 게 없어요."

이동호는 굳은 얼굴로 명함을 받아 읽었다. 하지만 그 순간에도 실 내 분위기는 금세 폭발해 버리고야 말 시한폭탄처럼 팽팽한 긴장감 이 감돌고 있었다. 이동호로서는 삶과 죽음의 갈림길에서 선택을 결 정할 시간이기 때문이다.

"당신의 숙소는 어디며 그곳엔 누가 살고 있습니까."

"나 혼자 있소. 가정부 한 명이 나를 도와주고 있죠. 하지만 아침에 출근하여 저녁이면 돌아갑니다."

"위치는?"

"레닌가 중심부에 있소."

"좋소. 나를 그곳에 숨겨주시오. 가면서 모든 것을 말씀 드리겠습 니다."

"하지만 지금은 곤란합니다. 제 차를 가져오지 않아서요. 내일 밤 모시러 오겠습니다. 하지만 제가 직접 서울로 데려가지는 못합니다. 본사에 연락해서 방법을 모색해야 합니다. 또 이곳보다는 블라디보 스토크가 러시아를 탈출하는데 더 유리할 겁니다. 거기에 저희들 현 지 지사가 많은 도움을 줄 거요. 내일 봅시다. 다만…… 꼭 묻고 싶은 게 있는데…… 귀관이 장군급이라면 여러 가지로 많은 혜택과 보장 을 받을 수 있을 텐데 왜 북한을 버렸소?"

"한마디로 간단히 요약하겠습니다. 북조선은 수령 절대주의이며, 이러한 독재는 북조선 인민들에게 끊임없는 충성과 희생만 강요하 게 되어 있습니다. 이제는 더 이상 갈 곳이 없는 세계의 미아迷兒가 되었죠. 희망이 없는 곳입니다. 내 부하들에게 밥 한 번 배불리, 새 양말 한 켤레 지급하기도 어렵습니다. 이건…… 국가가 아닙니다."

"알겠습니다…… 아무튼 난 정치는 잘 모르니까."

지사장이 자리에서 일어나며 다시 악수를 청하고, 이동호는 그의 손을 우악스럽게 잡아 흔들었다.

"저를 서울로 꼭 데려다 주세요. 이제는 더 이상 북조선에 머물고 있을 수가 없게 되었습니다."

그의 눈은 비장감으로 빛나고 있었다. 어차피 돌아가면 숙청이다. 그리고 그가 그렇게 갈망하던 자유에의 신성한 공기를 마시고 싶었고 삶과 인간의 가치를 되찾고 싶었다.

그의 가슴은 뜨거운 피로 끓고 있었다.

'가자, 서울로. 서울에 가서 세계를 향해 고발하자. 나의 주사위는 이미 던져졌다…… 운명아, 나를 도와다오.'

손을 놓고 돌아서는 지사장도 결의에 찬 모습이었다.

'어떤 희생을 치르더라도 이 사람을 서울로 데려가겠다.'

치밀한 전략

같은 날 평양.

인민무력부 부부장 집무실에 몇 명의 요인들이 둘러앉아 회의를 하고 있었다. 그들의 표정은 몹시 당황스러워 보였고, 토의는 진지하고도 열띠게 진행되고 있었다. 참석인원의 면면은 다음과 같다.

김정일 직속 국가안전보위사령부 보위국장, 조직국장 김동현, 대남사업부장 홍승일, 그리고 인민무력부 부부장 최린이 그들이다.

증발된 이동호를 찾기 위해 이들은 하바로프스크 영사관에 긴급 훈령을 내렸고 러시아 정보국에 요청하여 비밀리 수색토록 요청했지만, 사라진 이동호는 끝내 그림자도 나타내지 않았다.

이런 거물들이 연석회의를 개최하는 데는 그만한 이유가 있다. 북조선군 군사전략에 관한한 이동호만큼 자세히 꿰뚫는 사람도 그리 많지는 않다. 또 군의 현실을 그는 정확히 꿰뚫고 있다.

이동호는 그 자체가 군사전략지도나 다름없었다. 그런데 그가 연두흠과 밀착되어 있어 언제나 감시의 대상이었다. 러시아 극동군 동계훈련 참관요청도 처음에는 거부했다. 하지만 그의 군사아카데미 동기 께렌스키의 강력한 요청으로 마지못해 보낸 것이 기어이 화근이 된 것이다.

이동호의 군복을 입은 시체가 발견되었다고는 하지만, 이미 하바로프스크 영사관에서는 가짜라는 것으로 단정지어 이동호의 잠적을 기정사실로 보고했다. 그래서 더욱 초조한 것이다.

인민무력부 부부장 최린이 조직국장을 똑바로 쳐다보았다. 조직부, 그것은 한국의 국정원, 그러니까 옛날 국가안전기획부의 역할을 맡아 일하는 부서다.

"국장, 무슨 방법이 없겠소? 이동호는 틀림없이 하바로프스크 어딘가에 잠복하고 있는 것이 분명한데…… 그런데도 녀석을 체포하지 못한다는 것은 안타깝고 부끄러운 일이오…… 게다가 만일 그가 서울로 가버린다면 우리는 치명적인 상처를 입게 될 겁니다."

"물론입니다…… 하지만 한 가지 위안되는 일도 있습니다. 만일 이동호가 러시아를 탈출한다면 러시아도 타격을 받을 겁니다. 모르긴 해도 모스크바에서도 이동호를 잡기 위해 최선을 다할 겁니다. 보안국이 나선다면 이동호 체포는 시간문제일 겁니다."

"그렇다고 러시아에만 맡겨둘 일도 아니지 않습니까. 더구나 거기에 남조선 기업들이 득시글대고 있는 곳인데……."

"그럼 우리도 전문 요원을 파견토록 하죠."

의견은 분분했지만 방법을 구하지는 못했다. 러시아와 한국이 밀착되어 있어 옛날처럼 시원한 공조가 어렵기 때문이다. 이럴 때는 이

방면의 전문가인 조직국장의 의견을 가장 높이 평가하게 마련이다.

잠시 침묵을 지키던 조직국장이 무겁게 입을 열었다.

"우리 요원이 러시아에 가서 수사를 하는 데는 한계가 있습니다. 제가 한 가지 방법을 말씀 드리겠습니다. 우리가 직접 이동호를 추적할 것이 아니라 현지에서 전문가를 매수하여 없애버리는 것입니다."

"매수?"

"네, 하바로프스크에 이반이라는 사람이 있습니다. 전 KGB 요원인데, 지금은 은퇴하여 술로 나날을 보내고 있습니다."

북한의 조직국장이 러시아 현지인을 고용하자는 데는 그만한 이유가 있다. 전직 KGB 요원 이반 때문이다.

조선족 2세로 극동 러시아 현지에 밝으며, 정보수집 능력 또한 탁월하다. 게다가, 만일 이동호가 러시아를 탈출하여 남조선으로 탈출한다고 가정할 때 서울까지 추적하여 소기의 임무를 수행할 충분한 능력이 있기 때문이다.

이들의 첫 번째 목표는 이동호를 생포하여 평양으로 끌어오는 것이다. 그리고 차선책으로 이동호의 입을 영원히 봉쇄시키는 것이다. 즉 죽여 없애는 것이다.

"이반이란 인물에 대하여 좀 더 자세히 알고 싶소."

"네, 이반의 현재 나이는 47세. 18세 때 군에 입대하였다가 KGB로 발탁된 우수한 인재입니다. 주로 요인암살 및 납치가 전문이며, 탁월한 조선어 구사 실력을 갖춘 인물입니다. 한 번 맡은 임무에는 목숨을 겁니다."

"그런 자가 어떻게 KGB를 떠났죠?"

"월급만으로는 살기가 힘들어진 데다, 한 · 러 수교 이후 특별히 할 일이 없어졌기 때문입니다."

"매수한다고 했죠? 그자의 몸값은 얼마입니까."

"교섭을 해야겠지만 오만 달러면 충분할 겁니다."

"오만 달러라!"

모두들 무거운 마음으로 돈을 계산하고 있었다. 북한의 실정으로서는 엄청난 거액이다. 하지만 지금 5만 달러가 문제가 아니다. 군의 실정을 너무도 잘 아는 그가 서울로 들어가 떠들어댄다면 그것은 5백만 달러 가치의 파괴력이 있을 것이다.

'보내지 말았어야 했는데…… 아니면 연두홈 제거를 좀 늦추던가…….'

하지만 이미 엎질러진 물이다. 이제 이반을 선택하는 방법 외에는 달리 길이 없다.

"좋소! 투자합시다. 그 대신 이반은 틀림없이 돈의 대가를 우리에게 지불해야 합니다. 생포하여 평양으로 보내든, 아니면 살해하여 시체를 보여주든, 무언가 확실한 답을 받도록 하세요."

회의는 그렇게 끝을 맺었다.

조직국장은 회의를 마친 후, 자신의 집무실로 돌아왔다. 그리고 하바로프스크에서 근무한 경험이 있는 부하를 불러 이반과의 접촉을 시도할 밀사로 임명했다.

"우리 조직국의 명예가 걸린 문제다. 이반은 아직도 하바로프스크에 있으며 독자적으로 활동하고 있다. 마피아조직과도 연계되어 있다. 그를 매수하라. 수단껏 설득하라. 이동호를 살해해도 좋고, 납치하여 평양으로 끌고 와도 좋다. 필요하면 돈을 더 줄 수도 있다고 해라. 만일, 이동호가 남조선으로 도망치면 따라가서라도 목적을 이루게 하라."

밀사는 즉석에서 현찰 5만 달러를 받았고, 집으로 돌아와 짐을 꾸렸다.

사회주의 사상의 대 이론가이며 북한 공산당 태동의 한 축을 이루었던 황장엽과 연두흠. 그 연두흠의 급서 소식이 한국에도 알려졌다.

연두흠을 잘 알고 있는 황장엽은 슬픔을 금할 수 없었다. 그가 틀림없이 피살되었을 것이라고 판단했기 때문이다. 함께 남쪽으로 발길을 돌리지 못한 안타까움이 그를 더욱 울적하게 만들었다. 황장엽은 어느 누구보다도 북한의 현상을 정확히 꿰뚫고 있는 인물이다.

'연두흠이 죽었다면 틀림없이 암살당했을 것이다. 묘향산에서 장례식이 있었지만 그건 북한 인민들을 기만하는 정치 쇼에 불과하다…… 아마 나를 많이 원망했겠지만…… 그러나 이렇게 해서라도 살아서 북한의 정체를 밝히고자 했는데…….'

그는 안타까운 일을 너무나 많이 겪었다. 김대중 정권의 '햇볕정책'이 자신의 입지를 더욱 좁혀놓았던 것이다. '김정일 정권이 있는 한 통일은 오히려 멀어져 가기만 한다'는 것이 그의 요지부동의 견해였다.

하지만 한국 정부는 연두흠의 죽음에 대해 그리 깊은 관심을 가질 일이 아니었다. 그저 북한의 한 저명인사가 죽은 것뿐이니까. 오히려 한국의 흥미를 끌게 하는 것은 러시아 하바로프스크로부터 날아온 뉴스였다.

이동호의 잠적이 그것이다. 군부에서는 제법 알려진 인물이기 때문이다. 하지만 당국에서는 이동호의 잠적도 더 이상 화젯거리가 되지 못했다. 섣불리 참견했다가는 러시아나 북한과의 불편한 일만 생기기 때문이다.

실제 북한을 탈출한 탈북자들에 대해 정부는 적절한 조치를 취하지도 않았다. 그들이 만주 벌판에서 굶던, 얼어 죽던, 정부로서는 수수방관한 일밖에 없었다. 남북 화해 무드에 찬물을 끼얹을 수도 있다는 판단을 세웠기 때문이다. 심지어 강제로 납북되었다가 탈출한 한국인의 구원요청을 묵살한 외교관도 있을 지경이었다.

한국 일부 관계자들 사이에서 이동호를 데려오자는 의견도 있었지만 그것은 의견으로 끝나고 말았다. 그리고 정부도 이동호를 잊어버리고 말았다.

한국, 북한, 러시아 3개국의 이동호 탈출사건은 이렇게 3색의 반응을 보였다. 러시아 보안대는 좀 더 추적의 고삐를 당기기 시작했고, 북한은 밀사를 파견하여 조선족 2세 KGB 출신 이반의 매수를 추진했다. 정작 이동호를 서울로 데려와야 할 서울의 요인들은 그를 잊어버렸다.

칼날 같은 매서운 바람이 시베리아 허공을 찢어놓고 있었다. 이동호는 쌩쌩 불어대는 바람소리를 들으며 자신의 운명을 생각하고 있었다.

목숨을 걸고 탈출했지만 문제는 지금부터다. 한국 상사의 박정남

지사장이라는 사람이 신뢰할 만한 인물인지, 자신을 이용하여 음흉한 계획을 세우고 있는지 그로서는 알 길이 없다. 하지만 자신의 목숨은 오직 지사장이라는 그 인물의 손에 달려 있다.

'과연 내가 무사히 서울에 도착할 수 있을지. 또 서울에 가면 내 운명은 어떻게 될 것인지.'

오래전부터 북한 탈출을 꿈꾸어 오면서도 기회를 잡지 못했다. 김정일 직속의 보안사령부의 보위담당 지도원들이 끊임없이 감시하여 동향을 살폈기 때문이다. 더구나 이동호는 연두흠과 밀접한 관계를 맺고 있어 감시는 더욱 심했다. 군사아카데미 동기이며 절친했던 께렌스키의 강력한 요청이 없었다면 러시아 극동군 훈련 참관은 상상할 수도 없는 일이었다.

당국은 이동호를 러시아로 파견하는 대신 부관과 경호원 두 사람을 감시원으로 딸려 보냈고, 그들은 이동호의 손에 피살당했다.

황장엽, 연두흠은 북한의 변질된 사회주의 국가에 몸서리를 쳤다. 지도자가 신격화되어 1인 독재 체제를 끌어가는데 엄청난 회의를 느꼈다. 다만, 황장엽은 한국을 선택하여 김정일 체제의 북한 정권을 맹렬히 공격했고, 연두흠은 평양에 남아 자체 개혁을 모색했던 것이다.

'연두흠 선생의 죽음은 헛된 죽음이었어. 차라리 황장엽 선생을 따라갔어야 했는데.'

이동호는 안다. 말하지 않아도 알고, 보지 않아도 안다. 연두흠의 급서는 군부의 강경파에 의한 암살이 틀림없으며 귀국 명령은 자신을 숙청하기 위한 제스처라는 것을.

허공을 응시하는 그의 눈동자가 불꽃처럼 타오른다. 그것은 자신의 목숨보다도, 위선과 기만으로 가득 찬 김정일 정권을 세상에 폭로하겠다는 결의 때문이다.

그는 보았다. 먹지 못해 굶주려 죽은 사람들, 퀭한 눈으로 멀거니 하늘을 바라보는 어린아이들의 비참함을. 땅에 떨어진 옥수수 알갱이를 줍는 누더기 입은 소년 소녀들을…….

죽으라면 죽어야 하고, 엎드리라면 엎드려야 하고, 흰.것을 검다고 하면 말 한마디 못하고 검다고 인정해야 하는 북조선 인민들의 참혹한 현실을…… 더구나 평양의 이런 현상을 알면서도 대책없이 평양 정권에 러브 콜을 보내는 남조선 정부의 답답함을…….

이동호는 알고 있다. 황장엽 선생이 남한으로 넘어갔지만 한국 정부의 '햇볕정책'에 밀려 오히려 입에 재갈을 물리고 있다는 사실을…….

'그래서 더욱 서울을 가야 한다. 목숨을 버릴 각오로 말할 것이다. 북조선 정권에 아무리 돈을 쓸어넣는다고 해도, 굶주린 인민은 늘어가기만 할 것이며 전쟁의 위험은 그만큼 높아만 갈 것이라는 사실을…….'

흉작이 들건 풍년이 들건, 군부에의 식량배급에는 변함이 없다. 그러니 힘없는 인민들은 노동력만 착취당하고 굶주림에 쓰러지는 것이다. 이것은 북조선의 실정이다. 그리고 극한상황의 경기침체를 벗어나기 위해 평양은 서울을 향해 평화의 제스처를 보낸다.

다 헛된 망상이다. 그것으로 평화가 온다는 것은 헛된 꿈에 지나지 않는다. 북조선 군부가 그렇게 호락호락 무기를 손에서 내려놓지 않을 것이다.

모택동은 '권력은 총구에서 나온다'고 말했다. 군부의 인심을 잃고 김정일이 권력을 버티지는 못하며, 군부의 입김이 있는 한 전쟁의 위협은 남아 있게 마련이다. ……하지만 북한의 실정을 폭로하는 것보다 더 급한 것은, 여기서 살아남아 서울까지 무사히 도착하는 것이다. 세계 언론의 주목을 받는 것도 싫고, 소란스럽게 서울로 입성하기도 싫다.

어찌 되었든 이동호 자신은 살인범이다. 공식적으로 망명을 요청하기에는 장애물이 너무나 많다. 범죄행위를 내세워 러시아나 북조선이 신병 인도를 요구한다면 한국 대사관은 귀찮은 짐 하나 덜 듯, 선뜻 넘겨줄 수도 있다.

하루가 여삼추라는 말이 있듯, 이동호는 힘들고 지리한 시간과 어려운 싸움을 하고 있었다.

제일무역 박정남 지사장은 밤잠을 이룰 수 없었다. 북한의 현역장성이다. 그가 민간인인 자신에게 망명 도움을 요청했다. 그리고 이런 일은 자신이 해결할 그런 일도 아니다. 새벽 1시까지 잠을 이루지 못해 엎치락뒤치락하던 그는 기어이 수화기를 집어들고 블라디보스토크 극동 러시아 제일무역 본부에 전화를 걸었다.

"본부장님, 저 박정남입니다."

"아, 박 지사장. 웬일이요, 이 밤중에."

러시아의 새벽 1시는 서울의 그것과 다르다. 더구나 혹한의 1월은 깊고 깊은 심야나 다름없다.

"죄송합니다. 사실은……."

그는 본부장에게 사실을 털어놓았다. 본부장은 러시아, 특히 극동 지역에서는 꽤 알려진 인물이어서 그의 인맥은 제법 탄탄한 네트워크를 형성하고 있었다.

"뭐라구? 망명!…… 장성급."

"네."

"믿기 힘든데. 확인은 해 보았나?"

"네, 제가 본 바로는……."

"한 번 더 만나 봐. 신원이 확실하고 위장 귀순이 아니면 도와줘야지. 우리도 모험을 하는 것이니까."

"알겠습니다."

장성급 귀순이라면 대단한 성과다. 하지만 섣불리 손대기는 힘든 일이다. 국제 외교분쟁을 일으킬 소지가 다분하니까.

블라디보스토크 본부장은 이동호에 대한 신상명세서를 들은 그대로 상세히 메모해 두었다. 다행스럽게도 그는 영향력 있는 군부의 인사들과 인맥을 형성해 놓았던 것이다.

'은밀히 조사해야지. 만일 그녀석이 위장 귀순이라면 문제가 커지거든. 하기야, 한국 대통령이 평양까지 가는 세상에 장성이 위장 귀순할 수는 없겠지만…….'

다음날 저녁. 박정남은 예고도 없이 다시 조선족이 모여사는 마을을 찾아갔다. 이동호는 여전히 긴장된 모습으로, 밤중에 찾아온 박정남을 맞아주었다.

"어떻게 돼가고 있습니까."

시베리아 한파를 뚫고 왔다고 보기에는 그는 너무나 격정에 넘쳐 보였다. 하지만 가슴속의 두려움을 떨쳐내지 못한 표정이 역력하다.

"블라디보스토크와 연결이 됐습니다. 하지만 몇 가지는 꼭 확인해야겠습니다."

"……?"

"남한에 친척이나 아는 사람은 있습니까? 아니면……."

"없소. 아무도 없소."

"남한에 가서 무얼 할 생각입니까."

"북한의 현실. 조건 없는 지원의 위험성, 일인 지배 하의 각종 부작용…… 이 모두를 밝힐 겁니다."

"그건 이미 황장엽 씨가 공개한 사실 아닙니까."

"황 선생님 혼자만의 힘으로는 부족합니다. 물방울이 바위를 뚫듯 누군가 계속 내려가 북조선의 실상을 밝혀야 합니다. 남조선은 속고 있습니다."

"귀관이 북한에서 밀리니까 남조선으로 도망치려는 것은 아닙니까."

"그렇지 않소. 내가 만일 평양으로 건너가 충성을 맹세하면 난 아무 제재도 받지 않을 겁니다."

"알겠습니다."

박정남은 이동호에게 메모지를 한 장 건네주었다. 블라디보스토크 본부장의 연락처와 사무실 주소였다.

"여긴 위험합니다. 하바로프스크를 떠나십시오. 틀림없이 당신에 대한 수색작업이 있을 겁니다."

"짐작하고 있습니다."

"지금 제가 한 질문은 어디서나 계속될 겁니다. 만일 귀관의 상황이 진실이라면 누군가 꼭 서울로 보내 드릴 겁니다. 자, 저는 갑니다."

박정남은 그를 남겨두고 숙소로 돌아왔다.

그가 위장 귀순할 이유는 없다는 게 그의 판단이다. 또, 공식적으로 망명을 요청할 입장도 되지 못한다. 러시아에서 살인을 했으니 범인 인도를 요구한다면 어느 대사관도 버티지 못할 것이다.

박정남이 돌아간 뒤 이동호는 곰곰 생각에 잠기고 있었다. 두 차례의 방문은 그에게 희망을 주었으나 단편적으로 들은 남조선의 분위기가 다시 불안하게 만들었다.

지금 남조선은 냉철한 판단 없이 무조건적인 지원을 김정일에게 하고 있다. 또, 친북 세력이 각계에 널리 퍼져 있을지도 모른다. 황장엽의 활동이 극히 제한되어 있다는 것도 불안한 요인 중 하나다. 그렇다고 제3국으로의 탈출은 꿈도 꿀 수 없는 일이다.

'어차피 버린 목숨이다. 어디서 죽든 상관없다. 하지만 서울은 가야 한다.'

불안과 희망이 교차되어 그의 표정이 잠시 굳어졌다. 박정남의 언질에 의하면 러시아 경찰 측에서 누군가를 수색하고 있는 냄새가 난다는 것이다. 기차역과 공항에 정복 경찰들이 깔려 있고, 조선족 사람들을 일일이 검문하고 있다는 것이다.

그는 갑자기 위기를 느끼기 시작했다. 박정남의 두 번에 걸친 방문이 마음에 걸렸던 것이다.

'혹, 목격자의 제보라도 있다면?'

그는 가방을 꺼내 몇 가지 옷과 신분증, 그리고 평양에서 가져온 서류 몇 개를 우겨넣었다. 언제라도 가볍게 도망칠 준비를 하는 것이다.

'어떻게든 빠져나가 블라디보스토크로 가야 한다! 블라디보스토크에 가서 그 한국인 본부장의 도움을 받아야 한다. 이곳 박정남에게 한 말을 다시 되풀이해야 하겠지만…….'

손질이 잘된 권총과 탄환도 수건에 둘둘 말아넣었다. 급할 때 이것은 자살을 도울 것이다.

다음날. 박정남은 의외의 방문객을 맞고 있었다. 블라디보스토크에서 본부장이 찾아온 것이다. 장성 출신의 귀순이라면 한국으로서는 대어를 낚는 것이다. 전화만으로는 전후 사정을 다 알 길이 없는데다, 직접 만나지 않고는 움직이기 힘들었기 때문이다.

날이 어둡자, 박정남은 본부장을 안내하여 이동호의 은신처를 다시 찾았다. 본부장도 이동호가 무관 출신임을 한눈에 알아보았다. 매우 강인한 인상이다.

본부장 역시 긴장감을 감출 수 없었다. 자칭 북한의 장성급 군 고위층, 황장엽에 버금갈 충격적 귀순자가 될 것이라는 이동호.

정부의 공식 망명이 아닌 데다, 서울 당국의 허락도 없이 이 남자를 데려갈 경우, 그것이 실정법에 위반되는지 아닌지조차 알 수 없는 데다, 정부로부터 어떤 조사를 받게 될지도 본부장은 알지 못하고 있다.

만일 이 남자가 위장 탈주자이거나, 아니면 서울 어디서 잠적하여 요인을 암살하거나 산업시설을 파괴한다면 그때는 본부장 자신이 치명타를 맞는다. 정보나 첩보, 관련 법률에 문외한인 그로서는 선뜻 손을 내밀기가 어려운 일이다. 그렇다고 그냥 버려둘 수도 없었다.

"한 번 더 솔직히 말씀해 주십시오. 당신은 누구며, 왜 서울로 가려는지."

"예, 박정남 지사장께서 말씀하셨으리라 믿습니다. 그게 진실입니다. 하지만 저는 목숨을 건 절박한 상황입니다. 북조선도 러시아도 지금 나를 찾기 위해 혈안이 되어 있을 겁니다. 만일 내가 공식으로 망명 요청을 하면 나는 뜻을 이루지 못합니다. 러시아는 범법자로 몰고 갈 것이고, 남조선 정부는 푸틴의 눈치를 볼 것이 분명합니다. 더구나 평양과 긴밀한 관계를 맺고 있는 김대중 정부는 절대 나를 받아들이지 않을 겁니다. 망명이 실패하면 제겐 처형뿐입니다. 죽음이죠. 게다가…… 저는 남조선 정부의 비밀을 알고 있습니다."

"비밀?"

"네, 그건 서울에 가서 말씀 드리겠습니다."

"여기 있는 것은 위험합니다. 은신처를 바꿔야겠습니다."

"그렇습니다. 이 가정에 피해를 줄 수도 없구요."

본부장은 이동호에게 은신처를 제공한 집주인에게 현찰 1천 달러를 주었다.

"절대 비밀에 붙이셔야 합니다. 이 사람이 서울에 도착하면 사례금을 더 드리겠습니다."

그들은 마침내 시골 마을을 떠나 도심을 향해 이동을 시작했다. 본부장이 직접 몰고 온 승용차는 다시 미끄러운 도로를 질주하기 시작했다.

무서운 침묵이 감도는 가운데 승용차는 어느새 박정남이 숙소로 사용하고 있는 아파트에 도착했다.

'아, 한숨 돌리는구나!'

이동호는 가슴을 쓸어내렸다. 한국인 상사의 숙소에 왔다는 것은 반 발자국 서울에 도착한 것이나 다름없었다.

이동호는 자신의 목숨을 구해 준 조선족 민가에서 얻어 입은 점퍼의 깃을 잔뜩 올려 세우고 목을 움츠렸다. 그를 알아볼 사람은 없지만 구태여 얼굴을 드러낼 필요도 없었다.

전기 사정이 열악해서인지 복도나 엘리베이터의 전등은 모두 꺼져 있었다. 층을 알려주는 버튼에만 희미한 불이 켜져 있고, 그나마 몇 군데는 담뱃불로 짓이겨 숫자가 보이지 않았다. 하지만 이런 생활에 익숙한 박정남은 숫자도 없는 버튼을 눌렀다.

'꿈틀!'

요동을 치던 엘리베이터가 덜컹거리는 소음을 내며 올라갔고 7층에서 멈추어 섰다. 이동호는 겁먹은 얼굴로 그들을 따라 아파트로 들어섰다.

박정남과 부인인 듯한 여자, 두 아이가 찍은 가족사진이 보이자 이동호의 눈에서 눈물이 핑— 돌았다. 노모와 아들과 딸과 아내를 남겨두고 떠났다. 앞으로 그들의 운명이 어떻게 될지는 보지 않아도 선명하다.

가족. 사랑하는 아내와 자식, 그리고 어머니…… 차라리 눈치를 채고 그들도 탈출을 한다면…….

하지만 지금은 조국이라는 거대한 그림을 그리지 않으면 안 되는 시점이다. 가족과 자신의 희생으로 조국이 제 길을 걷는다면 그건 값진 희생이 될 것이다.

박정남이 끓여온 따뜻한 인삼차가 가슴을 덥혀주자 그제서야 겨우 진정할 수 있었다. 탄환과 권총, 평양을 떠날 때 가져왔던 몇 가지 서류가 든 손가방을 내려놓자, 블라디보스토크에서 왔다는 본부장이 먼저 입을 열었다.

"지금 북한의 실정은 어떻습니까. 삼, 사 년 전보다는 절박한 상황이 좀 풀리지 않았습니까?"

"가뭄과 홍수로 폐허가 됐던 그 절박함의 고비는 넘겼습니다만 아직도 굶주림과 질병에 죽어가는 사람은 부지기수입니다. 전력 사정, 식량 사정, 국제적인 고립…… 북조선은 섬 그 자체입니다."

"미래는……."

"없습니다."

그는 단호한 어투로 말했다.

"미래가 있을 수 없습니다. 북조선 인민의 희생에도 한계가 있습니다. 권력만으로 국가를 지탱하지 못합니다. 지난 가뭄과 홍수 때, 김정일이 손들었어야 했는데……."

"귀관께서 서울을 선택한 이유는?"

"통일을 위해서는 여러 가지 방법이 모색되겠지만 제가 남쪽에 바라는 바가 있어 탈출을 감행한 것입니다. 그건 서울에서 말하겠습니다."

"어쨌든 아직은 대단히 위험한 상태입니다. 저와 블라디보스토크로 가든, 여기서 러시아를 탈출하든 아무튼 대단한 모험이며 위험한 행동입니다. 서로 조심해야 할 겁니다."

이동호는 박정남이 제공한 구석방 침대에 몸을 눕혔지만 도무지 잠을 이룰 수 없었다. 아내, 어머니, 아들, 딸…… 그리고 위험과 불안…… 조국과 조국의 미래…… 통일…… 이런 생각들이 두서 없이 머리를 휘젓고 다녔다.

이동호를 만난 본부장은 다음날 돌아갔다.

그 다음날, 박정남은 작은 가방 하나를 들고 하바로프스크 공항에 나타났다. 본부장과 밤새워 논의했지만, 이동호의 귀순문제를 이들 둘이서만 결정하기는 어려웠던 것이다. 결국, 본사와 상의하여 귀국시킬 준비를 하기로 결정했다.

낡은 택시 하나가 공항을 향해 털털거리며 달리고 있었다. 뒷좌석의 남자는 지긋이 눈을 감은 채 무엇인가를 골똘히 생각하고 있었다. 아파트에 이동호를 남겨두고 서울을 향해 떠나는 박정남이다.

매주 화요일, 주 1회 아시아나항공이 서울─하바로프스크 두 도시를 정기 운항한다. 2002년 1월 28일이 이날이다.

박정남은 시계를 들여다보았다. 현재 시간 오후 2시 40분. 당일 오전 11시에 서울을 출발한 여객기는 오후 3시에 도착하고, 오후 4시 10분에 다시 서울을 향해 출발한다. 그 4시 10분 아시아나항공을 이용하여 서울로 갈 예정이다.

본부장이 확인한 이동호의 귀순문제를 서울 본사와 직접 상의할 생각이다. 전화나 팩스로는 위험부담이 너무나 커서 이렇게 서울로 직행하기로 결정했던 것이다.

그가 대합실에 막 도착했을 때, 한 무리의 여행객이 쏟아져 들어오고 있었다. 북경을 떠나 하바로프스크로 들어오는 러시아 여객기가 도착한 것이다.

키가 크고 검은색 코트를 입은 한 남자가 어깨를 스치며 지나갔다. 손에는 작은 가방이 들려져 있었다.

"아, 미안합니다."

그가 어깨를 부딪친 박정남을 향해 인사를 했다.

"괜찮습니다."

둘 다 유창한 러시아어로 말하고 대답했다. 하지만 이들은 서로가 동족임을 피부로 느꼈다.

'음, 북한 사람 같은데?'

'모양새를 보니 서울서 왔군!'

짧은 인사가 오가고 잠깐 눈길이 스쳤다. 그뿐, 두 사람은 그렇게 기억할 필요도 없는 사람으로 만나고 헤어졌다.

코트의 사내는 대합실에서 몸을 돌려 승무원을 위한 휴게소로 들어갔다. 그가 들어서자 막 도착한 러시아 여객기의 기장이 작은 봉투를 검은 코트의 사내에게 넘겨주었다. 그 사내는 작지만 묵직해 보이는 봉투를 받아 코트 주머니에 잽싸게 질러넣었다. 그리고 500달러가 든 돈봉투를 기장에게 건네주었다. 권총을 운반해 주는 대가로 받는 돈인데, 기장은 이런 부수입을 쏠쏠하게 올린다.

기장과 코트의 사내는 조금 전 어깨를 스쳤던 한국인보다 훨씬 더 담담한 표정으로 헤어졌다. 코트의 사내가 대합실을 빠져나와 공항 광장으로 나섰다.

낡은 공항에 비해 광장의 풍경은 제법 아름다웠다. 한랭지대의 자작나무들이 빽빽이 들어 차 있고, 하늘은 맑고 푸르렀다.

그가 공항 광장에 모습을 나타내자 일제 소형 혼다 승용차 한 대가 미끄러져 들어와 그 앞에 멈추어 섰다.

사내가 뒷좌석에 앉기가 무섭게 차는 북한 영사관을 향해 출발했다.

"오시느라 수고 많으셨습니다. 훈령은 받았습니다."

조직국에서 러시아 전 KGB 요원이던 이반을 만나러 온 평양 요원이다.

"고맙소! 그래 정보는 얼마나……."

"네, 이동호는 여전히 감감 무소식입니다. 러시아 경찰, 극동군 수사대까지 나섰지만 아직 흔적도 찾을 수 없습니다."

"흠―"

"이반은 시내, 일본인이 건립한 오쿠라호텔 바에 자주 나타난다고 합니다. 술에 절어 살고 있습니다."

"오쿠라호텔 바에?"

"네, 저녁이면 나타나 한두 시간씩 혼자 술을 마실 때가 많은데, 이곳 마피아와 연계되어 있다는 소문도 있습니다."

"그렇겠지!"

그는 쓴웃음을 웃었다. 한때 소련의 극동지역에서 신화적 인물로 통하던 이반. 그러나 소련의 몰락과 함께 그도 기어이 정보원의 말로를 그대로 걸어 지금은 쓸쓸한 생활을 하고 있다. 하긴 그래서 더 효용가치가 있는지도 모른다.

"오쿠라호텔로 차를 돌리지."

평양에서 조직국장이 보낸 밀사다. 그리고 훈령을 통하여 적극 지원하라는 명령이 하달되었다.

"알겠습니다."

영사관 직원이 차의 방향을 돌려 도심을 향했다. 오쿠라호텔은 세계 유수 도시에 산재해 있는 체인점식 호텔이며 그 경영권은 일본인에게 있다. 하지만 그 유명한 러시아 마피아와 손잡고 매춘이나 마약 밀매 장소로 이용하기도 한다.

원래 오쿠라호텔은 구 소련 시절 국영호텔로 건축하다가 자재나 건축기술이 부족하여 10년간이나 걸리다가 개방 후 일본이 인수하여 완성한 호텔이다. 중심가에 우뚝 선 호텔의 위용은 대단하지만 서방세계에 비해 내부시설은 매우 초라하다.

평양의 밀사는 이반과의 협의를 위해 영사에 숙소를 정하지 않고 이 호텔의 값싼 싱글 룸 하나를 얻어 짐을 풀었다.

"바에 가서 대기하고 계세요. 만약 이반이 나타나면 즉시 연락하고……."

영사관 직원을 돌려보낸 밀사는 창밖으로 펼쳐진 겨울 풍경의 하바로프스크 도시를 내려다보았다.

"미친놈!"

그는 이동호를 향해 욕지거리를 내뱉었다.

'우리 조선은 쉽게 무너지지 않아. 남조선은 겁쟁이들만 모였다구. 썩어빠진 부르주아들 뿐이야. 얻어먹을 것 다 얻어먹고 국지전 한 번만 벌이면 약속이고 지랄이고 다 끝이야. 게다가 우리한테 동조하는 세력이 얼만데…… 이동호. 이 바보녀석 남쪽으로 가 봐야 대접은커녕 목숨 지키기도 어려울 게야. 멍청한 놈.'

힘든 것은 안다. 동구권 사회주의 국가들이 무너지고, 소련이나 중국도 미국의 손을 들어주어 사실상 자본주의 국가가 되어 있다.

세계에서 미국과 맞장뜰 만한 국가는 이라크와 북한뿐이다. 그러나 북한은 이라크보다 훨씬 더 좋은 조건을 갖추고 있다. 서울이 코앞에 있기 때문이다. 말이 남조선의 수도지, 사실상 서울 그 자체가 대한민국이다.

'6·25때 실수한 거야. 서울만 먹어치우고 대전 앞에서 멈췄어야 했는데…… 하지만 서울은 언제든 불바다로 만들 수 있어. 이걸 미끼로 최대한 뜯어내는 거야. 미국, 일본, 남조선에서…….'

하지만 현실을 생각하면 암담하기만 하다. 전쟁은, 협박은 될지 모르지만 현실적으로 불가능하다. 식량, 유류, 도로망, 어느 것 하나 여유가 없다. 만일 남조선이 경제원조를 중단한다면 단, 3년을 버티지 못하고 붕괴될 것이다.

'그래서 뜯을 수 있을 때 잔뜩 뜯어내는 거야. 속초나 인천에 불 한 번만 싸질러대면 남조선은 겁먹고 움츠릴 텐데…… 아무튼 우리는 이라크보다 더 오래 버틸 수 있어.'

그의 이런 생각이 사실상 북한의 한국에 대한 정책인지도 모른다. 그들은 한국이 어떤 피해를 입어도 보복할 형편이 안 된다는 것을 알고 있다. 만일 보복을 할 경우 '전면전'을 위협의 무기로 내놓으면 그만이니까.

'멍청한 남조선. 한 오 년 만 긴장상태로 만들면 우리는 그냥 무너질 텐데…….'

생각에 잠기던 그가 피로에 지쳐 깜박 잠이 들었다. 꿈도 꾸지 않고 그렇게 잠에 떨어졌다. 베이징을 통해 하바로프스크까지 오는 길은 강행군이었다.

　그는 잠결에 노크 소리를 들었다. 그리고 그 소리에 눈을 떴다. 온수 파이프식 난방은 1급 호텔임에도 불구하고 냉기를 완전히 가셔주지 않았다.

　"접니다."

　영사관 직원의 목소리였다.

　밀사는 겨우 눈을 떴고, 자리에서 일어나 문을 열었다.

　"왔습니다. 이반입니다."

　그가 이반의 도착을 알려주었다.

　"하지만…… 과거 소련 KGB의 이반이 아닙니다. 돈에 게걸이 든 중독자에 불과합니다."

　"흠, 그럴 테지. 하지만 썩어도 준치라는 말이 있어. 한때는 신화적인 인물로 통했던 정보원이니까."

　그는 술값 몇 푼을 주머니에 넣고 객실을 빠져나왔다. 20층 건물의 지하에 바(bar)가 있고, 그 옆에는 가라오케가 있었다. 이 바는 러시아 당국도 함부로 손대지 않는 강력한 마피아 조직이 경영하고 있었다.

　밀사는 엘리베이터를 타고 내려와 바로 들어섰다. 흔히 볼 수 있는 서구풍의 술집이었고, 일본인, 미국인, 약간의 한국계 러시아인도 보였다.

　밀사는 구석자리에 앉아 한 잔의 양주를 주문하며 주위를 살펴보았다. 카운터 테이블에 이반이 앉아 양주를 마시고 있었다. 청바지에 낡은 가죽점퍼를 입고, 한국에서 알아주는 나이키 운동화를 신고 있었다. 옛날보다 약간 늙어는 보이지만 딱 벌어진 어깨며 번쩍이는 눈은 여전했다. 한눈에 그의 힘을 느낄 수 있었다.

'음, 아직 녹슬지 않은 것은 분명해.'

밀사는 이반의 옆자리로 옮겨가 앉았다. 그러나 이반은 그에게 전혀 관심을 보여주지 않은 채 홀짝거리며 술을 들이키고 있었다.

가슴이 움푹 패여 젖가슴이 아슬아슬하게 노출되고 엉덩이가 드러날 정도로 짧은 미니 스커트를 입은 아가씨가 다가왔다.

"뭘로 하시겠어요?"

"맥주 두 명."

흘깃, 옆의 이반을 바라보았지만 그는 머리를 숙인 채 여전히 술잔을 비우고 있었다.

맥주 두 병이 날라져 오자, 밀사가 한 병을 그에게 밀었다.

"하시겠소?"

그제서야 이반이 숙였던 머리를 들어올려 술병을 넘긴 사내를 바라보았다.

"?"

"나, 알아보겠소?"

이반은 무표정한 얼굴로 머리를 끄덕였다. 그러나 그것은 표정뿐이다. 이 북조선 사내 역시, 북조선의 조직국 요원으로 극동 러시아에서 활동하던 인물이 아닌가. 입에 차가운 미소가 떠올랐지만 밀사는 눈치채지 못했다.

"일을 그만두었다는 소문을 들었소."

"난, 놀지 않소."

이반이 빈 잔을 내밀어 술을 따뤘다.

"이곳엔 왜 왔소. 하바로프스크에…… 하긴 옛날과는 다른 도시가 되었으니 할 일이 많겠지만."

"이반! 당신을 만나러 왔어요."

"날? 허허…… 쓰레기통에서 뭘 뒤지게요. 마약이라도 팔 생각이오? 그런 거라면 좋지만……."

"당신과 할 말이 있는데 내 숙소로 갈 수 있겠소? 여긴……."

"흥!"

이반이 코웃음을 쳤다.

"숙소? 객실? 그런 덴 창녀나 찾아가지 나 같은 거물은 쓸데없이 드나들지 않지요."

"아니요. 거래가 있어요."

"거래라. 그렇다면 이동호를 찾아 달라는 부탁이겠구만."

"네!"

밀사가 깜짝 놀라 소리쳤다.

역시 이반이다. 그는 이 북조선의 정보 요원이 왜 자신을 찾아왔는지를 잘 알고 있었다. FSB(KGB 후신)나 GRU를 찾지 않고 자신을 찾아온 것에 이반은 무척이나 흐뭇해했다.

사실은 FSB나 GRU도 이동호를 찾기 위해 혈안이 되어 있기 때문이며 이미 GRU에서 1차 접촉이 왔었다. GRU는 1923년, 소련 군부 내 독자적인 정보기관으로 출발한 소련군 참모본부의 정보총국을 말한다.

이들은 현역군인으로 구성된 기관으로 외국의 전략정보 수집을 주기능으로 한다. 약 2천여 명의 본부 요원과 3천 명의 해외 파견 요원을 보유하고 있으며, 유럽과 미국, 동북아와 중동에서 암약하고 있다. GRU는 그동안 KGB에 대해서는 독립적인 군사첩보기관이지만 실제로는 KGB의 조종을 받는다. 옛날, 한국의 중앙정보부와 군 방첩대를 연상하게 하는 조직이다.

이반은 GRU와 KGB를 오가며, 일본, 한국, 중국을 상대로 첩보활동을 해 왔는데, 그것은 그의 특출한 언어실력과 한국인 2세라는 외모 덕이었다. 그는 이미 이동호의 위장 자살을 간파하고 있었고, 현 수사방법으로는 절대 이동호를 찾지 못한다는 것을 알고 있었다.

"이동호에 대한 정보가 있소?"

"칠십만 하바로프스크 인구 중에서 이동호를 찾아낸다는 것은 덤불에서 바늘 찾기지. 옛 소련 시절도 아니고, 돈이면 목숨도 바치는 러시아인들이 되어 있으니…… 그냥 돌아가시오. 난, 흥미 없으니."

하지만 물러설 밀사도 아니고, 흥미 없어 자리 털고 일어날 이반도 아니다. 평양 밀사의 목소리가 한결 낮아졌다.

"이만 달러 조건이오. 이동호를 찾아주거나 죽여주는 조건이오."

"이만? 껌값으로 날……."

"이만 달러가 얼마나 큰돈이오. 당신의 평생을 보장할 돈 아니오. 미화 현찰로 주겠소. 이만하면……."

"십만, 십만이면 하겠소."

잠시 흥정이 오고 갔고, 이들은 기어이 5만 달러에 합의를 보았다. 착수금 3만 달러, 작업이 끝난 뒤, 2만 달러.

돈에 옹색하던 이반은 내심 쾌재를 불렀고, 밀사는 한시름 놓게 되었다. 하지만 조건은 너무나 까다롭고 위험했다. 만일, 이동호가 남한으로 뛸 경우에는 한국으로까지 가서 해치우는 조건이다. 만일 서울에서 이동호를 해치울 경우 3만 달러를 더 준다. 대신 비밀은 무덤까지 가져가는 것이다.

이런 엄청난 거래가 오쿠라호텔 지하 바에서 간단히 성립되었다. 이반은 비로소 평양의 밀사를 따라 객실로 들어갔다. 그리고 신문지로 돌돌 말은 빳빳한 미화 3만 달러를 받아 가죽점퍼 속주머니에 우겨넣었다.

"실패하거나 약속 위반하면 당신도 죽는다."

"난, 실패하지 않아."

이반도 한때는 조국의 명예와 영광을 위해 뛰었다. 동경을 휘저으며 첩보활동도 했고, 거기서 한국의 움직임도 살폈었다. 공산주의 사상으로 뭉쳐졌던 돌덩이 같던 이반도 소련과 함께 몰락해 버렸다.

이반은 지금 이런 게 직업이 되었다. 경쟁이 붙은 일본인 기업가들의 암투에 끼어들어 한 기업인을 귀신같이 없애주고 1만 달러를 챙긴 일도 있었다.

사상이란 것도 결국은 환경에 의해 어이없이 무너지게 되어 있는 것이다. 인간의 마지막 목표는 삶의 질적 향상과 자유에의 갈망으로 귀착되게 되어 있다.

이반은 그것을 일찍 체험한 인물이다. 북조선도 폭우에 둑이 무너지듯 언젠가는 한순간에 무너질 것이라고 그는 믿고 있었다.

'지도자 한 사람에게 모든 충성을 다 바친다는 것은 개인의 자유와 인격과 사상을 죽여버리는 일이지. 그래가지고는 국가는 살아남지 못해. 난, 그걸 나중에 알았어. 공산共産이란 결국 신기루, 무지개

에 지나지 않아. 손에 잡힐 듯하지만, 가 보면 이미 거긴 허공, 허무뿐이야.'

돈을 들고 나오면서도 그는 머리를 한없이 가로저었다. 이 돈이면 많은 수의 북조선 주민들이 먹고 살 것이다. 그러나 그건 그들의 일이다. 지금 자신의 주머니에는 현금 3만 달러가 있다. 이것은 하늘땅만큼 많은 돈이다. 한 100만 달러쯤 모이면 남한을 상대로 무역업을 할 생각이다.

그는 독신이다. 애초부터 독신이었다. 언제 어디서 어떻게 죽을지 모르는 직업을 선택했기 때문에 거추장스러운 가족은 갖지 않았던 것이다.

숙소로 돌아온 그는 침대 밑 비밀 주머니에 돈을 소중히 질러넣었다. 그런데 오늘은 왠지 쓸쓸했다. 돈이 생기면 그 쓸쓸함이 한결 깊고 짙었다. 이런 때는 술을 마시고 여자를 사서 함께 잔다. 그래야 알 수 없는 허전함과 쓸쓸함을 이길 수 있다.

이동호를 찾는 일은 내일부터 착수해도 결코 늦지 않을 것이다. 그는 주머니에 500달러를 넣고 슬슬 거리로 나섰다. 이동호를 잡는 것은 시간문제지만 결코 서두르지 않을 것이다. 서울에서 해치우면 3만 달러를 더 벌 수 있으니까. 그리고 서울에서도 이동호를 찾기 위해 누군가 반드시 나타날 것이니까.

어두워진 거리는 여전히 잔뜩 얼어붙어 있었다. 그렇게 추위를 피해 어깨를 웅크리며 걷던 그가 발걸음을 멈춰 세웠다. 그리고 어디론가로 전화를 걸었다.

"음, 음. 그래. 오늘 내가 한 잔 살 테니 나오라고. 할 애기도 있고.

돈이 되는 일이야."

공항에 파견돼 있는 정보 요원이다. 그를 발탁하여 오늘의 자리에
이를 수 있도록 이반은 보살펴 주었다. 그리고 돈을 준다는 미끼를
던졌다. 한 300달러 정도 준다면 공항 출입자에 대한 정보를 정확히
제공할 것이다. 그중에서도 한국인의 출입 정보를 제일 필요로 했다.

이동호는 틀림없이 남쪽으로 갈 것이며 남쪽으로 가자면 한국인의
도움이 절대적으로 필요하다. 누가 이동호를 데려가기 위해 하바로
프스크로 올까?

살인적인 추위와, 탈출을 위한 살인으로 잔뜩 긴장되었던 이동호
는 박정남의 숙소로 몸을 옮긴 뒤에야 비로소 안정을 회복할 수 있었
다. 박정남은 며칠 보지 못할 것이라며 나갔고, 냉장고에는 먹을 만
한 음식이 충분하여 혼자서 식사를 해결해 나갔다.

서가에 책들이 꽂혀 있었지만 읽을 만한 기분은 아니었다. 이동호
는 이날도 침대에 누워 연두흠을 생각하고 있었다. 연두흠은 많은 이
야기를 들려주었다. 그리고 그의 죽음을 생각하고 있었다.

연두흠은 살해당할 수밖에 없었다. 그는 김정일식 정치 체제를 반
대했으며 근본적으로 레닌식 공산주의에 엄청난 회의를 느끼고 있
었다. 그의 통일관은 건전했지만 체제 유지를 위한 권력 핵심들과는
길을 달리했다. 더구나 연두흠이 주장한 평화통일은 남조선식 경제
흡수 노력과 유사했다. 황장엽을 제외한다면 북조선에 남아 있는 유
일한 '반주체사상자'일 것이다.

그는 이동호에게 김정일과 '신神'을 곧잘 비유하여 말했다.

"신神의 존재는 무엇인가. 신은 인간의 생사여탈권, 복과 화를 주는 절대권력자, 오로지 추앙받기만을 원하는 존재, 밥을 먹어도 신에게 감사해야 하고, 병이 들어도 신을 원망할 수 없지. 죽음조차 신의 뜻으로 받아들여지고, 신을 위해 죽는 것은 거룩한 죽음이지. 순교라고 하지 않던가. 게다가 신에 저항하면 재앙이 내려. 우리 조선이 증오하던 일제시대 일본의 천황이나 '위대한 지도자 수령 동지'가 신과 무엇이 다른가……마르크시즘의 태동이 어땠는가는 잘 알지 않는가. 부패한 황제의 제국주의를 무너뜨리고 노동계급이 사회와 국가를 지배하는 유토피아를 건설하는 것이었지. 노동자들은 열광했어. 황제라는 절대 권력자들을 몰아내는 노동자들이 세상을 지배하면 유토피아가 올 것이라고 믿었지. 그런데 여우 피하려다 만난 늑대란 것이 '스탈린'이었어. 개인은 모두 희생되고 볼셰비키 혁명의 2세 스탈린이 들어서서 또 하나의 황제가 된 거야. 허허허…… 우리 조선의 '위대한 지도자'는 신이 되었어. 사회주의는 신을 거부했고, 신이 물러난 자리에 새로운 '신'이 등장한 거야. 그리고 충성을 강요하지. 지금 김정일에게 충성하지 않고 살아남을 자 얼마나 되겠는가. 김정일은 '신'이야. 군대를 향해 '영광 있으라.' 소리치면 군은 감격에 못 이겨 충성을 맹세하지. 그렇지 않으면 죽거나 숙청당하니까…… 신神과 김정일金正一. 그건 동의어야…… 기독교의 경전(성경)에 '욥기'라는 게 있어. '욥'이라는 사람이 어찌나 하나님을 열심히 공경하는지 악마가 질투를 느껴 하나님에게 제의를 하지. 만일 그에게 병을 주어 고통스럽게 만들어도 하나님을 공경하겠는가? 이에 하나님은 흔쾌히 이 제의를 받아들여 '욥'에게 견딜 수 없는 고통을 주지. 피부병을 주었는데, 어찌나 몸이 가렵던지 기왓장을 깨 등을 긁으며 울부짖어. 그런데 뭐라고 했는지 알아? '하나님이 빼앗으면 누가 막을 수 있으며, 무엇을 하시나이까. 누가 물을 수 있으랴. 하나님이 진노를 돌이키지 아니 하시나니 화합을 돕는 자들이 그 아래 굴복하겠거늘 하물며 내가 감히 대답하겠으며 무슨 말을 택하여 더불어 변론하랴. 내가 의로울지라도 감히 대답하지 못하고 나를 심판하실 그에게 간구하였을 뿐이며…… 그가 폭풍으로 나를 꺾으시고 까닭 없이 내 상처를 많게 하시며, 나로 숨을 쉬지 못하게 하시며 괴로움으로 나를 채우시는도다. 나는 순진하다마는 내가 나를 돌아보지 않고 내 생명을 천히 여기는구나.' (욥기 9:12-23) '사람이 하나님과 쟁변하려 할지라도 천 마디에 한 마디도 대답하지 못하리라. 하나님은 마음이 지혜로우시고 힘이 강하시니 스스로 강퍅히 하여 그를 거역하고 형통한 자가 누구이랴.' (욥기 9:3-4)…… 이 장군, 이 땅에서 누가 김정일과 쟁변하려 할 것이며, 그를 거역하고 누가 형통하겠는가. 사흘을 굶다가 쌀 한 줌 얻어도 수령님의 따뜻한 배려로 알아야 하니, 내 어찌 통탄을 하지 않겠는가. 나의 생사여탈은 김정일이라는 신의 생사여탈권에 있으니 내가 의롭다 할지라도 어찌 그와 대적할 수 있겠는가. 마르크시즘은 종교와 신을 거부했고, 스탈린, 모택동, 김일성, 김정일은 스스로 신神이 되었어…… 종교에서 개인의 가치는 없고 오직 신권神權만이 존재하듯 이 나라는 민의民意는 없고, 오직 통치자의 명령만 있어. 누가 감히 그와 대적하려 하겠는가."

이런 말을 할 때면, 연두흠 선생은 언제나 숙연하고 안타까운 표정이었다. 종교인이 신神과 헤어지지 못하듯 공산주의자들은 공산주의 사상을 끊지 못했다.

누군가 말했다. 그것은 마약을 끊는 일보다 더 힘들다고. 왜냐하면, 공산주의는 지상천국을 만들겠다는 메시아적 성격이 강해서, 곧 쓰러져 죽어도 '무지개 환상'을 버리지 못하기 때문이다.

"그래서…… 인간적 한계에 도달해서야 비로소 꿈에서 깨어나지, 그들이 바로 탈북자들이야…… 하지만 황장엽은 여기서 싸웠어야 했는데…… 하긴, 그러나 김정일 손에 죽으면 그나마 할 일이 없어지기는 하지만……."

연두흠은 이렇게 황장엽에 대한 애증을 토로하곤 했다.

"그런데 더 우스운 것은 신을 배척하여 몰아낸 공산주의자들을 옹호하는 종교인들도 있다는 게야. 그들은 물론 극소수이긴 하겠지만, 그들은 신을 몰아내고 신의 자리를 꿰찬 독재자들을 절대 비난하지 않아. 오히려 옹호까지 해. 남한의 군사독재에는 목숨을 걸고 투쟁하면서도 북의 절대권력자, 권력의 세습자, 권력의 독재자 파쇼보다 더 파쇼적인 이정권에 대해서는 비난 한마디 하지 않아. 정말 미스터리지. 아마도 그들은 진정한 악마를 알아보지 못하는 것 같아. 악마란 천사의 옷을 입고, 천사의 웃음을 웃기도 하거든. 허허허…… 종교 얘기는 자넨 잘 모를 거야. 배울 기회가 없었을 테니."

그렇다. 이동호는 신학에 대해서는 까막눈이다. 배울 기회조차 없었으니까…… 연두흠 선생은 종교에 대해 다시 이렇게 말했다.

"나는 종교에 대해서는 긍정도, 부정도 않아. 그들에게는 신에의 갈망이 희망일 수도 있고, 삶의 한 부분일 수도 있으며, 생존의 고통을 잊게 하는 한 방법일 수도 있기 때문이지. 하지만 김정일의 교조주의적 신격화는 근본이 달라. 이건 희망이 아니라 절망이야. 인간은 신이 될 수 없기 때문이지. 신은 권위와 자애로 인간을 다스리지만, 김정일은 오직 공포와 위협으로만 다스리거든. 그는 권력은 총구에서 나온다는 모택동의 말을 잘 이해하고 있어. 그래서 김일성 사망 후 주석主席을 포기하고 '국방위원장'을 선택한 거라구. 무슨 말인지 이해하겠지. 총구, 전쟁, 국내외에 대한 협박 이 모든 것을 가능하게 하는 것이 무력, 즉 총의 힘이지. 자네도 군인이지만 누구에게 충성하나. 국가? 인민? 마르크시즘? 천만에 김정일이야. 왜, 자네의 생사여탈권이 그에게 있으니까. 즉, 자네의 신, 김정일이 두려워서지."

인간 개체의 권위나 존엄성, 개성, 자유는 존재하지 않는다. 군軍이라는 특수성을 인정한다 하더라도 여기는 자신을 지키기 위해서는 국방위원장이라는 신을 섬기지 않으면 안 된다. 반대 의견, 즉 신에의 저항은 죽음뿐이다. 그리고 연두흠 선생은 그 길을 선택했다.

'신을 부정하고 배척한 뒤, 공산 혁명가들이 스스로 신의 자리에 취임한 기이한 현상의 집단.'

이동호의 생각이 여기서 멈추자 입에서 허탈한 웃음이 터져 나왔다.

'조선은 모두가 굶어도 김정일을 찬양할 수밖에 없지. 그는 신이니까.'

신에 저항한 연두흠은 스스로 죽음의 길을 선택했다. 신이 아닌 자를 신으로 부를 수 없었으며, 신적 존재를 신이 아니라고 말했기 때문이다.

'이런 체제로는 인민이 살지 못한다. 국가의 대문을 열어야 한다. 불합리한 점이 있더라도 자본주의를 향해 문을 개방해야 한다. 개개인 사유재산을 인정하고 개인의 무역거래를 인정해야 한다. 무기의 진정한 감축과 북·남 상호 간 호혜원칙 하의 평화통일을 위한 전초 작업을 해야 한다. 김정일이 국가와 인민을 살려내면 그때는 진정한 지도자가 될 것이다. 권부權府부터 검소하게 살고, 우리의 실상을 세계에 여과없이 공개하여 투명한 나라 살림을 끌어가면 국제사회는 우리에게 거리낌 없이 투자할 것이다. 이것이 통일의 기반이 될 것이다.'

하지만 이러한 정책 제시는 김정일을 죽음으로 몰아갈 것이다. 그는 죽는 순간까지 '총구의 힘'을 놓으려 하지 않을 것이다.

'더르릉—'

세찬 바람이 유리창을 때렸고, 그 소음이 귀를 파고들어서야 그는 깊은 사색에서 깨어났다. 사색에서 깨어난 그는 이번에는 실존적인 공포에 몸을 떨었다. 그것은 러시아나 북한의 추적에 대한 공포였다. 그리고 그 공포는 다시 가족에 대한 그리움과 아픔을 함께 몰아왔다.

가족들은 희생될 것이다. 그리고 자신도 꿈을 이루지 못한 채, 이 차가운 땅에서 허망하게 죽을지도 모른다. 그러나 어떤 희생을 치르더라도 서울 한복판에서 이 터무니없는 평양 정부의 허상을 세계에 알릴 것이다.

그러한 희망, 가능성에의 열정마저 없다면 그는 뼈저린 고독감과 공포를 견디지 못하고 스스로 머리를 향해 방아쇠를 당겼을 것이다.

'박정남은 정말 나를 구출할 수 있을까? 내 꿈을 이뤄줄 수 있을까? 만일 내가 신을 믿어준다면 신은 나를 자유세계로 탈출하는데 도움을 줄 수 있을까…… 아냐, 그런 전능한 신이 있다면 이런 생지옥 같은 집단을 왜 처단하지 않고 방치해 두겠는가. 인간의 일은 인간이 해결하는 거야. 내 스스로 평양을 탈출하듯…….'

이동호는 무관 출신이지만 연두흠으로부터 절대적인 영향을 받았다. 인간 개체의 존엄성, 공산주의의 집단 마취, 결코 쟁취할 수 없는 유토피아에의 끝없는 갈망, 거기에 희생되는 인민의 무력함, 개성의 말살, 신격화神格化된 개인숭배의 북조선 체제. 그리고 총구의 위협이 가져온 자유의 억압.

그렇다. 북조선은 절대 이룰 수 없는 꿈을 끝없이 강요하고 세뇌시킨다. 만일 연두흠의 영향이 없었더라면 그는 아직도 '위대한 수령'을 외치며 신이 아닌 신을 향해 경배했을 것이다.

그의 귀에 연두흠 선생의 목소리가 쟁쟁하게 들려왔다.

"인간의 삶은 자신의 개체가 가장 중요한 법이다. 그런데 이 나라는 개체의 인간에 대한 존엄성이나 가치, 합리적 사고방식을 인정하지 않아. 통제, 획일화 숭상, 그리고 억압으로 일관하지. 그걸 독재라고 부르는데, 독재에도 익숙해지면 습관이 되어 억압받는 것조차 몰라. 넌, 너의 개인 인격을 찾아. 그게 인간이니까."

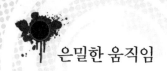

은밀한 움직임

한 사내가 작은 서류가방을 들고 소공동에 모습을 나타냈다. 그는 잰걸음으로 걷고 있었는데 무언가 잔뜩 긴장된 표정이었다. 1월의 매운 추위에도 아랑곳없이 얼굴을 똑바로 들고 뚜벅뚜벅 걷고 있었다.

소공동 조선호텔 근처 근영빌딩 제일무역 회장실에서 엘리베이터를 멈춘 그는 여전히 굳은 얼굴로 회장실로 들어섰다. 입구의 여비서가 깍듯이 인사하며 회장실로 안내했다.

"어서 오시오. 박 지사장."

"네, 회장님."

박정남은 여비서가 끓여온 커피로 몸을 덥히고 긴장을 푼 후, 이동호의 접촉과 그의 제의를 자세히 보고했다.

"이동호는 현 한국 정부의 정책방향으로 보아 공식 귀순은 하지 않겠답니다."

"영사나 대사관을 이용하지 않고 은밀히 귀국하겠다는 것 아닌가.

그건 불가능한 일이 아닐까?"

"어쨌든 그는 북한의 거물입니다. 지금까지 귀순한 북한군들이 대개는 사병이고, 공군의 이웅평 등 몇몇이 영관급 장교였으나 이 자는 장성급입니다."

"음, 하긴 북한 장성이 귀순하는데 공식이면 어떻고 비공식이면 어때. 위장 귀순만 아니라면 투자할 가치는 있지."

"이동호가 오랫동안 데리고 있던 부관과 운전병이 사실 하바로프스크를 출발하기 전에 철저히 감시하라는 북한 조사국 요원의 지시가 있어 그들을 어쩔 수 없이 제거시켰답니다. 또 탈출과정에서 러시아 민간인 한 명을 죽였구요. 그것도 공식 귀순에 걸림돌이 될 거라고 했습니다."

"그럴 테지…… 알았어. 한 이, 삼 일 만 말미를 줘 봐. 내가 알아볼테니."

"언론에 알려지면 안 됩니다. 극비에 움직여야 성공합니다."

"알았어. 생각하는 게 있으니까. 가족들한테는 휴가라고 하고 집에 가서 기다려. 방법이 모색되면 연락할 테니까."

회장은 박정남을 돌려보냈다.

박정남 앞에서는 대수로운 일이 아닌 것처럼 말했지만 그도 역시 경직되기는 마찬가지다. 탈북자 뉴스는 수없이 보았지만 이번 탈북자는 차원이 다르다. 북한의 손꼽히는 군사전략가이며 탱크전의 전문가라면 이건 국제적인 사건이 될 것이다.

황장엽의 귀순이 북한 공산당 이미지에 타격을 주었다면, 이동호의 귀순은 북한군 자존심에 타격을 줄 것이며, 북한군 현실을 알몸

벗기듯 벗겨낼 수 있기 때문이다. 만일, 서울로 데려올 수만 있다면 이건 대어 중에 대어를 낚는 일이었다.

회장은 눈을 지긋이 감고 깊은 생각에 잠기기 시작했다. 이동호를 빼돌리는 데는 역시 돈이 필요하다. 하지만 재산은 웬만한 준 재벌만큼 가지고 있고, 또 벌면 된다. 까짓 한 몇 억 정도 쓰는 건 흔적도 남지 않는다.

'모험을 한 번 해 봐? 국회의원 도움을? 동창 중에 그럴 듯한 인물은……?'

그렇다고 국정원으로 불쑥 찾아가기도 그렇다. 그것은 오히려 일을 그르칠 수도 있을 것이다. 은밀히, 아주 은밀히 귀국시켜 언론에 대대적으로 공개한 후 당국의 조사를 받는 것이 가장 효과적인 방법일 것이다.

'그렇다면 이런 일에 이골이 난 사람이어야 하는데…….'

그의 머릿속에 전광석화처럼 떠오르는 인물이 있었다. 대학동창이며 언론인 출신의 한 친구가 기억에 떠오른 것이다. 지금은 조그만 시사주간지를 발행하고 있는데, 그의 마당발은 세상이 알아준다. 게다가 DJ정권의 '햇볕정책'에 대해 신랄하게 비판하고 있어 그의 적 또한 만만치 않게 많은 그런 인물이다. 그의 사무실은 마포에 있었다.

정계, 재계, 군부 두루 두터운 인맥이 형성되어 있어 상의하기엔 딱 적임자다. 더구나 그 친구가 주간지를 창간할 때 그가 선뜻 사무실을 얻어준 돈독한 관계다.

그는 그 친구 사무실을 찾았다.

"웬일이야. 이 시간에 사무실에 다 있고. 언제 주간지 경영은?"

"괜찮아. 그러고 보니 오래간만이군."

"다름이 아니라…… 국가적인 큰 문제가 생겨서 그래."

"기사 제보야?"

"이 친구는 그저…… 그게 아니고, 내가 러시아에 진출해 있잖아. 정보관계로 사람이 필요해. 그 분야의 베테랑으로 현직이 아니어야 하고…… 좋은 사람 있으면 소개해 줘. 은퇴한 정보 전문가."

"있지. 좋은 사람…… 무슨 일인데."

"그건 나중에 만나서 얘기하자구. 섭외가 되면 연락줘. 한시가 급해."

"알았네! 지금 연락함세."

친구는 어디론가로 전화를 걸었고 저녁 7시 약속을 해두었다. 그리하여 완전히 날이 어두워진 저녁 7시, 회장은 친구와 친구가 동행한 한 건장한 사내를 만날 수 있었다. 소공동 일식집 은밀한 방에서 이들의 회동은 이루어졌다.

전직 안기부(국가안전기획부) 출신으로 김대중 정부가 들어서면서 내쫓긴 인물이다. 대북정책이나 첩보의 1인자인 그는 '햇볕정책'을 추구하는 현 정부에서는 그리 쓸모가 없다고 판단되었겠지만 정작 본인에게는 아무 이유도 설명도 없이 해고 명령을 내렸다고 했다. 하지만 그의 머릿속은 마치 컴퓨터처럼 많은 정보가 입력되어 있는, 현장 경험도 많은 대단한 베테랑이다.

"김용기라고 합니다."

그가 두둑한 손을 내밀어 회장의 손을 잡았다.

식사를 끝낸 후, 술도 들지 않고 진지한 토의를 시작했다.

김용기는 현역에서 은퇴한 후, 여의도 한 오피스텔을 얻어, 현 정부의 대북정책에 관한 연구논문을 집필 중이라고 했다. 친구가 추천한 인물이라면 틀림없을 거라 믿었다. 회장은 박정남으로부터 들은 이동호 탈출사건을 다시 한 번 들려주었다.

"지금 이동호라는 사람은 우리 지사장 아파트에서 은신 중입니다. 저희들이 어떻게 하면 좋겠습니까. 두렵기도 하고, 긴장도 되고, 그리고 흥분도 됩니다만 우리 재간으로는 도저히…….."

이건 일급 정보다. 황장엽 귀순 못지 않는 충격적인 사건이 될 것이다. 김용기는 개인 정보망을 통해 북한 사상 이론가 연두흠의 급서 소식과, 하바로프스크에서 장성 하나가 잠적했다는 말을 들은 기억이 있지만 그다지 관심을 갖지는 않았었다. 그 사건이 자신의 손으로 굴러 들어온 것이다.

"이동호가 그럼…… 귀 회사 하바로프스크 지사장 집에 은거 중이라 이거죠?"

"그렇습니다. 이동호를 아십니까."

"아, 아닙니다. 제가 소유하고 있는 정보로는 그저 북한의 한 장성 하나가 극동 러시아에서 증발했다는 것뿐입니다. 근데…… 그게……."

"그런데……."

회장의 목소리가 한결 더 낮아졌다. 아무도 들을 사람이 없지만 그는 숨죽이며 또 하나의 충격적인 비밀을 털어놓았다.

"이동호의 자백에 의하면 지금 정권 핵심부와 손닿아 있는 한 인물이 평양의 조종을 받고 있다는 겁니다. 그건 서울에 오면 밝히겠답니다."

"뭐라구요! 그게 사실입니까."

"제 지사장이 이동호로부터 직접 들었다니 믿을 수밖에 없지요."

"'오로라' …… '오로라' 입니다."

"'오로라?' 그게 뭐죠?"

"'오로라aurora', 정보계에서는 오래전부터 '오로라' 라는 이름이 떠돌고 있었습니다. 권력 핵심에 영향력 있는 인사인데 정책에까지 손이 미친다는 겁니다. 하지만 그가 누군지 아는 사람은 없습니다. 제가 현역 시절 또 은퇴 후 다각도로 조사했지만 아직 누구라고 분명히 밝히기가 어려웠습니다. 심증이 가는 사람은 있지만 뚜렷한 증거도 없구요. 이건 최대의 정보입니다."

"전, 두렵습니다."

회장의 얼굴이 사색이 되었다.

"두려울 것 없습니다."

김용기의 얼굴이 벌겋게 달아올랐다. 흥분을 감추지 못한 그의 두 눈동자가 불꽃처럼 이글거리고 있었다.

'오로라!' 북극광北極光…….

그가 누군지 정확히 아는 사람은 없다. 하지만 핵심 정보 요원치고 '오로라' 라는 미지의 인물을 모르는 사람은 없다.

그가 남자인지 여자인지, 정부나 권력 핵심부에 깊숙이 박혀 숨어 있는지, 아니면 기업인 행세를 하며 서울과 평양의 연결고리를 하는지, 아니 실제로 그런 인물이 존재하는지 아닌지조차 확연히 드러나지 않고 있었다.

그 '오로라' 에 대한 정보가 지금 하바로프스크에 은신 중인 이동호의 입에서 처음으로 확인된 것이다. 또 세계가 경악할 군사비밀도 있다고 했다. 그건 분명 핵문제일 것이다.

　김용기는 이 '오로라' 의 정체 추적에 몰두하던 어느 날 갑자기 해고 통지서를 받았다. 그는 아직도 자신의 해고 이유를 정확히 모르고 있었는데, 아마도 '오로라' 추적이 그 원인이 아니었나 추측하게 되었다.

　그가 단호한 어조로 다시 말했다.

　"두려울 것 없습니다. 사내란 목숨을 걸 일이 있을 때, 걸어야 합니다. 제가 인식하고 있는 '오로라' 는 정계에 대단한 영향력을 가지고 있으며 그만큼 많은 정보가 평양으로 흘러갈 수도 있다는 겁니다. 그뿐 아니라 각계 인사들이 그에게 포섭될 가능성도 있다는 겁니다. 남·북 화해니, 통일론이니 하지만, 우리는 아직도 냉전상태며 언제 어떤 극한상황이 돌발될지도 알 수 없는 일입니다."

　"어떡하면 좋겠소."

　"제가 러시아로 가겠습니다. 아무에게도 말하시면 안 됩니다. 하바로프스크 지사장에게만 귀띔해 주십시오. 그의 도움이 필요하니까요."

　그렇다. 남자는 목숨을 걸 일이 생기면 한 번 걸어 보는 것도 멋있는 일이다. 회장은 김용기의 가슴에서 피가 끓는 것을 보았다.

　통일을 원치 않는 사람은 없다. 굶주림에 지쳐 중국 벌판으로 도망치는 탈북자를 돕고 싶지 않은 사람이 어디 있을까. 하지만 북한의 권력 핵심부를 신뢰할 수는 없다. 또 정부의 북한 지원정책에도 불만이 많다. 그 돈이 실제로 굶주린 우리 북한 동포에게 가는지 아니면 누군가의 뒷주머니로 가는지의 투명성을 북한은 보여주지 않고 있다.

게다가 '오로라'라는 정체 모를 인물까지 포진시키고 있다면 이는 국가를 위해서라도 반드시 밝혀내야 할 일이다. 회장이 이 일에 적극 나서기로 결심하는 데는 그리 오랜 시간이 걸리지 않았다.

"좋소. 뒷돈은 내가 대겠소. 자금은 필요한 대로 쓰시오. 실패한다고 해서 원망하지는 않을 테니. 일 억을 쓰든 이 억을 쓰든 원대로 쓰시오. 돈은 있으니까. 무제한 제공하겠소."

"우리 정보는 북한으로 새 나가고, 북한 정보는 입수되는 게 없습니다. 지난 광명성 사건만 해도, 우리는 물론 미국조차 캄캄하지 않았습니까?"

광명성 사건, 그 사건의 내용은 다음과 같다.

1998년 9월 1일. 중앙 일간지들은 북한이 대포동 1호 미사일을 시험 발사했다고 보도했다.

정부는, 북한이 미사일을 발사한 시각은 8월 31일 낮 12시 07분께였으며, 사정거리 1,700~2,200km의 미사일이 함경북도 김책시 부근의 하대군 대포동에서 1,380km를 날아 북위 40도 11분, 동경 147도 5분의 일본 미사와 동북방 580km 해상에 떨어졌다고 발표했다.

남한과 미국, 일본은 이 사건으로 발칵 뒤집혔고, 북한은 코웃음치며 미사일이 아니라 인공위성이라고 발표했다.

북한의 발표내용은 다음과 같다.

─우리는 다단계 운반로켓으로 첫 인공지구위성을 궤도에 진입시키

는데 성공했다. 이 로켓은 8월 31일 12시 07분에 함북 화대군 무수단리 발사장에서 86도 방향으로 발사돼 12시 11분 53초에 위성을 자기 궤도에 정확히 진입시켰다.

이 발표는 한국은 물론 인접국 일본, 핵 협상 당사국인 미국을 또 한 번 경악하게 만들었다. 이들 3개국은 북한의 정밀전자공업 기술을 과소평가하고 있었고, 경제난에 허덕인다던 북한으로부터 한 방 얻어맞은 결과가 되었다.

위성이냐, 미사일이냐로 한바탕 설전이 벌어졌지만 한국은 아무런 정보도 얻을 수 없었다. 미국은 실패한 위성이라고 뒤늦게 발표했지만 한국이나 일본은 이 발표마저 의문을 가졌다. 이 인공위성이 광명성光明星이다.

천문학적 자금이 투입되어야 하는 이 인공위성 발사는 '가난뱅이 북한'의 시각을 뒤집는 계기가 되었다. 모든 것을 희생해서라도 목적은 반드시 이루는 북한으로 인식하게 만든 것이다.

굶어 죽거나, 탈북자들이 속출하는 북한에서 인공위성? 북한의 이 광명성 사건은 한국 정보계의 무능을 조롱했고, 한국 정보계는 자존심에 치명타를 입었다. 그것은 치욕적인 사건이었다.

"섣부르게 탄도미사일 운운하던 남조선 괴뢰들은 망신을 당하고 닭 쫓던 개 신세가 되었다. 위성인지 탄도미사일인지도 분간 못했다면 차라리 입을 다물고 있는 편이 낫다. 인공위성은 지금도 궤도를 돌고 있다."

북한 통일위원회 대변인의 이 발표는 한국의 상처를 또 한 번 크게 뒤흔들었다.

"좋습니다. 이번에는 본때를 보입시다. 어떻게든 이동호를 서울로 데려오고 북한의 기밀을 폭로하여 작년 광명성호로 입은 상처를 복구합시다."

'오로라' 라는 암호를 가진 고위층 접촉자를 발색하여 폭로하고 한번 본때 있게 씻을 수 없는 상처를 입히자는 것이 이들의 각오다. 그러나 러시아의 하바로프스크에서 이동호를 데려오는 것은 결코 만만한 일이 아니다. 지금은 박정남이 잘 보호하고 있지만 국제법이나 관례에 따르지 않는 비공식 귀순을 어떻게 해결해야 할지 난감하기만 하다.

"어쨌든 블라디보스토크 본부장이 러시아 극동군과 협력이 잘 되고 있으니 방법이 있을 거요. 일단 가 보시오."

김용기 가슴에는 피가 솟구치고 있었다.

'북한을 탈출한 장성을 데려오다니…… 절대 실패하지 않을 것이다. 게다가 공작자금은 무제한 지원된다. 피가 끓지 않는다면 사내가 아니지.'

일주일 후, 화요일.

김용기는 이동호를 귀순시키기 위해 아시아나항공에 몸을 실었다. 저쪽, 뒷좌석에는 회장이 사진을 보여준 박정남이 동승하고 있었지만 그는 김용기를 알아보지 못했다. 이동호의 탈출방법이 모색될 때까지는 비밀에 붙여두려 했기 때문이다.

박정남은 눈을 감고 의자에 몸을 깊숙이 파묻었지만 잠이 올 이치가 없다. 그의 신경은 빳빳이 곤두서 도무지 수면을 취할 수가 없었다.

회장은 그에게 하바로프스크로 그냥 돌아가라고 했다. 누군가 회장의 주민등록번호를 말하며 접근하면 그가 공작원인 것으로 알라고 했다.

그런 반면, 김용기는 비행기가 이륙하기 무섭게 코를 곯아댔다. 이렇게 긴장될 때는 수면이 제일이다. 잠을 자는 일에도 그는 잘 훈련되어 있었다.

하바로프스크 호텔은 박정남이 이미 자신의 이름으로 예약을 해놓았다. 공작원이 투숙할 객실이다.

얼마쯤 잤을까. 승무원 아가씨가 김용기를 흔들어 깨웠다. 어느새 공항에 도착한 것이다. 그는 눈을 비비며 창밖을 바라보았다. 사람들이 어깨를 움츠리며 걷는 모습이 보였고 저쪽에 공항 건물이 보였는데 건물은 매우 아름다워 보였다.

높고 푸른 하늘을 바라보며 트랩에서 내렸다. 입국수속은 쉽게 이루어졌는데 외부에서 보기와 달리 공항 건물 내부는 형편없이 낡아 있었다. 공항 손님을 맞기 위한 택시들이 몇 대 서 있었지만 택시 역시 낡고 조잡하기 짝이 없었다.

러시아어는 능통하지는 못하지만 여행하는데 큰 불편은 없을 정도다. 김용기는 찬바람을 뚫고 달려가 택시에 몸을 실었다.

"오쿠라호텔!"

날씨가 얼어붙는 듯 차가웠다. 금세 귓불이 발갛게 얼었다. 김용기는 부르르 몸을 떨었고 택시는 도심 오쿠라호텔을 향해 털털대며 달리기 시작했다.

마침내 택시의 모습이 시야에서 사라졌다. 그리고 한 사내가 주머니에 손을 질러넣은 채 방금 사라진 택시 뒤로 시선을 좇고 있었다.

"흠."

건장한 러시아 사내는 공항으로 돌아와 어디론가로 전화를 걸어 한동안 수다스럽게 뭐라고 떠들어댔다. 이반에게 뇌물을 받은 정보요원이다.

평양의 밀사와 서울에서 달려온 김용기는 마침내 하바로프스크 제 1의 호텔 오쿠라에 함께 투숙하게 되었다.

밀사는 이동호의 제거를 위해, 그리고 김용기는 이동호의 러시아 탈출을 위해. 평양의 밀사는 이반이라는 든든한 인물을 매수하여 최전방에 배치해 놓았고, 김용기는 이동호를 보호하고 있는 입장이다.

누가 유리하고 불리하다고는 말하기 어렵다. 밀사가 승리하여 의기양양하게 평양으로 돌아갈 수도 있고, 김용기가 승리하여 이동호와 함께 서울로 돌아갈 수도 있다. 그것은 이동호를 죽음이냐, 삶이냐의 기로에 서게 하는 운명이 될 것이다.

그 무렵, 이반은 공항의 하수인으로부터 한 통의 긴급한 전화를 받고 있었다. 그가 매수한 공항 정보원이다.

"접니다. 한국에서 수상한 인물이 지금 입국하여 시내로 출발했습니다."

"수상한 사람?"

"네, 김용기라는 이름으로 1954년생, 그러니까 48세인 셈입니다. 입국시의 인적사항인데 하바로프스크엔 처음 오는 사람입니다. 사업가로 기록돼 있지만 이 겨울에 혼자 이곳을 찾아올 사업가가 어디 있겠습니까?"

"그래? 좋아. 틀림없이 호텔에 투숙했을 테니 찾는 것은 쉬운 일일 테고."

"그렇습니다."

"느낌이 어떻던가."

"눈매가 무섭고 체격이 좋습니다. 절대 사업가는 아닙니다."

"됐어, 고마워."

그는 쾌재를 부르고 있었다. 혹한의 시베리아, 공항이 폐쇄되지 않는 것만도 다행인 이런 기후에 사업을 위해 혈혈단신 찾아올 사람은 없다. 한국에서 입국한 김용기라는 사람은 그럼 왜 왔을까. 그것은 틀림없이 이동호 때문일 것이다. 이제 숨죽이며 그를 지켜볼 것이다. 그의 일거수일투족에 온 신경을 예민하게 세울 것이다.

그런데다 김용기의 입국과 함께 일주일 전 출국했던 한국인 상사 박정남이란 인물도 함께 들어왔다. 이반의 사냥개 같은 코가 잠시 예민한 후각을 발휘하며 흔들어댔다. 김용기는 박정남과 접선할 것이며, 박정남을 접선하는 중심에 이동호가 있을지 모른다. 어찌 됐든 이동호의 최종 목표지점은 서울이 될 것이다.

이반은 오쿠라호텔 지하 바에서 몇 잔의 술을 들이키며 계속 추적해 나가고 있었다.

'왜 이동호는 한국 영사관이나 모스크바로 가서 외국 대사관으로 뛰어들지 않는가. 그것은 그가 살인을 했기 때문이다. 또 하나는, 이동호는 현 DJ의 한국 정부나 외교채널을 신뢰하지 않기 때문일 수도 있다. 민간사업가를 통하여 서울로 가겠다는 이유, 그 때문일 것이다. 박정남은 서울에서 김용기를 데려왔고 김용기는 이동호를 서울로 빼돌릴 것이다. 그렇다면 김용기는 한국의 정보계 인사이거나 전직 안기부 요원일 가능성이 농후하다.'

생각이 여기에 미친 이반은 벌떡 일어나 11층에 투숙하고 있는 '평양 밀사'를 찾아갔다. 그의 사무실에는 컴퓨터와 팩스 등 현대 기기들이 잔뜩 설치되어 있었다. 평양 본부의 지령을 받고, 또 보고하는 도구들이다.

"한국의 정보계 요원 중 김용기라는 사람이 있나 알아봐 주시오. 1954년 9월 25일생이니 자료를 뒤지면 곧 알아낼 수 있을 거요."

"김용기?"

잠시 컴퓨터를 뒤지고 평양으로 메일을 주고받던 그가 자료 하나를 프린트하여 이반에게 넘겨주었다. 표정 없기로 정평이 난 그의 얼굴에 득의만만한 미소가 떠올랐다.

"됐소. 이제 이동호는 거의 손에 잡힌 셈이오. 걱정 말고 휴식하고 관광이나 즐겨요. 필요하다면 여자 하나 붙여주죠."

"낮에는 필요 없소. 밤에 한 명 보내주시면 고맙겠소."

긴장의 나날을 보내야 하는 밀사도 밤의 여인이 필요했다. 어차피 국가 돈으로 쓰는 일이며, 여자의 몸은 긴장을 푸는데 가장 좋은 수단이다.

"거꾸로 내가 김용기에게 접근하는 방법도 있는데……."

"한국 정보원에게?"

"그렇소. 어찌 됐든 이동호는 독 안에 든 쥐 꼴이오. 이 도시에서는 절대 내 손을 빠져나가지 못해요. 만약 실수한다면 서울까지 따라가 반드시 없앨 것이오."

"돈이 걸려 있소. 당신에게는 이번 일이 명예와는 상관없는 일일 테니까."

"명예? 그건 거적 같은 거요."

그는 자리에서 일어나 다시 바로 내려갔다. 침침한 바에는 철 지난 재즈가 시끄럽게 울려오고 있었다. 구석자리에 앉은 이반은 아무 일 없었다는 듯, 다시 술을 마시기 시작했다.

김용기는 의자에 앉아 깊은 자괴감에 빠져 있었다.

이동호가 대사관을 통하지 않는 이유 중에 하나는 한국 정부에 대한 불신감 때문이란 것을 너무나 잘 알고 있었기 때문이다. 황장엽이 건너올 때와는 전혀 다른 상황으로 바뀌었기 때문이다.

'이러다가 정말 서울 한복판에 인공기가 펄럭일지도 모른다.'

김용기가 자괴감에 빠지는 것은 이런 불안감 때문이다.

정부는 통일이나 민족이라는 애드벌룬을 띄워 국민들을 흥분하게 만들고 있다. 대통령이 어느 날 갑자기 평양으로 날아가 김정일을 덥석 끌어안고, 호탕한 모습의 김정일을 보여줘 그를 단숨에 스타로 만들었다. 정치인, 언론사 사장들이 평양엘 가지 못해 안달하는 모습도 보여주었다. 통일과 민족이라는 이름으로 만든 '무지개'였다.

'이것은 통일을 당기는 방법이 아냐.'

이미 김용기는 수구 세력으로 몰려 있었고 반통일 세력으로 낙인 찍혀 있었다. 할 말도 다하지 못했다. 어쩌다 신문에 칼럼을 기고하면 진보 세력은 수구 반동 세력이라며 벌 떼처럼 덤벼들었다.

그는 북한의 진실을 알고 싶었다. 그 진실의 일부를 황장엽이 들고 왔지만 국민들은 그를 김정일과의 세력 싸움에서 밀려난 패잔병 정도로만 인식하고 있다.

평양과 북한은 다르다는 것을 알고 있는 인물이 있다. 연두홈이다. 이제 그 추종 세력의 하나인 이동호가 서울을 오기 위해 목숨을 건 탈출을 시도하고 있다.

'그를 도와 서울로 데려가야 한다.'

그래서 이렇게 의욕에 불타고 있는 김용기였다. 하지만 오늘은 입국 첫날이다. 오늘 하루 만이라도 긴장을 풀고 싶은 것이다. 술이나 한 잔 하고 깊은 수면에 빠져들고 싶었다. 내일은 도시의 분위기를 살피며 이동호 귀순에의 방법을 모색할 것이다.

객실에 비치된 호텔 안내서에 지하 바가 있다는 것을 알게 되었다. 맹추위를 뚫고 밖으로 나가느니 호텔 안에서 한 잔 하는 것도 괜찮을 것이다.

김용기는 지하 바로 내려갔다.

서울이나 도쿄 어디서나 볼 수 있는 그런 술집이다. 하지만 이 대도시 하바로프스크에서는 몇 안 되는 고급 술집이다.

미국판 일색이다. 값싼 재즈가 흘러나오고 미니스커트를 입은 화장 짙은 여인들이 양담배를 꼬나물고 접대하고 있었다. 외국인에게는 달러만 받는다는 문구도 적혀 있었다.

김용기는 비교적 밝은 곳에 자리잡고 앉았다.

한 여인이 다가왔다. 그는 서툰 일본어로 말을 걸었다.

"일본…… 사람입니까?"

"아니오, 서울…… 코리아에서 왔지요."

"서울?"

꽤 관능적인 몸을 가진 여자다. 그녀가 서울이라는 말을 되뇌더니 갑자기 높은 하이힐을 벗어 그의 얼굴을 향해 내리꽂았다.

훈련으로 단련되지 않았다면 김용기 얼굴은 금세 피범벅이 되었을 것이다. 그는 몸을 잽싸게 낮추며 여인의 손목을 움켜잡았다.

소란이 벌어지자 사람들이 우르르 몰려들었다. 재즈의 찢어지는 소리가 홀을 더욱 소란스럽게 만들었다.

여자가 얼굴을 가까이 대며 소리치는데, 이미 술에 만취가 되었는지 알코올 냄새가 진동을 했다.

"야…… 이 개새끼들아…… 한국…… 놈들…… 죽여버릴 거야."

뜻밖에도 그녀는 한국말로 욕을 해댔다.

이때였다. 한족 2세로 보이는 다부지게 생긴 한 남자가 테이블을 향해 걸어왔다. 그는 오자마자 여인을 향해 주먹을 날렸다. 무방비의 여인이 그 자리에서 쓰러져 기절해 버렸다.

"이년, 또 소란이야! 치워."

"네…… 네. 알겠습니다."

웨이터 둘이 허리를 굽히며 절절맸다. 그리고 바닥에 늘어진 여인을 둘러메고 어디론가로 사라졌다.

"미안합니다."

억센 북한 사투리를 쓰는 사내가 테이블에 앉았다.

"저 계집애 돈 벌겠다고 서울에 갔다가 혼꾸녕이 나 돌아온 모양입니다. 평소엔 괜찮은 아이인데 술만 먹으면…… 이해하세요."

아하! 그제서야 김용기는 그녀의 입에서 왜 증오에 찬 욕지거리가

터져 나왔는지 알 수 있었다. 위장 취업하는 러시아 젊은 여인들을
술집으로 넘겨 성의 노예로 부려먹는다는 보도를 수없이 보아왔다.
아마도 저 여자는 그중 하나였으리라.

'시팔놈들…… 왜 그래.'

김용기는 속으로 한국 사기꾼들을 향해 욕을 했다. 그녀 같은 증오
감까지는 보이지 않았지만…….

"자, 제가 한 잔 사지요. 같이합시다."

김용기는 술잔을 그에게 내밀었다.

턱이 사각이고 매우 단단해 보였는데 여기서 사는 한족 2세가 틀림
없다고 판단했다. 하바로프스크를 아는 데는 이 사내의 도움이 필요
할 것이라고 생각했다.

"합석할까요?"

입술을 새빨갛게 칠한 러시아 여인이 의자를 당기며 말을 건네 왔
지만 사내가 한마디로 쫓아버렸다.

"일 없어! 자, 한 잔 하겠습니다."

그는 김용기가 따뤄준 술잔을 들어 한 입에 털어넣었다.

"자, 선생도 한 잔 받으시오. 나 이반이라는 사람입니다. 한족 2세
죠."

"반갑습니다. 그리고 도와주서서 감사하구요."

"별말씀을요!"

"서울엔 언제 와 보셨나요?"

"예! 서너 번…… 서울보다 부산 쪽에 더 있었지요. 한 번 더 가고
싶은데……."

"이번엔 서울로 한 번 오세요. 제가 대접하리다…… 그런데 하시는 일은?"

"사업 좀 하려구요…… 사실 난, 여기서는 마피아로 통하죠."

마피아? 러시아 마피아라면 미국 마피아 못지 않은 무서운 존재로 알려져 있다. 실제 러시아를 움직이는 건 푸틴 정부와 일부 재벌과 마피아라고 알려져 있을 정도인데, 마피아는 재벌을 만들고 재벌은 대통령을 만든다고 해도 크게 틀리지 않을 것이다.

'그래? 마피아라. 이 친구 효용가치가 있겠군.'

김용기는 이반을 바라보았다. 역시 무관 냄새가 풀풀 풍기는 사내다. 전직이 군인 아니면 기관원 출신일 것이라는 인상을 지울 수 없었다.

'이녀석을 좀 더 알아본 뒤 돈으로 매수해야겠군. 혹 도움이 될지도 모르니까.'

그날 저녁, 이동호를 잠시 잊은 채 이반이라는 한인족 러시안과 떡이 되도록 술을 퍼마셨다. 그리고 한 여인에게 달러를 주고 이반을 따라나가게 했다.

김용기는 쾌재를 불렀지만 그는 자신도 모르는 사이에 이반의 그물에 걸려들고 말았다. 이반은 시내 특급호텔 몇 군데에 연락한 결과 김용기가 이 오쿠라호텔에 투숙했다는 정보를 입수할 수 있었다. 그건 너무나 손쉬운 일이었다.

공교롭게도 그는 이 바에 모습을 나타냈고, 한국 술집에서 무용수 행세를 하던 여인에게 봉변을 당하고 있었다. 김용기에게 접근할 절호의 찬스를 놓칠 이반이 아니었다.

"쥐가 고양이 입으로 기어 들어왔어…… 고양이 입으로…… 허허, 어허허."

여인에게 부축을 받아가며 엘리베이터에 오른 이반이 너털웃음을 웃어댔다.

"무슨 소리예요."

"넌, 알 거 없어…… 그런 건. 오늘 밤 잘 해 주기나 해, 알았지."

김용기도 비틀거리는 몸을 겨우겨우 지탱하며 객실로 들어섰다. 티셔츠를 벗고 바지를 벗고…… 침대에 털썩 엎어졌다. 그리고 정신을 잃었다.

'어떻게 되었을까. 러시아 군부나 경찰은 나에 대한 추적에 얼마마한 성과를 올리고 있으며 평양의 조직국은 또 얼마나 추적의 고삐를 죄이고 있을까. 과연 박정남은 나를 무사히 서울까지 데려다 줄 것인가…… 서울은 또 나를 어떻게 기다리고 있을까.'

텅빈 아파트를 혼자 지키고 있는 이동호는 밀려오는 불안감과 서울 입성에의 가능성을 점치며 초조하고 불안한 나날을 보내고 있었다.

거울에 비친 자신의 모습을 지켜보던 그가 침대에 털썩 주저앉았다. 두 눈동자는 아귀처럼 번뜩이고 있었고, 표정은 석고처럼 굳어 있었다. 며칠 사이 깡마르고 턱수염이 꺼칠꺼칠한 얼굴이다.

그는 눈을 감았다.

소련 공산당과 조선 공산당은 약간의 변형은 있었지만 사실은 스탈린식 공포정치를 대물림해 왔다. 김일성은 소련의 볼셰비키처럼

112

상류계급과 중류계급을 명확한 적으로 간주했으며, 북한의 대부분을 차지하고 있는 농민들은 대중, 즉 노동자와 농민의 이익을 위해 행동하는 것으로 믿고 있었다. 그러나 실제로 농민들이나 노동자들은 공산정권의 '사회주의 건설'을 위해 부과된 몰수와 희생을 정면으로 감내해야만 했다.

사유재산은 몰수되고 국유화된 재산은 공동분배되어 누구나 공평하고 평등한 삶을 영위해 나갈 것으로 믿었다. 일부 지주들은 토지를 빼앗기고 남으로 탈출했거나 반동으로 몰려 처형되었다. 노동계급과 농민들의 반향은 대단했으며 그들은 사회주의야말로 빈부의 벽을 깨부수는 신神이라고 믿게 되었다.

세상은 완전히 뒤집어졌다. 사회주의식 경제 체제로의 전환은 북한의 바닥 인생, 농민, 노동자들에게 천국을 가져다 줄 것으로 판단했고, 그들은 열광적으로 호응했다.

대중의 힘을 끌어들이는데 성공한 김일성은 그들(서민층)의 원수인 부르주아 자본가들을 축출하기 시작했다. 수많은 부농과 그의 가족들, 저항 세력, 정치적 정적들이 혁명의 이름으로 처단되거나 강제수용소로 집단 이주되었다. 지주계급의 공포에 찬 처형 장면들은 감히 인간의 입으로는 표현하기 힘들었다.

부르주아 계급이 완전히 제거되고 농민 노동자들이 그 자리를 차지하게 되자 하급구조에서 신분상승한 계급들은 김일성을 신으로 받들기 시작했다. 그들은 '김일성 일가'라는 새로운 귀족계급, 그들이 증오하던 왕조王朝를 은밀히 재 구축하고 있다는 사실을 알지도 못했거니와 알았다고 해도 저항할 명분도 힘도 다 잃고 말았다.

이동호도 김일성식 사회주의에 열렬히 헌신했다. 자신의 명예, 생명은 자신의 것이 아니라 김일성 아바이 수령의 소유물이었다. 6·25때 빨치산으로 지리산 전투에서 장렬하게 전사한 아버지 덕에 그는 탄탄대로를 걸었다.

김일성 사망 후, 그리고 그 아들 김정일이 세습으로 정권을 틀어쥐었을 때부터, 동구권 공산국가들이 붕괴되고, 중국이 반개방정책으로 눈부신 경제성장을 이루고, 그토록 믿었던 소련마저 무너졌을 때서야, 그는 사회주의, 공산주의식 정치를 다시 공부하기 시작했다.

그렇다. 이동호는 김용기의 지적대로 북한과 평양은 전혀 다른 이질적인 사고와 생활을 하고 있다는 것을 알게 되었다.

김정일은 북한의 인민이 선택한 지도자가 아니었다. 그는 선택된 것이 아니라 선택되어졌다. 왜냐하면 그는 김일성의 아들이니까.

이동호는 왕조王朝를 무너뜨린 볼셰비키즘에서 또 다른 돌연변이 왕조가 탄생되는 것을 바라보며 걷잡을 수 없는 회의에 빠져들었다.

'왜 이것이 가능한가.'

김일성이 왕족王族정치를 해 왔기 때문이다. 자신들의 왕족에게, 그리고 자신을 추종하는 세력에게는 무한대의 기회를 제공했다. 그리고 자본주의 사회에서는 도저히 찾아볼 수 없는 귀족들을 형성했던 것이다.

'농민, 노동자가 국가사회를 지배한다' 던 거창한 구호는 물거품이 되었다. 국가의 힘으로 지배계급이 될 것으로 믿었던 그들은 지금 굶주리다 못해 자살하거나 병들어 죽거나 탈북자가 되어 중국을 떠돌고 있다.

'그래. 세상에 유토피아는 없어!'

김일성은 북한의 인민들을 상대로 대 사기극을 벌였고, 자신의 아들을 북조선 인민 왕조의 제2대 '왕' 으로 왕권을 물려주었다. '짐은 곧 국가다' 를 되풀이한 것이다.

소련에서도 중국에서도 볼 수 없는 후진국형 변종 사회주의를 만들어 놓은 것이다. 그리고 김일성은 이런 모순에 '주체사상' 이라는 커튼을 쳐서 국민들을 호도해 갔다.

모순의 갈등으로 괴로워하던 이동호가 연두흠을 만난 것은 천운이었다. 연두흠 선생은 황장엽 선생이 김일성대학 총장으로 재직할 때, 러시아 왕조와 소련 공산당을 비교하는 연구원이었으며 흔치 않는 사상 이론가였다.

이동호는 평소 흠모해 마지않던 두 선생 중 우연한 인연으로 연두흠을 가까이 모실 수 있는 기회가 있었다. 틈만 나면 그는 이동호에게 많은 것을 가르쳐 주었다. 말하자면 연두흠은, 친구들에게 배신당하고 외딴섬 감옥소로 끌려 들어간 에드몬드 단테스를 몬테크리토 백작으로 만들어 준 파리아 신부나 다름없었다. 그는 사상이나 인간적 면에서 지금까지 알고 왔던 모든 것으로부터 큰 눈을 뜨게 해 준 분이다.

그가 불쑥 책을 한 권 내밀었다. 뜻밖에도 그것은 남조선에서 발행한 『러시아 역사 II』라는 책인데 저자는 니꼴라이 V 랴쟈노프스키로 되어 있었다.

"거기 붉은 색으로 밑줄이 그어진 부분을 읽어 봐."

"네, 감사합니다."

이동호는 연두홈이 내미는 책을 받아들었다. 거기엔 이런 문구들
이 있었다.

당 지도 체제의 기본원칙 중의 하나는 당의 중요한 문제를 결정하는
데 있어서의 집단성이다. 만약 당 내부의 민주주의가 당 조직에서 깨어
져 있거나 진정한 집단 체제와 광범위하게 개발된 비판의식 및 자아비
판이 결여되어 있다면 진정한 지도력을 발휘하는 것은 불가능하다. 집
단성과 동지관계의 원칙이야말로 당 지도 체제에 있어서 하나의 거대한
힘을 발휘하게 된다. —슬레뽀프Slepov

우리가 실제 스탈린의 죄과를 모든 것의 원인으로 비난하는 데만 급
급하는 한 우리는 '개인숭배Personality cult'의 굴레에서 빠져나올 수 없
다. 일찍이 선한 것은 무엇이나 한 인간의 초인적이고 절대적인 성격에
돌려졌다. 그런데 또한 악한 것도 마찬가지 차원에서 예의적이고, 심지
어 깜짝 놀랄 만한 죄과에 돌려지고 있다. 이 양자는 어느 것이나 마르
크스주의 본래의 판단기준과는 상관이 없는 것이다. 진정한 문제 즉 소
비에트 사회는 왜 자신이 설정한 민주주의적 방식과 합법성에서 벗어나
다른 형태로 변모할 수밖에 없었으며 그리고 실제 그 다른 형태에—심
지어 타락될 지경에 이르기까지—도달했는가 하는 문제에 대해 파악해
보려는 노력을 피하고 있다. —토글이아티Togliatti

이동호는 경악을 금치 못했다. 지금까지 배워왔고, 알아왔던 북조
선 공산주의는 변형된, 말하자면 변질된 공산주의였으며 비합리적

이고 비민주적인 1인 독재 체제였다는 뚜렷한 증거가 되었다. 개인의 삶의 '행복의 추구'는 없고 당과 조직과 수령이라는 추상적인 명분에만 매달려 살아온 것이다.

삶의 질적 향상은 언제나 개인으로부터 출발하게 되어 있으며, 개인의 행복을 추구하기 위해 자신이 선택한 집단과 방법을 따르게 되어 있다. 거기서 개인의 행복에 다소 손실이 온다고 해도 전체를 위한 작은 행복의 손실은 '희생' 쯤으로 참을 수 있다.

하지만 이건 아니다. 평양 시민이 추구하는 행복의 모든 원천은 자신이 아니라 '위대한 수령동지'이며 그것이 아니라고 말할 자유조차 없다.

'그래. 이건 김일성 개인숭배며, 김정일은 개인숭배의 재탕인 것 뿐이야. 행복한 삶의 추구는 전체주의에서는 말살되게 돼 있어. 나는 '위대한 지도자를 위해서'가 아니라 나 자신을 위해서 살 권리가 있는 거야.'

김정일이 '위대한 지도자'가 된 것은 그가 김일성의 아들이었다는 이유 한 가지뿐이다.

그는 유리한 조건에서 정치를 배웠고, 아버지의 힘으로 지배자가 되었다. 소련이 소련 자신이 설정한 민주적 방식과 합법성에서 벗어나 타락 지경에까지 이르는 것처럼, 북한은 가능한 모든 민주제도를 외면했다.

세습! 그건 치명적인 사회주의, 북한 공산국가의 결함이었다. 그리고 그 결함을 고치려는 노력을 외면했다.

이동호는 자유인이 되고 싶었다. 가족을 생각해서 그나마 버티며 살아왔다. 하지만 연두흠의 서거는 그 자신의 죽음이나 마찬가지가 되었고, 다행히 러시아에 머물고 있어 탈출의 기회를 얻은 것이다.

'그래, 이거다. 난, 내 자유의지대로 움직인다. 목숨을 잃는다 해도 후회하지 않을 것이다. 어차피 죽을 바에는 기회의 땅이나 밟고 죽자. 그리고 엄청난 오류에 빠진 북조선의 비도덕적이고, 반자유적인 정권을 고발할 것이다. 내 가족들도 언젠가는 철의 벽에서 빠져나오고 말 것이다.'

그때부터 이동호는 탈북을 꿈꾸기 시작했다. 한 번 자기 회의에 빠진 그는 걷잡을 수 없는 충동과 유혹에 사로잡힌 것이다.

박정남은 회장의 지시만 믿고 하바로프스크로 되돌아왔다. 그냥 이동호를 보호만 하고 있으라는 지시다. 누군가가 접촉하면 그를 도우라고 했다. 하지만 그가 누군지 박정남으로서는 알 길이 없다. 그렇다고 깊이 우려할 입장도 아니다. 치밀한 사업수완을 지닌 회장과 러시아 군부와 끈끈한 인맥을 맺고 있는 본부장이 그의 마음을 든든하게 만들었다.

공항에는 직원이 승용차를 대기하고 있었고, 그는 핸들을 부하직원에게 맡겼다. 1초라도 더 생각하고 싶었기 때문이다.

승용차는 얼어붙은 벌판을 지나 마침내 레닌가 중심에 있는 아파트로 돌아왔다. 문을 연 그는 지독한 알코올 냄새에 얼굴을 찡그렸다.

침대 밑에는 빈 술병이 잔뜩 쌓여 있고 침대 위에 반쯤 엎어져 코를 골아대는 이동호의 손에는 서울에서 가져왔던 양주병이 반쯤 빈 채였다.

박정남은 우두커니 서서 괴로움에 찬 그의 잠자는 얼굴을 바라보았다.

'하긴 나라도 술 없이는 못 살 거야.'

가족을 평양에 남겨두고 쫓기는 탈출을 시도했다. 게다가 자신의 운명을 미래가 어떻게 결정지어질지 예측할 수도 없다. 어찌 알코올 없이 견디겠는가. 얼굴을 보면 틀림없는 한국인이다. 어떻게 이렇게 남과 북으로 갈라져 다른 운명 속에서 살게 되었을까.

박정남의 가슴은 일순, 비감으로 가득했다. 이동호도 아내가 그립고 자식이 그립고 노모가 걱정일 것이다. 자신과 다른 게 있다면, 그는 체제를 견디지 못했고, 그가 숭앙하던 인물이 죽었으며 그래서 평양으로 돌아가면 연두흠의 전철을 밟을 것이 분명하다는 것뿐이다.

"쯧쯧…… 그놈의 이념이란 게 뭔지!"

원해서 세상에 태어나는 게 아니고, 원해서 죽는 게 아닌 인간의 비극처럼, 이동호 역시 자신이 원해서 그 체제를 긍정하며 살아온 것이 아니다. 그리고 서울로 간다고 해도 그를 기다리고 있는 것이 어떤 운명일지 아무도 모른다.

박정남은 울컥 치밀어 오르는 격정을 애써 누르며 벗겨진 이불을 제대로 덮어주었다.

하바로프스크의 겨울 해는 게으르기 짝이 없었다. 아침 9시나 되어야 겨우 머리를 내민다. 하지만 1시간이나 더 지난 10시나 되어야 도시는 기지개를 켠다. 얼어붙었던 도시가 잠을 깨면 사람들은 조금씩 거리로 나선다.

숲 사이의 갈색 건물들이 찬란하게 빛나기 시작하지만 도시 사람들 표정은 얼음조각처럼 굳은 채 펴지지 않는다.

그들은 잘 웃지 않는다. 스탈린의 공포정치와 소련의 붕괴, 그 이후 찾아온 추위와 가난. 길고 긴 암울의 세월을 보내며 그들은 웃는 것을 잊어버렸다. 웃을 일도 없거니와 웃을 미래의 희망도 없기 때문일 것이다.

게다가 강추위의 겨울은 길고 길어, 사계절이 뚜렷한 한국에서 잔디가 눈을 뜰 무렵에야 겨우 얼음이 녹는다.

감자 한 봉지를 구입하기 위해서 뱀처럼 길게 줄을 서야 했던 1990~92년의 혹독한 위기는 넘겼지만 그 대신 러시아 땅에는 미제 콜라와 햄버거가 거리에 넘치고 있었다.

부르주아 미 제국주의를 타도하자고 외치던 스탈린, 후르시초프, 말렌코프 시대의 외침은 역사의 뒤안길로 사라진 지 오래되었고, 미 달러는 러시아 루블화보다 더 가치가 높았다. 하지만 자존심을 상할 겨를도 없다. 먹고사는 것은 세계 어디서나 1순위의 절박한 삶의 방식이다.

그런데 북한은 이를 외면했다. 남조선이 북침하지 않으리라는 것을 권력 핵심부들은 확신하고 있으면서도 군축하지 않았다. 빵 대신 총을 선택한데다, 비효율적인 국가운영, 동구 공산권 국가들의 몰락으로 나락의 길을 걸으면서도 그들은 체제의 변화나 군축을 꾀하지 않았다.

얼어 죽고, 굶어 죽고, 탈북자들이 수도 없이 늘어나지만 그들이 국제사회에 보여주는 도시는 평양뿐이다. 북한과 평양이 다르다는 것은 바로 이를 두고 하는 말이다.

상처 입은 호랑이처럼 씩씩대며 뛰어들어 술에 취해 잠든 이 남자의 얼굴에 북한의 현실이 여과 없이 드러나 보였다. 그것은 오직 비극이란 말 외에는 달리 표현할 방법이 없을 것이다.

비극! 저 어리석은 체제의 비극. 총구 앞에 모든 인민이 꼭두각시가 되어야 하는 측은한 비극. 아니면 세뇌되어 평양만이 파라다이스라고 믿는 저 어리석음에 대한 비극!

술 취한 채 고뇌의 표정으로 잠든 이동호의 얼굴은 그 비극 모두를 보여주고 있었다.

김정일은 선택되어진 '위대한 지도자' 였지만, 이동호는 달리 선택의 길이 없는 사회주의 체제에서, 그것도 변질되고 변질되어 도저히 마르크스 사상이라고 볼 수 없는 북한 체제를 배우며 살아왔다.

사람의 모습 중 잠든 모습이 가장 평화스럽다고 하지만 이 고통의 찬 얼굴은 잠 속에서도 평안을 얻지 못한 듯했다.

참을 수 없는 두통을 느끼며 이동호는 잠에서 깨어났다. 정신은 아직도 몽롱한데, 흐린 그의 망막에 시커먼 물체가 보였다. 사람이라고 느끼는 순간 그는 본능적으로 튀어 일어나 주머니에 손을 집어넣었다. 하지만 권총은 없다. 그것은 이미 박정남이 금고 깊숙이 감춰두었다.

"나요. 놀라지 마시오."

박정남이 놀라 일어나는 이동호를 바라보며 웃어주었다.

"아, 네…… 언제 오셨습니까? 이런 꼴 보여 드려 죄송합니다."

이동호는 흐트러진 술병을 치우고 찬물로 얼굴을 닦았다. 그 사이 박정남은 얼큰한 라면을 끓여 속을 풀어주었다. 그제서야 정신이 돌아오는지 자신의 문제를 꺼내들었다.

"저 하나 살자고 평양에서 튀어나온 건 아닙니다. 이건 민족의 문제입니다. 어떻게 되었습니까? 서울에서의 일은……."

"아무래도 시간이 좀 걸리겠지만 희망을 안고 돌아왔습니다. 좀 더 기다려 봅시다. 서울 본사에서 적극 개입하기 시작했으니까요."

"감사합니다. 정말 감사합니다. 서울에 가서 마음놓고 떠들 수 있다면 금세 죽어도 소원이 없을 것 같습니다."

그의 눈에 눈물이 글썽였다. 세상에 태어나서 이렇게 감상에 젖어 운 것은 몇 번 되지 않는다.

우수에 찬 그의 얼굴이 창밖을 향했다.

'씽—'

바람이 또 불어댔다.

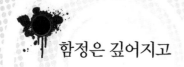

함정은 깊어지고

　"탈출의 기회가 언제 올지 모릅니다. 하지만 이렇게 술로 세월을 보낸다면 평양을 탈출한 보람이 없을 겁니다. 서울에서 몇 권의 책을 가져왔습니다. 공부하세요."

　서울 관광안내도, 서울에서 발행되는 여러 종류의 잡지들과 서울로 망명한 『황장엽 비록』 등 몇 권의 책들을 건네주었다. 책을 받아든 이동호의 손에 약간의 경련이 이는 것이 보였다. 무엇인가를 설득하려는 듯한 황장엽의 사진을 표제로 한 책이다.

　"고맙습니다. 남조선을 이해하는데 도움이 되겠군요."

　"아직 위험이 끝난 것은 아니니 각별히 조심하구요. 만일의 사태가 발생되면 여기서 도망치세요…… 그렇게까지 상황이 악화되리라고는 보지 않지만요. 서울에서 많은 것을 가져왔습니다. 옷, 선글라스, 약간의 변장을 할 수 있는 가발, 콧수염 등…… 정 답답하면 외출해서 바람 좀 쐬세요."

"아닙니다. 답답해도 참고 견디겠습니다. 답답한 것보다는 목숨이 더 소중하니까요. 책이나 읽고 있겠습니다."

"자, 그럼 전 사무실로 갑니다. 냉장고가 좀 비어 있을 겁니다. 저녁에 사가지고 오죠."

"괜찮습니다. 이만하면 평양에서 최상류층 식사가 될 겁니다. 제가 너무 축을 내서 오히려……."

예의나 도덕감, 고마움에 대한 표현은 오히려 약아빠진 서울 사람 뺨치고 있었다. 솔직히 개인적인 인물평을 하라면 그는 솔직하고 도덕성을 갖춘 인텔리였다. 무관다운 결단력, 호탕함도 그의 매력이다. 자신의 안일함만 찾는다면 그는 평양에 남아 김정일에 충성했을 것이다.

박정남은 이동호에게서 점차 매력을 느끼기 시작했다. 어떻게 해서든지 그가 원하는 서울로 꼭 데려가고 싶었다.

물론 서울은 서울대로 평양과 상충되는 모순도 있다. 자본주의 최대 폐해인 속물적 물신주의, 이기주의, 빈부의 격차, 이념에의 혼동, 생활의 독립과 자기 자신에의 책임 등 익숙지 않은 생활이 기다리고 있겠지만 그렇다고 세상이 이미 폐기화한 사회주의로 되돌아가지는 않을 것이다.

한 손으로 라면 국물을 들이키며, 한 손으로 책을 뒤적이는 그를 남겨놓고 아파트를 빠져나왔다.

황장엽 선생의 비록은 평양에서 연두흄 선생을 통해 얼핏 들은 바 있다. 평양의 실정을 낱낱이 고발한 피의 기록이라고 했다. 그렇다면 이 책은 좀 뒤로 밀어놓아도 된다. 그 체제에는 이미 신물이 난 이동호니까.

그는 잡지 한 권을 집어들었다. 그 잡지의 한 특집 기사가 눈길을 끈다. 노동투쟁에 관한 기사다. 그 기사를 다 읽은 이동호는 머리를 가로저었다.

투쟁은 피를 끓게 하지만 이 투쟁은 오히려 그의 가슴을 차갑게 만들었다. 투쟁의 목적을 알 수 없었다.

멈추어 선 기계 옆에서 쇳가루를 마시며 외치는 투쟁은 하나의 쇼에 불과해 보였다. 그것은 공연에 지나지 않았으며, 노동자 계급이 세상을 바꾸리라는 신화의 흔적은 이미 녹슬고 낡아 세상이 버린 방법이다.

언젠가 연두흠 선생은 이런 말을 한 일이 있었다.

"농민들이 지주를 몰아냈을 때, 다들 세상은 바뀌었다고 생각했지만 실은 아무것도 바뀐 게 없었지. 우리는 노동계급이 사회를 지배하면 세상은 누구나 불만 없는 세상이 오리라고 생각했어. 하지만 어느새 그들이 새로운 지주地主가 되어 있었고, 농민들, 특히 더 하층의 농민들은 새로운 지주를 받들어 모셔야 했어. 기독교의 예수가 꿈꾸던 평등 시대는 영원히 오지 않아."

그랬다. 이 글만으로는 이들은 투쟁을 위한 투쟁이 아니었나 짐작했다. 그렇게 투쟁해서 공장 문을 닫는다면 그 다음 그들은 어디서 또 깃발을 흔들며 기계를 멈춰 세울 것인가. 아직 남조선의 경영방식이나 체제를 잘 모르지만 노동혁명은 스탈린에서 끝나야 했다.

지배계급은 동물들 세계에서도 존재한다. 중요한 것은 투쟁이 아니라 공생共生이다. 그나마 김일성 시대는 그 공생의 원칙이 어느 정도 지켜졌지만 김정일 시대는 사라진 유물이 되었다.

'그래도 이렇게나마 투쟁할 수 있는 체제구나, 북조선에서는 그것이 바로 죽음이니까.'

그는 호기심에 찬 얼굴로 페이지를 넘겼다. 그러나 표정은 계속 일그러져만 갔다.

'왜 타협과 대화가 되지 않는 것일까. 왜 기업은 노동자의 요구를 들어주지 않으며, 노동자는 왜 회사 기계를 멈춰 세워가며 투쟁하는가. 한국의 지식인들은 무엇을 생각하고 있을까.'

하지만 남·북을 생각하면 그런 생각들도 꼬리를 감춘다. 도저히 화해의 길이 보이지 않기 때문이다.

'하긴 통일은 감상적 사고만으로는 이뤄지는 것이 아니니까. 숱한 충돌과 격앙된 싸움. 같은 민족끼리의 전면전쟁, 그 앙금, 질곡의 세월들…… 물과 기름처럼 도저히 용해되지 않을 체제와 이념…… 그래, 이건 타협이나 중화가 불가능한 일이지. 북쪽이 체제를 포기할 이치가 없고 남쪽이 공산주의로 회귀할 가능성이 전무하니까.'

이동호가 책에 빠져 있는 시간, 박정남은 사무실에서 밀린 잡무를 보고 있었다. 블라디보스토크의 본부장이 중고차, 중장비 중고품으로 성공을 거두고 있다면 박정남은 소비재로 성공하고 있었다. 설탕, 의약품, 모포, 의류, 과자, 그리고 중저가 전자제품 등이 주 종목이다. 세계 경제가 가라앉는 분위기지만 금년 실적도 작년 수준을 유지할 전망이다.

그가 직원들로부터 몇 가지 보고를 받고 막 일을 시작할 시간에 사무실 문이 열리며 러시아 특유의 살지고 건장한 한 사내가 들어섰다. 검은 가죽점퍼에 청바지를 입고 투박한 구두를 신었다.

"귀하가 이곳 책임자요?"

"그렇습니다. 어디서 오셨죠?"

가죽점퍼의 사내는 의자를 끌어당겨 앉았다. 그가 주머니에서 지갑을 꺼내 펴보였다. 러시아 연방보안국, 즉 FSB 요원이다. 세계가 두려워하던 KGB 후신, 그 공포의 기관원이다.

'무슨 정보라도 있어서 온 게 아냐?'

박정남은 기겁을 하며 놀랐지만 표정까지 일그러지지는 않았다. 애써 태연을 가장하며 응수했다.

"아, 그러십니까. 뭐 필요한 물건이라도……."

"아니오. 잘 들으시오."

박정남은 공포에 떨었다. 이들이 어떤 경로를 통하여 여기까지 추적해 왔는지는 모르지만, 만일 이동호에 대한 정보로 찾아왔다면 자신은 치명적인 타격을 받을 것이며 이동호의 인생도 이것으로 끝장날 것이 분명했다.

사내의 눈은 독수리처럼 날카롭고 매서웠다. 그 눈을 부릅뜨며 말을 이어갔다.

"십여 일 전…… 북한의 한 장성이 살인을 저지르고 잠적했습니다."

"네? 그래요. 그런데 제겐…… 왜?"

그가 주머니를 뒤적이더니 사진 한 장을 꺼내들었다.

"이동호라는 사람입니다. 우리는 이 범죄자가 러시아를 탈출하여 한국으로 갈지 모른다는 가정 하에 총력을 기울여 수색하고 있습니다."

"아…… 네."

"그래서 협조를 얻으러 왔습니다."

'휴—'

박정남은 가슴을 쓸어내렸다. 협조라면 이들은 지금 탐문수사를 벌이고 있는 것이다. 이동호가 자신의 숙소에 은신하고 있다는 사실을 모르고 있다는 뜻도 된다. 하지만 그의 가슴은 평형을 찾지 못하고 있었다. 후들거리는 손을 애써 진정하며 사진을 받아들었다.

"이 범죄자가 하바로프스크를 떠났다고는 보지 않습니다만 끊임없이 탈출을 시도할 겁니다. 그리고 한국인의 도움을 받기 위해 필사적인 노력을 할 겁니다. 만일 이 범죄자에 대한 정보가 있거나 접촉이 오면 즉각 신고해 주십시오. 만일, 범인을 은닉하거나 그에게 협조한다면 국내법에 따라 처벌을 받게 될 겁니다."

그는 연락처가 인쇄된 명함 크기의 종이 한 장을 남겨놓고 가버렸다. 다시 두려움이 엄습해 왔다. 아마도 중요한 한국인 상사商社는 모두 방문하여 협력을 구하는 모양이다. 그나마 회사로 찾아왔기에 다행이지 가택수색을 한다면 자신과 이동호는 죽음의 늪에 빠져들고 말 것이다.

이동호 수색본부는 10여 일이 지났음에도 불구하고 아무런 성과를 거두지 못했다. 조선족이 사는 마을 일대와 한국인 상사를 방문하여 엄포를 놓기는 했지만 한 번 사라진 이동호는 그 어디에서도 찾아볼 방법이 없었다.

열차, 버스, 공항에 그물망을 쳐놓았지만 아직도 감감 무소식이다. 더구나 시민의 협력을 얻는다는 것은 더욱 어려운 일이어서 마음들만 초조했다. 그렇다 하더라도 그가 이 도시를 빠져나가지는 못했으리라는 것이 그들 수사 요원들의 한결같은 견해였다.

"시간이 문제야. 녀석은 꼭 체포돼!"

그렇게 자위하지만 이건 이길 수 없는 숨바꼭질이 아닌가 하는 회의론자도 적지 않았다. 확실히 구 소련시대와는 수사 효율적인 면에서 볼 때 현저히 떨어진다는 것을 확인하는 대목이었다.

같은 날.

경찰국, 연방보안국, 그리고 GRU(소련군 참모본부 정보총국) 세 수사기관 참모들이 모여 열띤 토론을 벌이고 있었다.

이동호 체포는커녕 광범위한 탐문수사에도 정보 제보자 하나 얻지 못했다. 시대가 그만큼 변했다는 증거였다.

"어쨌든, 이동호는 이 도시를 빠져나가지 못했습니다. 문제는 어디에 숨어 있느냐를 찾는 것인데, 이게 난감하다는 겁니다. 좋은 의견 있으면 말들 해 보시오. 더 이상 시간을 끌 일이 아닙니다."

"공감합니다. 오늘부터 한국인 상사에 협력을 부탁하는 방문이 시작됩니다. 그들의 협조를 얻어야 합니다. 또 하나, 수색 벽보를 대대적으로 붙이고 현상금을 거는 것도 괜찮을 겁니다."

하지만 연방보안국 국장은 다른 의견을 제시했다.

"엄밀히 따지자면 이동호 체포는 북조선 일입니다. 우리는 농민 한 명 희생한 것밖에 피해가 없지 않소. 돈까지 쳐발라가며 잡으려고 노력할 필요는 없다고 봐요. 혹시 우연히 잡힌다면 모르지만……."

따지고 보니 그렇다. 이동호가 러시아에 결정적 피해를 주지는 않을 것이다. 하지만 한 사람, 국장의 의견을 막으며 나서는 요원 하나가 있었다.

예의 그 뚱뚱하고 말이 적은 전문 요원이다. 국장의 자리를 노리는 야심만만한 사내지만 표정으로만 본다면 아무도 그의 생각을 읽을 수 없다.

"그래도 잡아야 합니다. 왕년의 KGB 명예를 위해서라도요. 이동호가 숨는 데는 한계가 있을 겁니다."

"그럼 도대체 어떻게 잡자는 거요."

"조선족 마을을 뒤져 봐야 나오지 않아요. 소문이 두려워서라도 은신처를 옮겼을 겁니다. 문제는 한국 사업가들입니다."

"한국의 사업가들?"

"네, 이동호가 갈 곳이 어디 있겠습니까. 녀석의 목적지는 서울입니다. 서울로 가자면 한국인들 도움이 필요하겠죠. 당장 한국인 상사들을 찾아가 위협하고 겁을 주어 이동호에 관한 정보나 은신처를 알아내겠습니다."

국장은 시큰둥했지만 살인범을 잡자는 데 반대할 명분은 없었다.

"좋아요. 그럼 그렇게 해 보시오."

회의는 이렇게 결론을 맺었고, 그 뚱뚱한 전문 요원은 부하들을 풀어 시내에 있는 모든 한국인 상사를 조사토록 지시했다. 한국인 상사를 뒤져 소득이 없으면 중요한 대형 상사의 숙소까지 뒤져서라도 찾겠다는 의지를 불태우고 있었다.

'잡혀라. 잡혀야 내가 산다. 그리고 넌, 독 안의 쥐다.'

뚱뚱한 수사 요원이 주먹을 힘껏 움켜잡았다.

이반은 정오가 가까워서야 잠에서 깨어났다. 밤을 함께 보낸 여인
은 이미 사라지고 없었다. 옷을 입으려고 막 일어서려는 데 휴대전화
벨소리가 요란스럽게 울려왔다.

"나, 이반이오."

"접니다. 미하일로프."

"응, 근데 웬 소란이야. 이 시간에……."

KGB 시절 하바로프스크대학에서 우수한 인재를 발탁하여 KGB
요원으로 양성한 인물 중 하나며 미하일로프는 그중에서도 성적이
우수한 요원이었다.

이반이 특별히 총애하여 진급도 시켜주고 보살펴 준 인물이다. 지
금은 공항의 요원처럼 이반으로부터 적지 않은 자금을 얻어 쓰며 부
서내 기밀사항을 이반에게 보고하고 있다. 그러니까, 이반은 FSB 조
직에서만 탈퇴했지 내부 사정은 현직 요원만큼 정확히 알고 있었다.

이반은 미하일로프에게 이동호 수사에 대한 정보를 요구하고 있
었다.

"보고 드릴 사항이 있어서요. 사무실^(이반의 개인 사무실)에도 안 계시고
해서 부득이……."

"괜찮아. 뭔데."

"이동호에 대한 수사가 다시 활발히 진행되고 있습니다. 먼저 한국

인 상사 사무실을 뒤지고, 다음 그들의 숙소를 파악하여 정밀 수색을
하겠다는 방침입니다."

"그래!"

이반이 깜짝 놀라 수화기를 바꿔 들었다.

'안 된다. 이동호를 그들에게 빼앗기면 안 된다. 이동호를 러시아
에서 처치할 경우 5만 달러가 소득으로 돌아오고, 한국에서 없애면
8만 달러를 받는다. 그 막대한 상금을 정보국에 넘길 수는 없지.'

"알았다. 계속 연락하기 바란다."

그는 휴대폰 통화를 끝내고 다시 침대에 걸터앉았다.

'이동호를 찾아야 한다. 만일 당국에서 먼저 찾는다면 나는 빈손일
수밖에 없다. 앞으로 어떻게 대처해 나가지?

그의 머리에 다시 김용기가 떠올랐다.

'한국의 전직 정보원. 러시아는 물론 세계적으로도 알려진 한국의
안기부 출신이다. 그가 이동호를 위해 이곳으로 들어온 것이 틀림없
다면 실마리는 거기서부터 풀어야 한다. 이동호와 김용기, 그리고 이
동호에게 은신처를 제공했을 그 누구. 그가 누구인가. 그 연결고리
는 누구인가. 김용기는 이동호를 찾기 위해 막연히 들어온 것은 아닐
것이다. 그는 알고 있다. 이동호의 은신처를…… 그렇다면 내가 해
야 할 일은 무엇인가.'

다시 일어나 옷을 주워 입었다. 그리고 평양 밀사가 투숙해 있는
객실을 먼저 찾아갔다. 밀사가 반색을 하며 맞아주었다.

"어찌 되었소. 날짜가 많이 흘렀는데."

"상의할 일이 있습니다. 이동호의 은신처를 찾는 건 이제 시간문제

입니다. 하지만 이 도시에서 제거시킬 수는 없습니다. 내게 맡겨 두시고 평양으로 돌아가세요."

"평양?"

"네, 시간이 좀 걸립니다. 어쩌면 서울로 몰고 가서 거기서 없애는 것이 더 좋을지도 모르기 때문입니다. 만일 이동호를 여기서 처치한다면 이번엔 모스크바에서 나설 겁니다. 그러면 선생이나 나나 대단히 힘든 일을 겪게 될 겁니다."

"흠……."

"만일 나를 믿지 못하겠다면 이만 달러를 다시 내놓겠소. 공작 자금은 삼만이면 충분하니까. 그 대신 처치 후에는 약속 금액을 다 주셔야 합니다."

"물론 비공식 계약이긴 하지만 이런 돈으로 거짓말하지는 않습니다."

"날, 믿어줘서 고맙습니다. 선생은 평양으로 돌아가십시오. 그게 제게도 편하니까."

그렇다. 이반의 말이 옳았다. 설혹 이 도시에서 이동호를 찾아내 없앤다면 수사망은 자신에게 좁혀올지도 모르는 일이다. 그리고 이반은 절대 약속을 지킬 인물이라는 것이 본국^(평양)의 견해였다.

"시간 너무 끌지 마시오. 만일 서울에서 해치운다면 약속대로 삼만 달러가 더 지급됩니다. 총 팔만 달러가 되는 거죠."

"좋습니다. 서울에서 이동호 죽음이 보도되는 뉴스를 평양에서 볼 수 있을 겁니다."

이반은 자신감에 넘치는 표정이다. 또 그럴만한 이유가 있었다. 지금 한국의 보안상태는 매우 느슨하다. DJ 대통령 이후 대북 안보는 거의 이뤄지지 않는 듯했다. 단 한 건도 간첩이 체포되었다는 뉴스를 듣지 못했는데 그것이 과연 보안이 튼튼해서라고 볼 수 있을까? 게 다가 이반은 한 · 러 수교협정 이후 수차례 한국을 방문했었고 부산 바다은 손바닥처럼 밝았다.

더구나 조선족 2세여서 그다지 눈여겨볼 사람도 없다. 그러나 그의 자신감 뒤에는 또 하나의 든든한 버팀목이 있었다. 바로 김용기였 다. 김용기는 거꾸로 자신에게 의지할 태세다. 그렇다면 이반이 서 울에서 이동호를 제거하는 것은 손바닥 뒤집는 일 만큼이나 수월할 것이다.

그리고 평양의 밀사는 이반의 심중을 충분히 헤아리고 있었다. 하 바로프스크에서의 이동호 제거는 오히려 부담이 될 수 있다. 그리고 이반은 서울에서 해치운다는 조건으로 3만 달러를 보너스로 더 받는 다. 협의를 거절할 이유가 없다.

"좋소. 작전대로 하시오. 우리는 이반 씨에게 모든 것을 위임한 상 태니까."

이동호 사진을 대량 살포하는 것은 국장의 고집으로 무산되었다. 체포된다면 괜찮지만, 만약 놓친다면 그 자신의 명예에 치명적 타격 이 올 것이라고 판단했다.

뚱뚱하고 과묵한 전문 요원은 대형 한국인 상사부터 뒤지기 시작 했다. 적어도 일주일이면 충분할 것이다. 문제는 숙소 수사다. 과거 소련식으로 밀어붙일 수는 없다. 외교문제로 비화되면 골치 아픈

일이 생긴다.

몸은 뚱뚱해도 머리는 약았다. 이 요원은 이미 치밀한 계산을 하고 있었다. 한 바퀴 돌면, 그중에서 어느 기업이든 당황스럽게 움직이는 사람이 있을 것이며, 그곳을 집중 공략하겠다는 전략이다. 그렇기 때문에 막상 방문할 때는 겁만 주고 신속히 빠져나왔다. 그 다음은 부하들을 시켜 잠복근무케 했다.

그는 역시 이런 일에는 천재적인 재능을 갖고 있었다. 하지만 이 정보는 이반에게 속속 보고되었고, 이반은 새로운 맞대응 전략을 짜는데 힘들이지 않았다.

평양의 밀사와 헤어진 이반은 6층 김용기를 찾아갔다. 하지만 오후 시간이라 어딘가로 외출하고 없었다.

'녀석, 별로 갈 만한 데가 없을 텐데……'

김용기의 정체를 정확히 알고 있는 이반은 조급하게 움직이지 않았다. 늦어도 저녁이면 연락이 닿을 것이다. 이반은 종이에 메모를 적어 객실 문틈으로 밀어넣었다. 이제부터 본격적인 작업에 들어간다.

한편 김용기, 그는 황량하면서도 묘한 향수를 느끼게 하는 도심을 걷고 있었다. 매서운 바람이 목덜미를 때려 몸을 움츠리게 만들었지만 마음까지 얼어붙지는 않았다. 철鐵의장막이라던 소련이 붕괴되고 지금 자신은 극동 최대의 도시를 걷고 있다.

적군과 백군, 볼셰비키를 지지하는 적군파와 왕군파 간의 치열한 전투가 있던 곳에 적군파의 승리의 기념탑이 세워져 있고, 러일전쟁 기념탑은 대형 탱크 위에 올려져 있었다.

유서 깊은 이 도시를 세웠다는 한 인사의 동상은 아무르강 강변 숲

속에 자리잡고 있었다. 유적지와 박물관까지 둘러보았지만 어디에
서도 그 무시무시한 소련 공산당, 스탈린의 공포정치 흔적은 찾아볼
수 없었다. 표정은 어둡지만 그래도 러시아인들은 생활을 위해 열심
히 살고 있었다.

　그는 북한을 생각하고 있었다. 만일, 김정일과 그 측근들이 그들
자신을 회생시키고 문을 활짝 열어 서방세계와 교류한다면 북한의
동포들은 훨씬 나은 삶의 질을 획득할 수 있을 것이며, 이동호같이
가족을 버려두고 탈출해야 하는 비극은 사라질 것이다.

　러시아도 공산사회가 무너지고 한동안은 극심한 물자난과 식량난
을 겪었지만 지금은 그 과도기를 어느 정도 벗어난 것으로 보였다.
더구나 푸틴 대통령은 반공산주의, 반자본주의식 절충안으로 경영하
여 나라를 격동 없이 끌어가는 중국을 모델로 하여 혼란기를 잘 극복
하고 있다.

　러시아는 피의 땅이다. 황제의 제국에서는 천민들의 피가 희생되
었고, 제국을 몰아낸 볼셰비키와 스탈린은 지식인들을 피로 숙청했
다. 시베리아로 쫓겨가거나 병들어 죽거나 처형으로 사라진 사람들
을 숫자로 헤아리기는 불가능한 일이다.

　지금은 그래도 비교적 안정적인 평화를 구축하고 있지만, 아직도
저변에는 공산주의의 부활을 꿈꾸는 자가 결코 적지 않았다. 볼셰비
키즘의 원조라 할 러시아나 중국이 개방의 길을 걸어 눈부신 발전을
거듭하고 있는 동안, 북한은 체제수호니 주체사상이니 하며 퇴물이
된 사상론에 얽매어 후진국으로 몰락하고 말았다.

　극동 아시아에서 굶주린 배를 채우지 못해 가족과 정든 마을을 버

리고 외국으로 탈출하는 국민이 있는 나라는 북한뿐이다. 지금은 남한을 향해 전쟁의 위협으로 돈과 물자를 구걸해 가지만 그렇다고 미래의 천국을 위해 무엇을 하겠다는 마스터플랜을 국제사회에서는 본일이 없다.

통일이니, 민족 간의 유대니 하며 인류에 호소하는 듯한 제스처를 쓰지만, 그건 정권 유지를 위한 공연에 불과하다는 것을 모르는 사람이 없다. 이제 이동호 같은 비극적 인물이 다시 태어나서는 안 되며 그러기 위해서는 북한의 체제 변화가 절실히 요구되는 때이다.

이런저런 상념에 잡혀 떠돌던 그가 해가 기울 무렵에서야 호텔로 되돌아왔다.

"이게 뭐야?"

객실 문을 열던 김용기는 바닥에 떨어져 있는 한 장의 메모지를 주워들었다. 지난밤 함께 술을 마셨던 이반이라는 자의 메시지였다.

'지난밤, 참 즐거웠습니다. 연락주세요, 이반.'

그리고 몇 개의 전화번호가 적혀 있었다. 김용기가 객실 테이블로 돌아와 전화 버튼을 눌렀고 세 번째 전화에서야 겨우 이반의 목소리를 들을 수 있었다.

"아, 김용기 선생님. 저 이반입니다…… 꼭 좀 드릴 말씀이 있어서요."

"제게요? 무슨 내용이신지……."

"아…… 아닙니다. 직접 말씀 드려야 할 일입니다. 지금 어디 계십니까. 가능하면 제가 저녁을 사고 싶은데요. 일본인이 경영하는 삿포로 우동집이 있거든요."

"삿포로 우동집?"

"네, 괜찮으시다면……."

"좋습니다. 어디로 가야죠?"

이반이 일식집을 설명했다. 택시를 타고 부탁하면 금세 데려다 줄 것이라고 했다. 이곳에서 삿포로 일식 우동집을 모르는 사람은 없다고 했다.

택시는 낡고 조잡했고, 운전기사는 무뚝뚝했지만 불친절하지는 않았다. 한 지점에 멈추어 서서 손가락으로 우동집을 가르켰다. 김용기는 요금을 지불하고 차에서 내려 삿포로 우동집으로 들어갔다.

외부에서 보는 것보다 내부 홀은 훨씬 넓고 깨끗했다. 저쪽 외진 구석자리에 앉은 한 사내가 손을 흔들며 반겨주었다. 이반이었다.

삿포로의 우동 맛은 서울의 것만 못했지만 이반은 훌쩍이며 맛있게 먹고 있었다. 정종과 곁들여 먹으니 그것도 별미이긴 했다. 단숨에 식사를 끝낸 이반이 먼저 입을 열었는데 얼굴이 몹시 경직되어 보였다.

"김용기 선생, 당신은 지금 이쪽 기관원들로부터 주목을 받고 있어요."

"네!"

김용기가 소스라쳐 놀랐다.

'기관으로부터 주목을 받다니…….'

"잘 들으세요. 한 십여 일 전에 이 도시에서 북한 장성급 군인 하나가 잠적을 한 일이 있었습니다."

"!"

"북한에서 기관원이 넘어오고 러시아에서도 그를 체포하기 위해 혈안이 돼 있죠. 그럴 때 선생이 이 도시를 방문한 겁니다. 사업차 오셨다고 하시지만 지금은 도시 전체가 거의 동면상태인데다 또 선생은 동반자 없이 혼자 오셨습니다. 자연히 주목받게 되어 있지요."

말을 잠시 중단한 그가 주머니에서 뭔가를 꺼내 테이블 위에 잔뜩 널어놓았다. 김용기는 먼저 주위부터 살펴보았지만 의심할 만한 인물은 보이지 않았다.

"이게 뭡니까."

"옛날 제 신분증입니다. 저는 과거 소련 시절 이곳 극동에서 활약했던 KGB 요원이었습니다. 하지만 고르바초프의 페레스트로이카(개방정책) 이후 월급도 제대로 나오지 않고, 할 만한 일도 없어 은퇴하고 말았죠. 지금은 이런 일, 저런 일 닥치는대로 하고 있죠만. 일본, 한국, 중국에 대한 첩보활동이 제 주임무였는데 지금은 반 건달생활을 하고 있습니다. 이건 그 시절의 신분증들입니다."

그랬다. 그가 꺼내놓은 것들은 화려했던 그의 옛 명성을 증언하는 신분증들이었다.

'그런데 왜 내게 이런 말을 하는 거지?

"요점은요? 그리고 제가 주목받은 진짜 이유는 알고 계십니까?"

"물론입니다. 지금 FSB(KGB 후신)의 주요 요원들 중에는 제가 발탁한 후배들이 대부분입니다. 나는 그들로부터 끊임없이 정보를 입수하고 있습니다. 그리고 돈이 될 만한 일에는 물불 가리지 않고 뛰어들죠."

"……."

"여러 가지 상황을 종합해 볼 때, 선생께서 하바로프스크에 오신

것은 이동호 때문일 것이라는 판단을 내리게 되었습니다."

"제가요?"

"그렇습니다. 정보계의 초보자라 할지라도 그렇게 판단할 겁니다…… 솔직히 모든 걸 제게 말씀해 주시면 도와드릴 수도 있습니다. 하지만 공짜는 안 됩니다. 선생님은 이동호를 데리러 오셨죠? 하지만 여길 쉽게 빠져나가지는 못합니다. 자금만 제공하시면 제가 탈출을 도와드리죠. 러시아에서는 돈만 있으면 핵폭탄도 살 수 있는 곳입니다."

이반은 정곡을 찌르며 덤벼들었다. 그는 김용기에 대해 확신하고 있었고, 그래서 정곡을 찌르며 덤벼들었다.

"아니오? 난, 그런 사람이 못됩니다."

"농담은 통하지 않습니다. 선생도 나와 비슷한 처지 아닙니까. 전 국가안전기획부 소속인 일선 요원, 하지만 DJ정부가 들어서서 퇴락의 길을 걷고 있는…… 러시아 정보부를 우습게 보면 안 됩니다. 당신의 전력을 알고 있기 때문에 선생을 더욱 요주의 인물로 주시하고 있으니까요. 무슨 말인지 아시겠습니까?"

김용기는 전율로 몸을 떨었다. 이반의 말 그대로 그는 러시아의 첩보망에 대해 그리 대단한 평가를 하지 않았다. 그렇다면 여기서 더 이상 거짓말을 할 필요가 없다. 김용기 역시 세계적으로 유명했던 대한민국 안전기획부 해외파트 전문 요원이 아니었던가.

김용기는 웃으며 머리를 끄덕였다.

"귀하가 이겼소. 난, 전직 안기부 요원이요. 대한민국을 대표하던."

"내가 처음부터 미행했다고는 믿지 마시오. 선생에 대한 첩보는 오늘 입수했으니까요. 어떻소. 나와 협상하겠소?"

"협상?"

"네. 난, 프로입니다. 이런 게 직업이란 뜻이죠. 돈만 주면 이동호를 서울까지 무사히 데려다 주겠습니다. 내가 서울까지 가든가 아니면 무사히 이곳을 떠나게 해 주든가. 아무튼 당신은 소기의 목적만 달성하면 되는 것 아닙니까?"

이반의 협상조건은 간단했다. 계약금 1만 달러, 이동호 탈출 후, 서울에서 나머지 1만 달러, 도합 2만 달러에 탈출을 성공시켜 주겠다는 것이다.

"물론 나의 제의를 반은 믿고, 나머지 절반은 믿을 수 없겠죠. 이런 걸 반신반의한다고 하죠만. 어떻소. 너무 값싼 조건 아닌가요?"

2만 달러라면 이건 거저 주워먹는 계약이다. 이동호의 가치가 적어도 2만 달러 정도는 아니니까. 하지만 문제는 역시 이반에 대한 신뢰다.

"뭔가 신뢰할 만한 선물을 주시오."

"간단하죠. 지금 수사대는 한국 상사들에 대한 내사에 착수하고 있습니다. 각 기업체에 대한 수사가 끝나면 이곳에 와 있는 한국인들 개개인에 대한 수사가 있을 거요. 숙소를 비롯해서…… 당신과 함께 귀국한 박정남 씨도 물론 그 대상에 포함됩니다."

천하의 김용기도 피가 얼어붙는 듯했다. 그리고 자신의 경솔함을 탓했다. 박정남과 한 비행기에 동승한 것이 실수였다. 이토록 치밀한 계산을 하리라고는 미처 계산하지 못했던 것이다.

'음, 지금까지 이 친구들 손에 놀아났었군. 방심했어. 내가 방심

했어.'

그러나 그렇다고 해서 선뜻 이반과 손잡을 수도 없는 일이다. 이 정도로 이동호의 은신처를 공개할 수는 없는 일이다. 이것이 이들의 전략 중 하나일 수도 있으니까.

'어쨌든 위기야. 치명적인 위기야. 이 이반이란 녀석의 정체를 알아야 하는데, 완전한 무방비 상태다. 이미 러시아 정보국은 자신의 신분을 완전히 파악하고 있고, 수색은 점점 좁혀온다. 한국인 기업인들의 가택수사가 이뤄진다면 이동호는 더 이상 숨을 장소가 없다. 도대체 이 이반이란 녀석은 정체를 모르겠어. 돈을 주면 정말 우리 편이 되어줄 것인지. 아니면 내게 미끼를 던지는 것인지.'

"중대한 정보 하나를 더 제공하겠소. 아직도 나에 대한 신뢰가 부족한 것 같아서요. 이동호를 체포하기 위한 작전이 평양에서도 시작되었소. 그 선발대가 이곳에 와 있지요. 바로 오쿠라호텔에."

"오쿠라…… 호텔? 평양에서……."

"네, 조직국 요원입니다."

"조직국?"

조직국을 모를 김용기가 아니다. 북한 최고의 정보기구가 아닌가.

'흠, 정면으로 맞붙었군. 그렇다면 힘을 내야겠는데? 내가 조직국에 밀려서는 안 되니까.'

지금은 국가정보원, 과거 국가안전기획부에서 잔뼈가 굵은 김용기가 아닌가. 북한 조직국에서 나섰다면 이건 신나는 한판 승부가 될 것이다.

"좋소. 계약합시다. 당신이 도와준다면 여기서 이만 달러, 서울에서 다시 이만 달러를 주겠소. 당신이 원하는 갑절의 돈을…… 하지만 실패할 때는 잔금은 없소. 물론 계약금은 돌려줘야 하고."

"북조선에서는 팔만 달러를 제의해 왔소. 남조선에서 사만 달러는 너무 짠 것 아니오?"

'어라? 이 친구 봐라. 그렇다면 이건 흥정이다. 물론 북한은 정부가 움직이는 것이고 자신은 개인 차원에서 뛰는 일이다. 하지만 북한보다 돈을 덜 써서는 안 된다.'

"좋습니다. 십만 달러. 더 이상은 안 됩니다. 내일 오후 적당한 때에 숙소로 오시오. 현찰 이만 달러 계약금을 주겠소. 잔금 팔만 달러는 서울에서. 그 대신 틀림없이 처리하시오."

계약금을 하루 미룬 이유는 이반에 대한 보다 정확한 확신이 필요했기 때문이다.

두 사람은 정종을 몇 잔 더 마시고 헤어졌다.

벌써 날이 어두워지고 있었다. 러시아의 겨울 해는 그렇게 짧았고 어둠은 쉽게 찾아왔다. 김용기는 걷고 싶었다. 생각할 시간이 필요했던 것이다.

'의문의 사나이 이반, 북한의 조직국의 활동 개시, 러시아 수색대의 압박……'

머리가 어지러웠다. 어디서부터 실마리를 풀어야 할지 막막하기만 하다. 자칫하면 북한이나 러시아에 이동호를 빼앗길 우려도 있다. 지금으로서는 그래도 이반의 도움밖에는 달리 의지할 방법이 없다. 그의 말을 액면 그대로 다 믿을 수는 없지만…….

이때였다. 뒤에서 요란한 자동차 엔진소음이 들려왔다. 그 자동차는 라이트도 켜지 않은 채 속력을 다해 달려와 김용기를 덮쳤다.

휙!—

김용기는 본능적으로 몸을 날렸다. 몇 바퀴 아스팔트 바닥을 구른 뒤 앞을 바라보았다. 라이트도 켜지 않은 소형 트럭이 어둠 속으로 전력 질주하여 달려가는 모습이 보였다.

다행히 다친 곳은 없었다. 그는 옷에 묻은 흙과 얼음 부스러기를 털며 일어났다.

'흠, 서울로 돌아가라는 경고구만! 그러나 그럴 순 없지. 이 정도 협박에…… 그런데 날 테러하려는 놈들은 대체 누군 거야.'

이제 본격적인 전쟁이 시작된 것이다. 이 정도 위기는 이미 신물이 날 정도로 겪었다. 그리고 이러한 위기는 오히려 김용기의 투쟁심에 부채질을 해 준다.

그는 씨—익 웃으며 다시 걷기 시작했다.

이반은 숨어서 김용기를 치밀하게 관찰했다. 그의 움직임을 살펴본 그는 김용기가 아마추어급 정보원은 아니라는 판단을 내렸다. 그는 전혀 당황해하는 얼굴이 아니었다.

'팽팽한 힘이 느껴지는데. 머리와 몸을 함께 갖춘 놈이야. 근데 왜 내 제의를 순순히 받아들이는 거지? 저런 녀석일수록 더욱 조심해야 돼.'

그리고 그는 어둠 속으로 모습을 감춰버렸다.

김용기는 어렵게 어렵게 택시를 잡아 오쿠라호텔로 되돌아왔다. 이제는 박정남과의 접선이 필요할 때라고 생각했다. 러시아 수사대의 방문이 있었는지, 이동호는 어떻게 지내고 있으며, 그에게 위험이

임박해 있는지를 아는지…….

'촉박해. 이반의 말이 사실이라면 이동호를 더 깊숙이 감춰야 하는데. 그리고 하루 빨리 이 지옥 같은 도시를 벗어나야 하는데…….'

김용기는 객실로 돌아왔다. 객실 도어를 열고 들어서던 그가 깜짝 놀라 한 발짝 뒤로 물러섰다. 누군가가 객실을 난장판으로 뒤져놓은 것이다. 옷가방이 열려 있고 테이블 서랍이 마구 흐트러져 있었다. 어수선한 모습을 잠자코 지켜보던 얼굴에 또 미소가 떠올랐다.

'뒤져 봐야 얻을 게 없을 텐데? 하여튼 재미있군. 전쟁이 시작된 거야.'

그는 호텔 측에 신고하지 않았다. 없어진 건 아무것도 없다. 돈은 박정남에게 있고, 자신이 쓸 용돈은 지갑에 있다. 그는 천천히 짐을 정돈한 뒤 소파에 몸을 파묻으며 앉았다.

'이반의 짓일까? 계약을 성사시키기 위해 나에게 겁을? 하지만 그렇게 호락호락 넘어가진 않아. 나도 이반에 대한 확인 작업이 필요하니까.'

술을 마시기는 했지만 취할 정도로 마시지는 않았다. 게다가 시베리아 찬바람이 그나마의 취기마저 날려버렸다. 어지러운 객실을 정돈하고 잠시 휴식을 취하던 그가 호텔 로비로 내려가 공중전화 부스로 들어갔다.

박정남은 지금쯤 숙소에 있을 시간이다. 통화 버튼을 누르자 잠시 시간을 지체한 뒤 남자의 탁음이 들려왔다.

"네, 누구십니까."

"박정남 지사장님이죠?"

"그렇습니다만……."

전화를 받는 박정남의 심장이 거칠어지기 시작했다.

'누굴까? 혹 서울에서 온 그 공작원?'

"서울에서 온 사람입니다. 회장님이 보낸……."

"코드번호가 있을 텐데……."

회장의 주민등록번호를 말하는 사람이 공작원이라고 했다.

"아! 네, 제가 깜빡했군요. 440921−10795××. 맞습니까."

"오래 기다렸습니다. 지금 어디 계십니까."

"당분간 만나는 것은 위험합니다. 그보다도 혹 기관에서의 방문이 있었습니까? 이동호에 관한 정보 문제로……."

"네, 오늘 찾아왔었습니다. 숨겨두거나 정보를 감추면 법 적용을 받게 될 거라고요. 그런데…… 그걸 어떻게……."

"정보가 있었습니다. 지금은 기업체를 조사하지만 기업체 조사가 다 끝나면 한국인들 숙소까지 수사를 확대시킬 모양입니다. 사무실 가시거든 혹시 도청장치가 되어 있나 찾아보세요. 내일 저녁까지……."

이동호는 지금 다급한 위기에 빠져 있다. 김용기는 그 설명을 한 뒤, 몇 가지 전략을 일러주었다. 러시아 수사대의 1차 목표는 박정남이 될 것이다. 김용기는 박정남과 한 비행기에 탑승했던 것을 두고두고 후회했다.

그러나 위기는 기회다. 확신은 서지 않지만 그래도 이반은 비교적 정확한 정보를 제공해 주고 있었다. 지금 박정남이 그걸 증명하고 있다.

'어떤 놈인지는 더 두고 볼 일이지만 이 상황에서는 절대적으로 필요한 놈이다. 가면서 더 보자.'

누구라도 이 상황이 되면 이반에게 의지하지 않을 수 없다. 교활한 이반은 좌충우돌하며 최대한 돈을 뜯어내고 있었다. 그의 전략은 이렇다.

이동호를 서울까지 데려다 주는 것은 어떻든 해낼 수 있는 일이며, 그 대가로 10만 달러의 거액을 챙길 수 있다. 또 김용기에 대한 약속을 지켜주는 일이다. 그리고 귀신도 모르게 한국에서 해치운다면 그건 평양 밀사와의 약속을 지키는 일이다. 그리고 양쪽으로부터 18만 달러라는 막대한 대가를 얻는다. 이 정도면 한국을 상대로 한, 평생의 꿈인 무역업을 할 수 있다.

그나마 이 모든 힘의 원천은 돈이다. 정보기관의 요직에 있는 녀석들이 왕년의 부하들이라고는 하지만 슬금슬금 넣어주는 웃돈이 없다면 불가능한 일이다. 돈은 곧 힘이고 정보라는 것을 이반은 잘 활용하고 있었던 것이다.

이미 연방보안국 국장의 손에 5천 달러가 건네졌다. 그가 수사에 열을 올리지 않는 이유는 바로 그 5천 달러 때문이다. 그러나 그 뚱뚱한 전문 요원에게는 흘러 들어간 돈이 없다. 그는 반발심에서 그리고 언젠가는 국장으로 진급하겠다는 야망으로 이동호 체포에 열을 올리고 있는 것이다.

다음날 아침 회의에서도 두 사람의 의견은 확연히 달랐다. 둥근 테이블에 둘러앉아 회의를 하는데, 국장은 한국산 수입제품 손톱깎이로 손톱을 자르며 시큰둥했고, 뚱뚱한 전문 요원은 브리핑용 소책자까지 들고 나와 열심히 설명을 하고 있었다.

"한국에 진출한 기업체 중에서 가장 눈여겨볼 업체는 제일무역입니다. 지사장 이름은 박정남. 그는 최근 일주일간 서울을 다녀왔는데 그가 입국할 때 김용기라는 한국인 한 명도 같이 탑승했습니다. 이들 간에 별다른 접촉은 없었지만 오쿠라호텔에 투숙한 김용기도 별일 없이 관광만 즐긴 것으로 조사되었습니다…… 흠, 흠……."

그는 두어 번 헛기침을 한 뒤 다시 목청을 가다듬었다.

"어제 저녁, 김용기는 이반과 함께 저녁식사를 한 것으로 파악하고 있습니다. 어떻게 알게 되었는지는 아직 밝혀내지 못했습니다."

"그게 어쨌다는 게요. 이동호 잡으라 했지, 이반이 누구와 저녁을 먹었건 그게 무슨 상관이오."

"그 둘이 모두 이동호와 연계되어 있어 그렇습니다."

"그럼 둘 모두 잡아 족치면 될 거 아니요."

그건 국장의 트집이다. 더구나 이반을 이유 없이 잡아들인다는 건 스스로 무덤을 파는 것과 같은 일이다.

이 뚱뚱한 수사 요원은 점차 외톨이가 되어가고 있었다. 말하자면 부서 내에서 왕따를 당하고 있는 셈이다. 국장은 이반으로부터 다시 5천 달러를 받아 부하들에게 공평하게 나눠주었고, 이 전문 요원은 그걸 모르고 있었다.

"아무튼 나는 이동호를 체포합니다. 반드시 찾아내고 말 테니 국장님은 구경만 하고 계세요."

이미 전략이 수립되었다. 누구보다도 박정남을 집요하게 물고늘어질 생각이다. 어제는 부하들이 찾아갔지만 오늘은 자신이 직접 방문할 계획이다.

아침 회의를 마친 전문 요원은 권총을 가슴에 두르고 앉아 뇌물로 받은 멕시코제 독한 시거를 입에 물고 불을 붙였다. 지금은 국장이 자기 자리에 위기의식을 느껴 자신에게 협조하지 않는다고 믿었고, 오히려 그런 국장의 모습을 즐기고 있었다.

'이녀석 오늘은 오금이 저리도록 협박하고 와야지. 박정남 이놈 틀림없이 냄새가 나거든!'

공항 출입자 명단을 강제로 징수하여 면밀히 검토한 결과다.

이동호가 잠적하고, 박정남이 서울 나들이를 하고, 김용기라는 중년의 남자와 같은 비행기로 입국했다. 그렇다면 더 이상 생각할 여지가 없다.

그는 부하 한 명을 불러 지시했다.

"오늘 제일무역에 간다. 가서 한 번 오줌을 싸도록 협박한다. 그러니 준비하도록 해."

"알겠습니다."

부하도 무기고로 들어가 권총과 탄환을 꺼내 휴대했다. 하지만 그는 제일무역을 방문하기 전에 할 일이 있었다.

전문 요원의 제일무역 협박성 방문 계획은 즉각 이반에게 비밀리 통보되었고, 이반은 이 정보를 다시 김용기에게 제공해 주었다. 김용기는 박정남에게 대비책을 세워주었는데, 이렇게 릴레이식 정보 전달은 채 10분도 걸리지 않았다.

이 뚱뚱한 요원은 자신감에 넘쳐 있었다. 보통 민간인들은 무기를 보면 질려버리게 되어 있다. 권총을 꺼내 탁자에 올려놓고 협박하면 대개는 심정에 변화를 일으키거나 말에 실수를 한다. 이 요원은 그런 데서 단서를 잡는데 귀신이다. 더구나 박정남은 한국인이다.

'이녀석 공포심에 오줌을 쌀지도 몰라.'

그는 의기양양한 얼굴로 박정남의 사무실 문을 걷어차며 들어갔다.

박정남은 사무실 공간에서 골프연습을 하고 있었다. 그는 무례하게 들어오는 뚱뚱한 러시아인을 흘끗 쳐다보았다.

"누구요. 노크도 없이."

"좀 봅시다."

그가 신분증을 꺼내 내밀었다.

"세르게이? 보안대 소속 아니오."

"그렇소. 나 보안대, 당신들 한국에서 옛날에 안기부라 불리던 FSB 요원이오."

하지만 박정남은 놀라기는커녕, 새 골프공을 꺼내 골프채를 휘두르고 있었다.

"거기서 아침부터 왜 날 찾는 거요."

"조사할 일이 있으니 앉으시오."

"말은 잘 알아들으니 거기서 하시오. 추워서 골프를 못해 몸이 근질거려 운동하는 겁니다."

"이봐! 시키면 시키는대로 해!"

그가 권총을 꺼내 책상 위를 향해 힘껏 내리쳤다.

'쨍그렁―'

책상 위의 유리가 금속성 소리를 내며 깨졌다.

"유리값 물어내시오. 이건 내 사유재산이오."

쳐다보지도 않고 소리쳤다. 요원은 울화가 치밀었다. 이런 모욕은 태어나서 처음이다. 옛날 소련 시절 같으면 당장 연행하여 한 열흘쯤 고문이라도 했을 것이다. 하지만 지금은 다르다. 한국과는 이미 외교 관계가 맺어졌고, 이곳엔 수많은 기업, 여행객, 유학생들이 들끓는 도시가 됐다. 한 기업인 때문에 외교분쟁을 일으킬 수는 없는 것이다.

"범죄자에 관한 조사요. 협조하지 않으면 정식 경로를 거쳐 추방시킬 수도 있습니다. 협조하시오."

그제서야 박정남은 골프채를 놓고 테이블로 돌아와 앉았다.

'시간을 끌어야 한다. 이 뚱뚱한 친구는 틀림없이 숙소를 조사하자고 할 것이다.'

"도대체 무슨 일이오!"

어제와 같은 말이 다시 되풀이되고, 박정남은 말꼬리를 잡고 계속 시간을 끌어댔다.

그렇게 한 시간이 지난 다음에야 가택수사를 허락했다. 박정남은 이들의 차에 실려 아파트 광장에 도착했다.

"확증도 없이 이렇게 해서 미안하지만 제보자가 있었소. 그러니 그리 알고 이해하시오."

그들이 엘리베이터에 몸을 실을 때, 거기서 겨울 모자를 눌러쓴 허리가 구부정한 사람이 손에 빗자루를 들고 내렸다. 그런데 그 빗자루가 뚱뚱한 전문 요원의 얼굴을 스쳤다.

"조심해. 이 영감탱이!"

"죄…죄송합니다."

그리고는 다시 꾸부정한 걸음으로 광장을 향해 걸어갔다.

전문 요원 세르게이는 박정남 숙소의 구석구석을 살폈지만 좁은 집안에서 이동호를 찾지는 못했다. 이동호가 있었다는 어떤 흔적도 없었다. 집으로 연락할 기회를 주지 않았기 때문에 이동호를 빼돌렸다고 말하기도 어려웠다.

'잘못 짚었나?'

전문 요원의 머리가 몇 번 갸우뚱거렸다. 그리고 정중하게 사과한 다음 부하들과 함께 돌아가 버렸다. 그들의 모습이 사라진 뒤에야 아파트 복도를 쓸던 노인이 다시 엘리베이터에 몸을 싣고 박정남의 숙소로 돌아왔다.

"갔습니다."

그리고 낡은 털모자와 외투를 벗었다. 이동호였다.

"고생하셨습니다. 하지만 아무래도 녀석들이 냄새를 맡은 게 분명합니다. 어떻게든 하루 빨리 서울로 가고 싶습니다."

"초조하고 불안하신 마음은 충분히 이해합니다. 그건 저 역시 마찬가지니까요. 또 서울에서 사람이 와 있으니 반드시 서울 갈 날이 올 겁니다. 힘들더라도 좀 더 기다리기로 합시다."

놀란 사람은 이동호만이 아니었다. 외형적으로는 태연한 척했지만 입술이 새까맣게 타들어가는 건 박정남도 마찬가지였다. 이동호가 살인만 하지 않았어도 이보다는 훨씬 뱃속 편하게 귀순 작업을 감행했을 것이다.

상황은 급박하게 돌아갔다. 오후부터 낡은 승용차 한 대가 아파트 광장에 주차하고 있는데, 한결같이 가죽점퍼에 검은 안경을 쓰고 있고, 체격이 만만치 않은 사람들이 차를 오르내리며 감시하기 시작했다.

사무실 역시 마찬가지였다. 이동호는 박정남의 부탁으로 아파트 내 구석구석을 뒤져 도청장치를 찾았지만 아직 보이지는 않았다.

가택수색이 있던 날 오후, 이반은 김용기의 객실에서 둘만의 마지막 회담을 하고 있었다. 이반은 김용기가 틀림없이 이동호의 은신처를 알고 있을 것이라 확신했으며, 아마도 박정남 숙소가 아닐까 하는 의심을 했다. 하지만 오후 보고에 의하면 박정남 숙소를 수색했지만 이동호는 없었다고 했다.

"나는 내가 입수한 정보를 모두 알려주었습니다. 나와 계약을 하든 하지 않든, 그건 김용기 씨의 결정에 달렸습니다. 계약을 하겠다면 지금 계약금 이만 달러를 주시오. 일 달러라도 부족하면 난, 손떼겠소. 이동호는 매우 중요한 인물이고 또 북조선에서도 찾고 있으니까. 자— 돈과 이동호를 내놓으시오. 난, 틀림없이 그를 서울까지 데려다 줍니다."

김용기는 그의 제의를 거절할 수 없었다. 그는 하바로프스크 수사대 요소요소에 인맥을 박아놓고 움직이는 것이 분명해 보였다. 오늘 이반은 그것을 증명해 보였다.

"좋습니다. 이동호는 박정남 숙소에 있습니다."

"숙소? 수사 요원들이 찾지 못했다고 하던데……."

"잠시 피난시켰었습니다. 내일 오후 두 시 시청 옆 레닌광장에 가 계십시오. 이동호를 그곳으로 보내겠습니다. 돈과 함께. 아무래도 변장을 시켜야겠죠. 지금 이 복장 이대로 입고 나오세요. 그렇게 알려줄 테니. 그가 접근해서 뭐라고 하면 '서울 삼월엔 개나리가 핀다'

고 하십시오. 서로를 확인하는 암호가 될 테니⋯⋯."

"좋소."

"참, 평양에서 왔다는 그 밀사는 몇 호실에 있습니까."

"알려고 하지 마시오. 도움될 일이 없을 겁니다. 자— 나는 그만 가
봐야겠소. 이동호는 내가 데리고 있을 겁니다. 그에게 지금 안전한
장소는 내 숙소뿐이오. 나도 박정남처럼 혼자 살고 있으니 별로 불편
하지는 않을 겁니다."

이반은 돌아갔다. 그러나 그는 호텔을 빠져나간 것이 아니다. 김용
기와 헤어진 그는 곧바로 평양 밀사의 객실을 찾아갔다.

그는 평양으로 돌아가기 위해 짐을 꾸리고 있지만 표정은 결코 밝
지 않았다. 거금 5만 달러를 투입하는 사업이다. 이 사업이 실패로
돌아간다면 그는 귀신도 모르게 처형당할 것이다.

이반이 들어서자 반색을 하며 맞아주었다.

"잘 왔소. 어떻게 진행되고 있소?"

"마침내 이동호 은신처를 찾아냈습니다."

"뭐라고? 이동호를 찾았다고! 그거 정말이오."

"네, 찾았습니다. 그는 내 수중으로 돌아옵니다. 하지만 러시아에
서 처형하지는 못합니다. 서울놈들이 그를 에워싸고 있어요. 그들은
내 전략에 휘말려 내일 내게 넘기기로 했습니다."

"그럼 어떡할 작정이오. 설마 그를 서울로⋯⋯ 그렇게는 안 됩니
다. 여기서 없애시오. 그게 계약조건 아닙니까."

"왜, 내 말을 믿지 못합니까. 난, 이런 게 직업이 된 사람입니다. 이
미 계약금도 받았습니다. 또 일부는 다시 돌려 드리지 않았습니까.

서울로 갑니다. 가서 분명히 해치웁니다."

"……."

"내가 거짓말하거나 배신을 할 경우 당신네 조직에서 날 암살해도 좋아요. 내 명예와 신뢰를 걸고 맹세하겠소. 난, 반드시 이동호를 처단합니다. 그것도 멋있게…… 당신네 김정일 국방위원장이 호탕한 웃음을 웃으며 즐거워하도록. 알겠소? 기다리시오. 평양에 가서."

북한의 조직국장은 이미 이반으로부터 한 통의 밀서를 받았었다. 이동호가 하바로프스크에서 피살당하면 외교분쟁이 일어날 수도 있다고 했다. 자존심 상한 FSB는 최선을 다해 범인을 잡으려 할 것이며, 그 배후에 평양이 있는 것을 알면 그에 상응하는 복수가 뒤따를지 모른다고 했다.

또 이반은 이동호를 서울로 빼돌렸다가 거기서 암살할 테니 남조선에서 암약하는 그들의 조직의 도움을 기다리겠다고 했다.

이반은 틀림없는 사람이며 실수하는 일이 없다는 것을 잘 아는 국장이다. 그렇다면 이제 밀사는 귀국해도 좋다. 공은 이반에게로 넘어갔으니까.

이반은 밀사에게 마지막 말을 남기고 떠났다.

"조직국장도 당신의 귀국을 알고 있소. 염려하지 마시오."

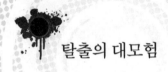

탈출의 대모험

정확히 오후 2시.

하바로프스크 시청 옆 레닌광장에 도착한 이반은 두 손을 주머니에 질러넣은 채 어슬렁거리며 걷고 있었다. 그의 등뒤에는 높은 단상이 있고, 그 위에 레닌 동상이 서 있다. 많은 도시에서 레닌 동상이 철거되었지만 이곳엔 아직도 건재하고 있다.

이반은 누군가가 등을 두드려 돌아보았다. 몸에서 알코올 냄새가 지독하게 나는 남자였는데 낡은 검은색 코트에서도 악취가 나고 있었다. 얼굴은 언제 세수를 했는지 때가 꼬질꼬질 묻어 있어 역겹기 짝이 없다.

"추워요 추워, 하바로프스크는 삼월도 겨울이지."

'아—하. 이 자가 이동호구나.'

그때서야 그의 얼굴이 사진과 닮았다는 것을 느낄 수 있었다.

"그러세요? 서울 삼월은 개나리가 눈을 뜨는데…… 여긴 뭐든지 늦죠."

말을 마치기 무섭게 그의 옷소매를 끌어 저쪽에 세워둔 자신의 승
용차로 달려갔다. 그리고 차 문을 열기가 무섭게 안으로 밀어넣었다.

"수고했소. 내가 이반이오."

"알겠습니다."

좁은 차 안으로 들어서자 악취는 더 진동했다. 낡아빠진 코트에 술
을 들어부었고, 옷에서 나는 악취와 알코올 냄새가 뒤섞여 호흡마저
곤란할 정도였다. 이동호가 코트를 벗으려 하자 이반이 말렸다.

"제 숙소로 들어가서 벗으세요. 아직은 안 됩니다."

자동차는 도시에서 약간 벗어난 외곽의 한 단독주택 앞에서 멈추
었다. 저쪽에 반월형의 대형 탑이 보였다. 이동호가 그쪽으로 눈길
을 돌리자 이반이 설명하기 시작했다.

"볼셰비키 군대와 황제군이…… 그러니까 적군과 백군이 전쟁했
을 때 사망한 적군赤軍 전사자 명단을 일일이 적어놓은, 일종의 위령
탑이죠."

"알고 있습니다. 이 년간 군사훈련 공부를 했습니다. 바로 이곳 하
바로프스크에서요. 시내도 몇 차례 놀러 나와 잘 알고 있습니다."

왕래하는 사람이 별로 없었다. 기념탑 부근에 어린아이들이 몇몇
뛰놀고 있는 것 외에는 사람을 볼 수 없었다. 아직도 혹한을 넘기지
못했기 때문이다.

두 사람은 집으로 들어섰다. 혼자 산다고 했지만 여자들보다 더 깨
끗하게 살고 있었다. 살림도 매우 고급이어서 재벌이나 고위직 부럽
지 않은 살림을 하고 있었다.

"자, 여긴 귀관께서 가장 안심하고 머물 수 있는 은신처가 될 겁니다. 마음 푹 놓으세요."

약간의 음식과 영국제 위스키를 꺼내왔다. 얼핏 냉장고를 들여다보았는데 고기가 메워 터질만큼 쌓여 있었다. 평양에서도 고위층 냉장고 아니면 구경도 할 수 없는 음식들이다.

간단히 식사를 마친 후 환담이 시작되었다. 이반으로서는 최선을 다해 이동호에게 호의를 베푸는 것이다. 그가 곧 돈이니까…… 그런 생각이 머리를 스치자 허탈한 웃음이 터져 나왔다.

"허허허…… 이 장군. 오시느라 고생하셨어요. 오면서도 말씀 드렸지만 저는 이 도시에서 영향력이 좀 있는 인물로 통합니다. 그 힘이 무엇인지 아십니까?"

"……."

"돈입니다, 돈."

돈은 힘이다. 그건 지금 북조선도 마찬가지라고 생각했다. 벌써 달러가 암거래된 지 오래되었다.

"한때는 공산당에 목숨을 바쳐 충성했죠. 당과 국가. 그것은 젊은 내 피를 끓게 했고, 세상에서 가장 완벽하고 훌륭한 제도라고 생각했습니다. 내 젊음을 모두 쏟아부었죠. 특히 마르크스주의는 내 열정을 모두 쏟아붓게 하는 원천적 힘이 되어주었습니다. 사회주의, 마르크시즘이 소련에서 태어난 것을 정말 행복하게 생각했습니다. 나는 당을 위해 목숨을 바치기로 맹세했습니다. 마르크스는 이런 말을 했습니다. '수탈은 자본주의적 생산에 내재하는 법칙의 운동, 즉 자본의 집중화에 의해 야기된다. …… 생산수단의 집중화와 노동의 사회화는 자본주의라는 껍질과 양립할 수 없는 지경에까지 이른다. 이 껍질이 터져 산산이 찢겨진다. 자본주의적 사유재산의 조종弔鐘이 울린다. 수탈자가 수탈당한다.' 이 얼마나 멋진 말입니까. 수탈자가 수탈당하고, 사유재산이 조종을 울린다. 이 말을 듣고 가슴이 뛰지 않을 젊은이가 어디 있겠습니까. 북조선과 마찬가지로 토지개혁이 일어나고 땅은 국가소유가 되었으며 농민 노동자들은 사회를 지배했습니다. 파라다이스가 온 거죠. 허허허…… 그러던 내가 지금은 내 사유재산 불리기에 여념이 없습니다. 우리는 그동안 꿈에 취해 있었던 거지요. 결코 이룰 수 없었던 꿈을……."

"당신은 공산당과 마르크시즘을 신봉했지만 우리는 더 비참했습니다. 우리는 당이나 이념을 믿은 게 아니라 김일성과 그 아들 김정일을 신봉했습니다. 아차! 했을 때는 이미 너무 늦어버렸고요. 사회주의는 이론대로 움직이지 않았습니다. 특히 우리 북조선은요. 지금은 군대가 지배합니다. 그리고 그 군대는 김정일이 지배합니다. 북조선의 힘은 누가 뭐라고 해도 군부에 있습니다. 왜 김정일이 주석主席을 마다하고 국방위원장을 맡았겠습니까. 더구나 그는 세습으로 왕위에 올랐습니다. 사회주의의 돌연변이 국가가 탄생된 것이지요."

"그래서 탈출했습니까?"

"체제에 불만이 있다고 해서 탈출하지는 못합니다. 가족이 있고, 기회가 없어서요. 저도 가족이 있어 탈출은 꿈도 꾸지 못했는데 운명이 나를 밖으로 밀어내더군요. 그래서 이곳까지 오게 된 겁니다. 행운과 불행이 겹친 인간이 되었죠. 지긋지긋한 평양은 벗어났지만 제겐…… 가족이 남아 있습니다. 하지만 아내도 탈출을 시도할 겁니다. 언젠가는⋯⋯."

'그럴 테지. 목이 메일 테지.'

하지만 동정심은 금물이다. 소련 시절에도 그 잘난 동정심 버리고 얼마나 많은 반역자를 처단했던가. 당과 조국을 위해. 하지만 그 숭상의 대상이 달라졌다. 지금은 돈을 위해 뛴다. 동정심이 살아나면 돈이 도망친다. 더구나 이번에는 남·북조선 양쪽에서 18만 달러를 버는 일이다.

"그런데 마르크스주의자들의 예언은 빗나가기 시작했습니다. 시간이 지남에 따라 사실이 아님이 판명되었습니다. 중요한 예를 든다면 중간계급이 소멸되기는커녕 오히려 더 성장하고 있으며 자본가와 노동자의 양극화 현상은 자본주의 사회에서는 미미하게 일어납니다. 또한 자본주의 사회에서의 노동자 생활은 오히려 악화되기는커녕 향상되고 있습니다. 우리 조선은 동구 공산권 국가가 왜 무너졌는지를 잘 알고 있습니다. 그래서 더욱 총구로 인민을 다스리는 겁니다. 반항? 데모? 그건 곧 죽음이죠. 굶는 것을 못 참아 탈출해도 범죄로 극형을 받습니다."

"난, 철저한 자본주의 부르주아가 됐습니다. 내가 행복하다면 그게 행복의 전부란 것을 알았습니다. 내 신앙은 '돈'이죠. 옛날에 그렇게 충성했던 조국이나 마르크스주의 대신 말입니다."

어느 나라나, 어느 사회나 빈민촌에 사는 사람들이 있다. 극빈자들도 있게 마련이다. 그러나 그들에게도 삶의 기회는 언제든 주어진다. 그것이 자본주의 국가다.

이 세상에 유토피아가 존재하지 않는 한 신분의 차이는 있게 마련이지만 그 폭이 그리 넓지는 않는 게 자본주의라고 이반은 말해 주었다. 그러나 그 대신 부패가 존재한다고 했다.

"자본주의 병폐는 부패입니다. 권력자들에 의해 자행되는 부패, 그러나 사회주의의 부패보다 심하지는 않습니다. 독재 자체가 부패니까요. 당신이 찾아가고 싶어하는 남조선도 부패로 골치를 앓죠, 군사독재한다고 저항하던 사람들이 권력을 잡아 새로운 형태의 독재를 하죠. 권력과 부패, 약간의 독재성 정치는 어느 시대나 어느 정권이나 다 있게 마련이지만 사회주의, 공산주의 마르크스주의는 이젠 흘러가 버렸습니다."

어느새 양주 한 병이 바닥이 났고, 새 술병이 올려졌다. 다시 술잔이 오가기 시작했지만 대화는 끝날 줄 몰랐다.

"왜 내가 그렇게 공산주의에 열광했는지 모르겠습니다. 우리는 아마도 왕정 정치의 모순과 부패에 진절머리를 냈었기 때문이라고 생각합니다. 남조선이 6·25로 공산주의를 빨갱이라며 증오하듯 말입니다. 그게 새로운 프롤레타리아, 공산주의 독재자를 탄생시키긴 했지만 말입니다. 니꼴라이 1세는 이런 말을 했습니다. 이 말을 들어 보시면 소련 공산주의의 태동이 조금은 이해될 겁니다."

여기(군대 내)에서는 명령이 있고 엄격하고 무조건적으로 법이 존중되며, 모든 답변을 요구하는 주제넘은 주장과 모순이 있을 수 없으며, 모든 일은 논리적으로 한 곳에서 다른 곳으로 흐른다. 자신이 복종하는 것을 배우기 이전에 어느 누구도 명령할 수 없으며, 타당한 이유 없이 어느 누구도 타인 앞에 나타날 수 없다. 모든 것은 명확한 하나의 목표에 복종하고 또 모든 것은 그 목표를 갖고 있다. 이러한 사람들 속에 있을 때 제일 기분이 좋고 또 내가 군인이라는 직업을 항상 명예롭게 여기는 이유는 바로 여기에 있다. 나는 인간의 전 생애는 단순히 하나의 봉사라고 생각한다. 왜냐하면 모든 사람은 봉사하기 때문이다.'

　—니꼴라이 1세Nicholas 1

이동호는 마치 김정일의 정책방침이나 현실을 듣는 기분이었다. 북조선 인민들은 모두 김정일에게 봉사하고 있기 때문이다.

"쉬만Schiemann은 이를 '가장 일관성 있는 독재자'라며 악평했죠. 결국 이런 독재, 독선이 마르크스주의를 불러들인 겁니다."

이동호는 이번에는 연두흠을 머리에 떠올렸다. 사회주의는 어떤 면에서 가장 민주적인 정책결정 방법을 가지고 있지만 김일성이나 김정일은 황제의 역할을 했다. 연두흠이 노린 것은 이런 민주주의식 사회주의의 부활이었다. 그래서 황장엽은 남쪽으로 가버렸고 연두흠은 죽음을 맞았다.

이제 술이 조금 더 거나해졌다. 이반은 이동호가 토하는 울분을 막지 않았다. 어차피 자신의 손에 의해 죽을 사람이다. 살아 있을 때 실컷 분노하고 소리치는 즐거움 정도는 줘도 괜찮다는 생각이었다.

"니꼴라이 황제나 김일성, 김정일이 다른 게 뭐 있소. 인간의 전 생애는 봉사라고 하는 그와 말이오…… 이건 모순이오. 황제는 러시아 국민에게 뭘 봉사했단 말이오. 김정일은 굶어 죽어가는 조선 인민들에게 뭘 봉사했고! 그들은 이미 귀족이었소. 인민은 그들의 사유재산이고. 도대체 니꼴라이와 김정일은 왜 그리 똑같이 닮았단 말이오."

"알고 있소. 니꼴라이의 귀족 중 제까브리스뜨가 있었는데 그가 반란을 일으켰죠. 하나, 이는 황제의 기본적 견해와 혁명을 분쇄하겠다는 그의 의지만 더욱 강하게 만들었죠. 이 반란으로 황제는 오히려 귀족들조차 불신하게 만들었고, 신하들의 독립성과 정책발의에 대해서도 신뢰하지 않게 되었습니다. 그는 재판, 처벌에 큰 관심을 가졌는데 이는 자신의 전복에 대한 두려움 때문이었습니다. 이런 통치는 그의 통치기간 내내 이어졌습니다."

"예, 꼭 북조선 같군요. 완전 개방, 개인 사유재산 인정, 군축, 정부 재산의 인민에의 분배를 외치던 민주 인사의 거목 황장엽 선생은 남으로 귀순했고, 연두흠 선생은 피살당했죠. 니꼴라이? 그 후예가 김정일입니다."

아마도 김일성은 마르크스를 배우지 않고 니꼴라이의 통치방법을 배운 게 틀림없다고 믿었다. 그리고 그 아들 김정일은 거기서 한 술 더, 남한을 이용하고 요리하는 방법까지 배웠을 것이다.

"김정일 정권은…… 무너집니다…… 왜냐하면 정도正道가…… 아니니까요…… 러시아 공산혁명이 성공한 것이…… 1917년이죠? 그런데…… 칠, 팔 년 만에 무너졌습니다…… 잔재가 남아 있기는 하지만…… 북조선도 얼마…… 남지…… 않…….."

'풀썩!─'

그는 말을 다 채우지 못하고 침대 위로 쓰러졌다. 독주가 쓰러뜨린 게 아니라, 그의 비통한 감정이 쓰러뜨린 것이 분명했다.

이반은 먼저 술에 취해 쓰러지는 이동호를 바라보았다. 그도 자신처럼 한때는 열렬한 공산주의자였을 것이다. 그리고 마르크스주의

탈출의 대모험 163

에 심취한 혈기 넘치는 청년이었을 것이다. 하지만 지금은 다르다. 이동호는 남조선이라는 또 하나의 유토피아를 찾아 나섰고, 이반은 '돈' 만이 유토피아라는 것을 알았던 것이다. 조금은 불쌍하다는 생각도 들었지만 감상은 금물이다.

'모르겠다. 어차피 인생은 살아남는 자가 승리하는 것 아닌가. 네 목에 18만 달러가 걸려 있다. 나는 나를 위해 살 뿐이다. 한 3만 달러 정도 비용으로 쓴다고 해도 15만 달러가 남는 장사다. 고생 조금만 하면 평생 통틀어도 벌 수 없는 돈이 들어온다. 이동호 하나 죽여서 그만한 대가가 돌아온다면 누가 거절하겠는가.'

그는 병에 남아 있는 양주를 한 입에 털어넣었다. 그리고 쓰러진 이동호 몸뚱이 위로 털썩 쓰러졌다.

술 냄새가 좁은 숙소에서 진동을 했고, 두 사람은 술에 떨어져 꿈도 꾸지 못했다.

러시아 경찰국, FSB, GRU 등 하바로프스크 정보계 부처가 총동원 되었지만 이동호는 그림자도 찾을 수 없었다. FSB가 총괄을 맡아 수사하고 있고, 그 일선에 뚱뚱이 전문 요원 세르게이가 있지만, 그도 이번만큼은 전과를 올리지 못하고 있다.

웬일인지 모스크바에서도 처음과는 달리 별 관심을 보여주지 않았다. 푸틴으로부터 별다른 지침이나 훈령이 없었던 것이다.

푸틴, 현 러시아의 대통령. 과거 KGB 출신의 정보통이다. 크렘린 궁 총무실 부실장으로 임명되어 옐친의 각별한 사랑을 받고 있다가 FSB 국장으로 승진, 이어 옐친의 후계자로 떠올라 막강한 라이벌들을 제치고 대통령에 오른 사람이다.

옐친이 '탱크' 형이라면, 푸틴은 '여우' 형인 사람이다. 실리에 밝고 나타나기를 싫어하는 말하자면 잇속에 밝은 대통령이라 할 수 있다.

경제도 제법 안정시켰고, 국가 위상도 고르바초프나 옐친 때보다는 훨씬 격상시켜 놓았다. 특히 미국과의 협상에서는 언제나 우위를 점하고 있는 독특한 인물이다.

그는 가급적 북한이나 한국과의 감정적 대립이나 냉전, 화해의 장소에 대해 무관심한 척했다. 서울을 다녀오면 곧이어 평양을 다녀오고, 한국의 대통령이 방문하면 김정일을 불러들였다.

DJ가 평양으로 김정일을 찾아갔을 때도 '환영한다' 는 짧은 코멘트가 고작이었다. 아직도 북한에 대해 적개심과 증오심을 갖는 한국의 엄청난 보수 세력을 의식했기 때문이다.

이동호의 탈출을 알았을 때는 즉각 체포하라는 훈령을 내렸지만 역시 남한의 보수 세력을 의식해 더 이상 체포 지연에 대한 추궁은 하지 않은 채, 미국과 아프가니스탄 문제, 즉 9·11테러에 대한 미국의 성공적 전쟁에만 관심을 보여왔다.

탈출한 북한의 한 장군에 대한 문제는 남·북한 문제로 넘겨버린 것이다. 열을 올리는 인물은 오직 그 뚱뚱한 수사 전문 요원 세르게이뿐이다.

푸틴이 흥미롭게 보는 것은 이동호가 아니라 대북정책에서 과거 어느 정권보다도 유화책을 쓰는 현 집권당과 청와대, 그리고 보수 세력으로 뭉친 한나라당과 국민의 저변에 깔린 정서다.

DJ는 그런 부분에서 상당한 실적을 올리고 있지만 아직도 국민정서, 그 바닥에 깔린 김정일에 대한 불신의 벽은 깨지 못하고 있다고 판단했다.

푸틴은 한국의 보수 세력과 진보 세력의 시소 게임에 참견하고 싶지 않았다. 이동호가 한국으로 넘어가든, 북조선의 노력으로 잡혀가든 피살되든 자신의 일은 아니라고 판단했던 것이다. 한국에는 경제적 빚이 많고, 북한에는 전통적 의리가 있었던 것도 큰 원인이었다.

뚱뚱이 세르게이는 모스크바의 FSB 본부에서 왜 좀 더 적극적인 액션을 취하지 않는지에 대해 크게 불만을 토로했다. 그는 부하들과 저녁식사를 하며 분통을 터뜨렸다.

"내게 경고장을 보내다니. 한 번 생각해 보라구. 이동호가 숨을 만한 곳은 박정남 집뿐이다. 분명히 녀석을 뒤로 빼돌렸어. 그런데 허락도 없이 외국인 집을 수색했다고 경고장을 내미는 거야. 제기랄, 예전 KGB 같으면 박정남 잡아다 고문이라도 해서 불게 했을 텐데……."

"그러게 말입니다."

하지만 부하들은 시큰둥했다. 검은 안경을 쓰고 박정남 아파트를 감시하던 그들이지만 이미 그들에게는 500달러씩의 돈이 주머니에 들어가 있었다. 명분은 수고비였지만 국장의 뜻을 잘 아는 이들은 그저 왔다 갔다 모양새만 냈을 뿐이다.

"차라리 그녀석 다른 도시로 튀던가 한국으로 가버렸으면 좋겠어요."

"뭐라구? 자네 정신 있는 거야. 잡아야 돼. 그리고 꼭 잡힐 거고. 공항, 기차역, 버스 터미널만 감시하면 아직은 여길 떠나지 못했어. 자, 자 술이나 한 잔 더 하자구."

이반과 이동호가 술에 막 떨어지던 시간이다.

같은 시간, 김용기는 오쿠라호텔 객실에서 어둠 속에 파묻힌 도시를 바라보며 깊은 생각에 빠져 있었다.

아무리 뛰고 난다고 해도 여기는 러시아다. 더구나 이반은 이곳에서 대단한 영향력을 가지고 있다. 이미 몇 차례의 위기를 돌파했고, 지금은 그 자신이 이동호를 보호하고 있다.

한국 속담에 '등잔 밑이 어둡다' 라는 말이 있듯, 이반이 이동호를 보호하고 있으리라 생각하는 사람이 과연 있겠는가 하는 김용기다. 하지만 그래도 김용기다. 그는 지금 이반을 생각하고 있다.

북한에서 밀사가 와 있다면 어쩌면 이반은 그 밀사와도 접촉하고 있는지 모른다. 그리고 혹 양다리를 걸치고 있을지도 모른다는 의혹을 계속해 왔다.

하지만 그게 아닌 것으로 판명되었다. 같은 호텔에 투숙한 북한인 한 명이 중국으로 떠났는데, 그 외에는 호텔에 투숙한 북한인이 없다.

'역시 돈이야.'

러시아도 돈의 위력이 절대적이란 사실을 알고 있다. 10만 달러라면 하바로프스크에서는 준 재벌급에 속할 엄청난 돈이다. 그리고 이반은 지금 그 돈을 위해 사력을 다할 것이라고 믿었다.

그래도 믿을 수 없다. 믿을 수 없다는 의문을 남겨두는 것은 이런 첩보계의 마지막 계명이다. 세상에서 자기 자신을 빼놓고 누굴 믿을 수 있는 세상인가.

내일은 블라디보스토크 지사장으로부터 선물이 온다. 서울에서 긴급으로 보낸 최소형 도청장치와, 김용기가 직접 부탁한 연극 분장사, 그리고 몇 가지 특수 옷가지들이다.

그는 도청장치를 이용하여 이반의 속셈을 알아보는 것이며, 만일 그가 다른 계산을 하고 있다면 이동호를 블라디보스토크로 빼돌려 탈출시킬 계획이었다.

이반에 대한 대책회의는 평양에서도 열리고 있었다. 이동호 잠적 사건 이후, 이에 대한 대책회의를 했던 요직 인사들이 다시 모인 것이다.

인민무력부 부부장 최린, 조직국장 박동현, 대남사업부장 홍승일, 그리고 김정일 직속인 보위사령부 참모장이 그들이다.

그들은 이미 여러 차례 밀사로부터 보고를 들었다. 더 이상 지체할 필요가 없어 모든 사업을 이반에게 위임하고 귀국하기 위해 중국으로 떠난다는 마지막 보고를 접수한 뒤였다.

"정말 이반을 믿을 수 있겠소?"

보위사령부 참모장이 걱정스러운 얼굴로 조직국장을 바라보았다.

"물론입니다. 녀석은 그가 배신했을 경우를 잘 알고 있습니다. 그건 죽음이죠. 암살, 지구 끝까지라도 따라가 없앤다는 것을 알고 있습니다."

"꼭 서울로 보내서 없애야 합니까?"

168 황장엽을 암살하라

"이반이 하바로프스크에서도 얼마든지 해치울 수 있지만 제가 이반을 서울로 보내는데 동의한 이유는 따로 있습니다."

"이유?"

"네, 이반의 실력이 아직 녹슬지 않았다는 것을 보여주면 한 십만 달러 더 주어 시킬 일이 있기 때문입니다."

"더 시킬 일? 게다가 십만 달러를 추가?"

"돈이야 금강산 관광수입금으로 충당해도 됩니다. 이산가족 상봉을 금강산에서 하도록 만들면 관광수입까지 함께 들어오지 않습니까. 결국 이 자금은 남쪽에서 지원하는 것이나 마찬가지입니다."

"좋소. 좋은 생각이오. 그런데 이반에게 또 뭘 시킬 일이 있지요?"

"반동분자 처리죠. 연두흠을 제거시켰으니 나머지 한 놈 황장엽을 암살시키는 겁니다."

"황장엽?"

참석했던 요인들이 일제히 고함을 질렀다.

"황장엽을 암살하면 DJ정부가 곤란에 처하지 않겠소. 겨우겨우 여기까지 왔는데. 냉전상태로 돌아가면 우리가 더 곤란해집니다. 평화 무드로 우리가 얻어내는 돈이 얼마입니까."

"그건 압니다. 하지만 어떤 상황이라 하더라도 남조선은 냉전상태로 되돌리지 못합니다. 지금 그쪽 사회 분위기가 그렇습니다."

"해군 쪽에서는 지난 교전사태 패배를 복수하겠다고 야단인데 이게 맞물리면 남조선 보수 세력들이 들고 있어날 텐데요."

"절대 손해보는 장사는 하지 않습니다. 해군들 보복할 기회 한 번 줍시다. 군 사기도 생각해야죠. 초여름 꽃게잡이 때 보복할 기회를 만들라고 하지요. 문제는 황장엽입니다. 만일 그가 암살당하면 우리한테 화살이 날아올 텐데."

조직국장이 웃으며 대답했다.

"해군에게 보복할 기회는 꼭 주어야 합니다. 뒷일은 걱정하지 마십시오. 서울에 있는 '오로라'에게서 연락이 왔는데, 지금 남조선 분위기는 매우 좋다고 합니다. 통일 분위기만 잔뜩 부풀려 놓으면 된답니다. 하지만 해군 보복은 꼭 실현시켜야 한다고 했더니 그것도 괜찮다고 했습니다. 전쟁 분위기를 만들어 놓으면 입 열고 전쟁하잘 사람이 없다는 겁니다. 여기서 엄포를 놓으면 아마 '사과나 하라'는 정도에서 멈추지, 남조선에서 포격하며 덤벼들지는 않을 겁니다. 그건 제가 책임집니다."

"전쟁나면 우린 다 죽어. 미국이 핵탄두 쓸 건 뻔하니까."

"남·북조선 다 끝나는 거죠. 그러니까 멋있게 보복이나 하라고 해요. 해프닝 정도밖에는 더 진전 안 됩니다."

"이거 얘기가 딴 데로 흘렀잖아. 황장엽 말이야."

"아! 황장엽."

조직국장이 책을 한 권 꺼내 책상 위에 올려놓았다. 박정남이 이동호에게 주었던 『황장엽 비록』, 그 책이다.

"읽어들 보셨겠지만 이 반동이 서울에 가서 우릴 헐뜯은 책이오. 절대 그냥 두지 않겠다고 맹세했지요. 처음 이반을 생각한 것은 황장엽을 염두에 두었기 때문입니다. 일석이조, 일거양득. 이반은 이동호, 황장엽을 함께 해치울 좋은 물건입니다. 더구나 그는 러시아 국적을 가지고 있고, 한국 지리에도 밝은 데다 돈이라면 지옥에라도 달려갈 놈입니다. 만일 황장엽 암살에 우리가 개입되어 있다고 남조선에서 난리치면, 그건 남조선의 극단주의자들 짓이라고 덮어씌우거나, 평양을 공격하기 위해 보수 세력들이 저지른 음모라고 역공하면 됩니다."

"그거야 그렇지. 언제든 그래왔으니까."

"게다가 남조선에서도 잘 죽었다고 손뼉 칠 사람 많다는 게 '오로라' 의 판단입니다. 황장엽은 반통일주의자라고 찍혔으니까요."

"남조선 수구 세력 중 꼭 손볼 놈들이 있습니다. 거 누구야……정형근이, 김용갑이…… 이철승이…… 조선일보 조갑제……."

"그게 어디 한두 놈입니까."

"이거 얘기가 자꾸 옆으로 빗나가잖아. 그래 이반에게는 어떤 대우를 할 거요."

"대우라뇨. 없애야죠."

"없애다니."

"이동호, 황장엽 둘 처치하면 녀석이 서울을 뜨기 전에 우리가 없앱니다. 녀석이 입을 열면 곤란하거든요."

"아직 시간 있으니까 충분히 연구해 보시오. 참, 해군 보복문제도 더 연구하라 하구요."

보위사령부 참모장이 책상 위의 『황장엽 비록』을 펴들어 무심히 읽어갔다. 글을 읽어가던 그의 얼굴이 다시 흙빛이 되었다.

황장엽이 서울로 튀도록 이를 알지 못했다는 자책감이 책의 내용과 겹쳐 부들부들 몸까지 떨어댔다.

"개새끼. 꼭 없앨 거야!"

그 내용은 다음과 같았다.

　일부 사람들은 '북한이 아무래도 붕괴될 것이고 시간이 우리 편에 유리하기 때문에 평화적 방법에 의거하여 천천히 문제를 해결하는 것이 유리하다.' 고 주장한다. 평화적 방법으로 문제를 해결하자는 주장은 옳지만, 평화적 방법이 적을 도와주는 방법은 아닐 것이다. 우리는 전쟁을 일으키지 못하게 하는 조건에서 북한을 붕괴시키는 것을 다 평화적 방법이라고 생각한다.

　문제는 북한 정권의 본질을 어떻게 보는가 하는 데 있다. 침략성은 체제의 불안정성이나 경제적 위기에 있는 것이 아니라 근본적으로는 정권의 본질, 사회체제의 본질과 관련되어 있다. 체제의 불안은 정치적 약화를 의미하며, 경제적 위기는 경제적 약화를 의미한다. 정치 · 경제적 약화가 반드시 침략전쟁을 일으키는 원인이 된다고는 볼 수 없다. 체제가 불안하고 경제 사정이 곤란하면 더 승산이 없기 때문에 오히려 전쟁을 못 일으킬 수 있다고 보아야 할 것이다. 소련은 체제에 대한 자신감이 없어지고, 경제적으로 뒤떨어졌다는 것을 자각하게 되면서 투항하기 시작하였고 붕괴되었다. ―p155

　마르크스주의자들은 스스로를 자본주의적 민주주의의 부족 점을 극복한 가장 철저한 민주주의자로 자처하고 있는 만큼 비록 계급적 독재는 불가피한 것으로 인정하여도 정권을 세습적으로 승계한다는 것은 도저히 생각조차 할 수 없는 것으로 간주하고 있었다.

　이러한 일반적인 상식을 깨고 북한에서는 현실적으로 정권의 세습적

승계가 실현되었다. 이 점에서 김일성이나 김정일이 마르크스주의자가
아니라는 사실은 더 말할 나위도 없다. —p90

참모장이 책을 테이블 위로 내동댕이쳤다.

"황장엽부터 없애버립시다. 도저히 용서가 안 됩니다. 연두흠처럼
없앴어야 했는데…… 이거야 분통이 터져서……."

하지만 이럴 때는 역시 조직국장이 한 수 위다. 그는 침착한 목소
리로 참모장의 흥분을 가라앉혔다.

"순서가 있습니다. 이 문제는 제게 맡기십시오. 이미 전략이 수립
되어 있습니다. 두고 보시면서 즐기기나 하세요."

늦도록 토의를 마친 이들은 술들을 마시기 위해 자리를 옮겼다. 예
쁜 여자들이 이들을 반갑고도 정중하게 맞아주었다.

압록강 두꺼운 얼음을 밟으며 중국으로 도망치는 굶는 인민이 이
시간 세 가족이나 있었지만, 그런 건 머릿속에 없는 이들이다.

다음날 새벽.

두통을 견디다 못한 이동호가 잠에서 깨어났다. 옆방 이반의 방 불
이 꺼져 있어, 불을 켜고 들여다보았다. 진통제 알약이라도 한 알 먹
어야 할 것 같아서였지만 그는 보이지 않았다.

그 시간, 이반은 오쿠라호텔 김용기의 객실 문을 두드리고 있었다.
며칠 뚱보 세르게이의 눈빛이 심상치 않아 이 새벽에 찾아온 것이다.

깊이 잠들었던 김용기는 두려움에 떨며 방문객을 확인했고, 그가
이반이라는 것을 알자 잽싸게 문을 열었다.

"웬일이오. 이 시간에⋯⋯."

다급한 상황이 발생한 것이라고 판단했다. 그렇지 않고는 이 새벽에 찾아올 이유가 없기 때문이다.

목이 타는지 냉장고에서 물통을 꺼내 벌컥거리며 마셔댔다.

"아무래도 이 도시는 위험합니다. 너무 노출되어 있어서요. 탈출 장소를 블라디보스토크로 계획하고 있습니다. 거기도 내가 손닿는 사람은 많습니다."

"네⋯⋯ 그럴 겁니다."

이미 수사망이 박정남에게로 접근해 왔고, 자신도 주목의 대상이 되고 있다.

"어떻게 여길 빠져나가죠? 블라디보스토크에만 도착하면 저도 힘을 빌릴 사람이 있습니다."

제일무역 본부장을 염두에 두고 하는 말이다. 본부장은 지금 러시아 해군이 폐기한 군함 한 척을 매입하기 위해 교섭 중이지만, 사실은 해군 측에서 팔아 달라고 떼거지를 쓰는 상황이다. 고철로 되판다고 해도 크게 이익 남을 것이 없지만 미래의 여러 가지 협상을 위해 심사숙고 중이다.

이러한 거래로 본부장은 블라디보스토크 시장과 군부, 두루 좋은 인적관계를 맺고 있는 데다, 서울 본사의 방침에 따라 이동호 귀순 작업에 적극적으로 매달리고 있다.

이미 여러 가지로 노출된 하바로프스크보다는 탈출하기가 훨씬 편한 도시가 될 것이다. 분장사와 소도구를 긴급 수송해 오는 이유도 이 도시를 떠날 계획 때문이다.

"솔직히 말씀 드리죠."

이반이 다시 큰 컵에 물을 따라 마셨다.

"그곳에 저와 같이 일했던 동료가 있습니다. 물론 KGB를 은퇴하기는 했지만 그는 모스크바 본부에서 일했는데, 적어도 세계 주요 이십 개국 여권은 귀신도 알아보지 못할 만큼 감쪽같이 위조하는 기술이 있습니다. 그 여권만 손에 쥐면 부산에 반은 도착했다고 봐도 될 겁니다."

"부산?"

"네, 부정기 무역선에 태워 보낼 작정입니다. 제가 부산 지리도 잘 알고 있고 비행기보다는 보따리 장사꾼들이 득시글대는 배편이 훨씬 유리할 것 같아서요."

"좋습니다. 오늘 물건이 도착하는 대로 보내 드리겠습니다. 분장사 통해서 연락주십시오."

"부산에 도착한다고 해도 이동호는 안전을 보장받기 힘들 겁니다. 한국에는 평양의 공작원들이 제법 많이 활동하고 있으니까요. 아마 정부에서도 그렇게 환영하는 눈치는 아닐 겁니다. 귀국의 옛날 민정당이나 한나라당이 정권을 잡고 있다면 황장엽도 더 많은 활동을 했을 텐데, 지금은 그렇지 못하거든요."

"그건 사실입니다만 그렇다고 정부에서 이동호를 내쫓지는 못할 겁니다."

"이동호는 남조선에 아직 노출되지 않은 인물입니다. 좀 더 숨어서 관망할 필요가 있을 겁니다. 제 밑의 아이가 부산에서 여자 장사를 하고 있는데, 부산에 도착하면 당분간 그녀석 집에 숨겨두고 싶습니다."

이반이 흘끗 눈치를 보았다.

"한국에만 도착하면 더 이상 힘든 일은 없을 겁니다. 그때는 저희들이 알아서 하죠. 물론 대가는 정확히 계산해 드립니다. 이번 일에 이토록 헌신적으로 애써주셔서 정말 감사합니다."

"아닙니다."

그의 얼굴이 갑자기 굳어졌다.

"난, 이런 일엔 프로입니다. 돈 받고 하는 일입니다. 감사하다는 말은 하지 마세요. 그러면 저도 돈을 주어서 감사하다고 해야 하는데 난, 죽어도 그런 말은 하지 않을 거거든요."

철저한 계약이다. 이반은 틀림없이 이동호를 한국까지 데려갈 사람이다. 그것은 전혀 의심의 여지가 없는 일이다.

새벽 회담은 이렇게 이뤄졌다.

이반은 서울에서 보낸 분장사와 소도구들이 도착하면 자신의 집으로 보내 달라고 했다. 작업이 끝나면 이동호와 함께 블라디보스토크로 튈 작정이다. 그러나 그에게 도청장치는 말하지 않았다. 그것은 이반을 감시할 또 하나의 무기가 될 것이다.

그러나 내일 새벽이면 이반은 이동호와 함께 하바로프스크를 떠나 블라디보스토크로 옮긴다. 그곳은 이곳보다는 활동하기가 한결 수월할 것이다. 그리고 이반에 대한 도청도 그곳에서 감행할 것이다.

그날, 낮 2시.

블라디보스토크에서 출발한 열차가 하바로프스크 역에 도착했다.

이 열차가 장장 일주일간에 걸쳐 모스크바를 향해 달리는 그 유명한 시베리아 횡단열차다. 이 열차에서 갈색 모피코트에 검은색 알이 큰 선글라스를 쓴 여인 하나가 제법 큰 가방을 끌며 내려왔다.

옆에서 한 남자가 그 가방을 부축하며 따라왔는데 20대 초반의 어린 조선족 3세로 보였다. 아마도 통역관 형식으로 채용한 남자가 틀림없어 보인다.

두 사람은 역 광장에서 잠시 서성이다가 겨우 빈 택시 하나를 잡아올라탔다. 택시기사와 조선족 안내원이 뭔가를 교섭하더니 오쿠라 호텔을 향해 달리기 시작했다. 역이 점점 멀어져 보였다.

스탈린 시대, 이곳으로 흘러왔던 우리 민족들이 스탈린의 강제 이주 명령에 따라 집과 농토를 버리고 낯선 중앙아시아로 끌려갔던 눈물의 정거장이다.

택시는 한참을 달려 단조롭지만 이곳에서는 보기 드문 높은 건물 오쿠라 앞에서 멈추어 섰다.

여인과 사내가 미리 예약된 객실을 확인한 뒤 짐을 끌어올렸고, 사내는 200달러를 받더니 좋아서 펄펄 뛰며 호텔 밖으로 사라졌다.

황금희라는 여인이다. 대단히 아름답게 생겼지만 연예인은 아니다. 연극계에서 분장사로 잔뼈가 굵은 베테랑이며 유명한 연예인 몇몇을 전속으로 분장해 주고 있다. 그뿐 아니라 서울에 분장 전문학원을 설립하여 후진 양성에도 이름을 떨치고 있는 인물이다.

그녀는 객실에 혼자 남게 되자 6층으로 올라가 한 객실 문을 두드렸다. 문이 열리자 40대 중반의 남자가 비죽이 얼굴을 내밀었다.

"김용기 선생님 맞나요? 저, 서울에서 온 황금희예요. 블라디보스토크에서……."

"아, 기다리고 있었습니다. 들어오십시오. 추우셨죠?"

여인이 들어왔다. 그리고 김용기는 그녀가 할 일을 간단명료하게 들려주었다.

"다음 일정은 어떻게 잡으셨나요?"

"분장은 세 시간 정도면 끝납니다. 저는 내일 오전 기차로 블라디보스토크로 다시 떠납니다. 거기서 국제연극제가 있는데 그거 참관하고 서울로 돌아갑니다."

좋은 생각이다. 이 여인은 분장 작업이 끝나면 서둘러 이곳을 떠나는 것이 상책이다. 그냥 스쳐가는 여행객일 뿐이니까.

김용기는 다시 공중전화가 있는 로비로 내려가 이반의 자택 전화 버튼을 눌렀다. 짧게 다섯 번. 이것이 김용기와 이동호 간의 비밀 암호다.

벨이 다섯 번 울리자 이동호 특유의 투박한 목소리가 들려왔다.

"누구십니까."

"접니다, 김용기. 정확히 삼십 분 후에 그곳으로 도착합니다. 기다리십시오…… 참, 이반은?"

"밤 열 시경 돌아올 거라 했습니다."

"됐습니다."

통화를 하는 동안 황금희는 분장 준비를 했다. 한 70대 노인으로 만들 생각이다. 수염과 주름용 특수 테이프, 화장품을 챙겼다.

그리고 두 사람은 밖으로 사라졌다.

황금희 분장사의 분장은 멋지게 만들어지고 있었다. 백발의 머리에 검고 긴 턱수염, 얼굴의 잔주름. 여기에 처음 입고 왔던 낡은 코트, 코트 허리를 묶은 투박한 끈. 영락없는 70대 노인으로 변하고 있었다.

이동호는 비감悲感을 감출 수 없었다. 그래도 북조선 기갑부대 전술의 1인자로 꼽히는 장성이다. 만일 다시 남조선과 전쟁이 붙는다면 제1선에서 탱크부대를 지휘할 전차전투의 첨병에 설 사람이다. 하지만 조국을 등지고 자유를 찾아 나섰다. 이런 몰골을 아는 사람이 본다면 얼마나 참담하겠는가.

하지만 참아야 한다. 북조선의 진실을 세계에 알리고 남조선에 알리기 위해서라도 참아야 한다. 그는 자기 자신에게 쉴 새 없이 채찍을 휘둘렀다.

가족까지 버렸다. 따지고 보면 패륜아나 다름없다. 하지만 김일성과 김정일은 북조선 인민 모두를 패륜아로 만들었다. 그들 부자父子는 민족의 아버지로 군림하고 있다. 모든 인민의 목숨은 '위대한 수령 아바이 동무' 손에 달려 있다. 개인의 명예나 자존심은 한 치도 허락되지 않는다. 기독교인들이 식사하기 전에 하나님께 감사기도를 올리고 먹는다고 했는데, 북조선은 숨쉬는 것조차 위대하신 지도자의 은혜로 알아야 한다.

눈을 감고 있는 머리를 온갖 상념이 휘젓고 다녔다. 북한을 떠나와서 비로소 울컥거리는 분노를 느끼게 되었다.

이건 공산주의도 볼셰비키주의도 아니다. 김일성, 김정일이라는 종교의 값어치 한 푼 없는 신도에 불과하다. 하나님 앞에서 '지옥에 떨어질 수밖에 없는 죄인을 사랑하시는 하나님' 처럼, 무지몽매한 인민을 더러운 자본주의로부터 구출하신 위대한 수령이신 살아 있는 신神의 죄 많은 신도일 뿐이다.

그 하나님은 죽어서도 지배한다. 그러니까 김일성은 죽어서도 살아 있는 신이고, 인민은 그 은혜를 두고두고 경배해야 하는 신도일 뿐이다.

"눈물 흘리시면 안 되는데요."

분장사 여인의 목소리가 아니었다면 그는 눈을 감고 통곡이라도 했을 것이다.

평양에서는 군사 퍼레이드, 운동 축제로 잔치 분위기 일색인데, 죄 없는 함경도 신도들은 허기를 채우지 못해 굶주림에 쓰러져 죽는다. 강원도 산골은 강냉이로 끼니를 때우기 시작한 지가 언제부터인지 가물가물하다. 연두홈 선생의 절규는 옳았다.

국가는 인민을 위해 존재하는 것이다. 그러나 여기는 다르다. 인민은 위대한 지도자를 위해 존재한다. 인간 개개인의 가치는 무시해도 좋다. 조국의 횃불 김일성, 김정일을 위해서는 불타 죽는 한 마리 나방에 불과하다. 이것은 진정한 인민의 나라가 아니다.

지도자는 조국과 인민의 주인이 아니다. 정말로 북ㆍ남 통일을 하겠다면 먼저 인민이 살아야 한다. 인민이 살기 위해서는 무기를 줄이고 평화를 지향해야 한다.

휴전선의 군대를 최소한으로 줄여 남조선의 신뢰를 쌓아야 하며 핵시설을 포기하고 간접자본 투자를 확대해야 한다. 그리고 남조선의 경제

협력을 정식으로 구하고 투명한 배급제를 실시해야 한다.

군축을 하고 세계무대를 향해 문을 열어야 한다. 중국을 보라, 어느 정도 현체제로 유지하며 인민에게 자유경제를 허락하니 윤기 도는 나라가 되지 않았는가.

남조선에 통일비용 부담을 주어서는 안 된다. 그것은 남조선 경제까지 망치는 일이다. 그러나 통일의 문제는 경제가 아니다. 체제가 문제다. 어떻게 통일할 것인가는 생각하지 않고 통일만 외친다면 이것은 북·남조선 인민에의 기만이다.

남조선이 통일, 통일 하며 환영하지만 그 숫자는 극히 미미하다. 인민 저변의 심정은 아직도 김정일 체제에 대한 불신과 6·25의 증오가 타오르고 있다.

연두흠 선생은 인간의 가치에 대해 늘 많은 말씀을 해 주셨다. 처음 공산주의에 발을 들여놓을 때는 지주의 폭력적 권리에 맞서기 위해서였지만 이제는 몇 남지 않은 지성인으로 '황제의 권위'에 도전할 때가 왔다고 늘 말씀하셨다.

그러나 뜻을 이루기는커녕, 시작도 못하고 서거하셨다. 이런 비감쯤은 참아야 한다. 가족을 버린 슬픔에도 비교할 수 없는 일 아닌가.

입술을 지긋이 물었다. 눈물을 참는 수단으로는 이것이 제일이다. 이러한 고통의 대가는 반드시 주어질 것이다. 그것은 북한의 실상을 명명백백하게 세상에 밝히는 일이다. 그러다가 죽는다면 연두흠 선생의 뒤를 따르는 것뿐이다.

"자, 그만 눈을 떠 보세요."

매우 아름답게 생긴 분장사의 목소리가 들려왔고, 그는 조심스럽게 눈을 떴다.

"아니…… 허허…… 저도 몰라 보겠군요. 뛰어난 솜씨입니다."

마치 몇 십 년 미래의 자신을 보는 느낌이다. 이 정도면 이반조차도 몰라볼 것이다.

"조심해서 주무세요, 엉클어지면 안 되니까. 블라디보스토크에서 분장을 지우지 않고 버티시려면 상당히 조심하셔야 할 거예요. 만일 분장이 더 필요하시면 블라디보스토크에서 뵐을 수 있을 겁니다."

"이만하면 이 지긋지긋한 도시를 충분히 탈출할 수 있을 겁니다. 위험하니 먼저들 돌아가십시오. 내일 새벽 열차로 떠나겠습니다."

그는 서울에서 온 김용기에게 진심으로 감사하다는 인사를 했다. 그런 은인을 차가운 시베리아 벌판에서 만나리라는 상상도 못했다. 만일 그가 아니었다면 혹한의 벌판에서 얼어 죽었거나 러시아 추적대에 진작 체포되었을 것이다.

어쨌거나 운명의 여신은 그를 버리지 않은 셈이다. 그는 그 은혜를 갚아야 할 너무나 많은 빚을 지게 되었다.

여인은 어둠을 틈타 조심스럽게 돌아갔지만 상념에 빠진 이동호는 아직도 비감어린 감정에서 헤어나지 못하고 있다.

당장 내일의 운명이 어떻게 다가올지도 모르는 긴박한 상황에서…….

뚱뚱이 수사 요원 세르게이.

잡힐 듯하면서도 잡히지 않는 이동호 때문에 신경이 몹시 날카로

워져 신경질만 늘어갔다. 그는 틀림없이 박정남과 이동호가 연계되어 있다고 확신했지만 꼬리가 잡히지 않았다. 그리고 그는 비로소 왜 하바로프스크 연방보안국장이 적극적으로 나서지 않는가에 대해 생각하기 시작했다.

'김용기는 오쿠라호텔에 투숙해 있고, 이반의 거점은 지하 술집이다. 이반은 국장의 선배이며 그를 발탁한 장본인이다. 그렇다면 김용기와 이반은 모종의 거래를 주고받을 가능성이 높고, 여기에 국장이 끼어든 것이다.'

이반의 뒤를 밟자는 계산이다. 이동호가 이반의 그늘에 숨어 있을지도 모른다. 왜냐하면 김용기와 이반의 접선이 몇 번인가 확인되었고, 김용기는 남조선 한국에서 온 사람이다. 김용기가 돈으로 이반을 매수한다면 무슨 짓이라도 할 것이다. 이반은 돈이라면 지옥 끝까지라도 갈 녀석이니까.

생각이 여기에 미치자, 수사 요원 세르게이는 지금까지 한 번도 차출되지 않은 두 명의 요원을 지원받아 새로운 지시를 내렸다.

"오늘부터 24시간 이반의 자택을 감시하라. 만일 그가 움직이는 기미가 보이면 즉각 내게 보고하라."

즉 잠복근무를 명령한 것이다. 하지만 이 추위에 거리에서의 잠복은 불가능한 일이다. 어쩔 수 없이 자동차를 한 대를 배정하고 충분한 휘발유를 보급받아 주었다. 그리고 그들은 멀리 골목에서 이반의 집을 감시하기 시작했다.

이반은 밤 10시에 돌아왔다. 문을 열고 이동호의 방문을 열었다.

"아니…… 당신은…… 누구요."

있어야 할 이동호는 보이지 않고 머리가 하얗게 센 노인이 앉아 있는데 얼굴이 잔주름 투성이다.

"나요, 이동호. 알아보지 못하겠소? 그럼 대 성공이고."

"그럼 벌써 분장사가 다녀갔다는 뜻이군요. 좋습니다. 이 정도면 분장전문가 외에는 알아볼 사람이 없을 겁니다."

이반은 대단히 만족스러워했다. 기막힌 솜씨다. 그렇게 즐거워하던 이반이 거추장스러운 코트를 벗고 간편한 가죽점퍼로 옷을 갈아 입고 있었다.

"또 어딜 가십니까."

"네, 오다 보니까 저쪽 골목에 라이트를 끈 지프가 한 대 있었습니다. 이곳에서는 보이지 않던 겁니다. 뒷골목으로 가서 확인 좀 하게요."

치밀한 그에게 발각된 잠복근무자들이다. 이반은 이들을 확인하기 위해 고양이 걸음으로 집을 빠져나와 반대편 골목에서 자외선 망원경으로 이들을 훑어보았다.

젊은 사내 둘이 차에 올라앉아 있었는데, 그들의 시선은 자신의 자택에 꽂힌 채 움직이지 않고 있었다.

"어리석은 자식들…… 세르게이 짓이로군. 미련한 놈."

아침 7시.

아침이라고 하지만 극동 러시아의 아침 7시는 새벽이나 마찬가지다. 다행히 날씨는 좀 풀려 영하 15도를 기록하고 있었다. 씽씽대던 칼바람도 조금 멈추어 포근한 느낌이다.

이 이른 아침, 한 대의 군용 지프가 바람을 가르며 기차역을 향해 달리고 있었다. 세르게이다. 감시조로부터 이반이 집을 빠져나와 그 자신의 승용차로 이동하더니 역에서 멈춰 세웠다는 보고를 받은 것이다.

"이반이?"

그렇다면 어디로 왜 이동하는지를 확인해야 한다. 서울에서 온 김 용기는 아직도 오쿠라호텔에 머물며 움직이지 않고 있다.

뚱뚱하기는 하지만 그는 결코 미련하지는 않았다. 곰처럼 둔해 보이지만 또 곰 앞발처럼 강하고 재빠르다. 그는 이동호와 이반의 연계를 의심하고 있었고, 오늘 그 현장을 덮칠 수 있으리라 확신했다.

'이녀석 이동호를 데리고 이 도시를 탈출하는 게 틀림없어. 천하의 이반도 오늘로 끝이고, 그러면 국장도 죽는다. 나는 이제 국장 자리를 물려받을 수 있다. 본격적으로 출세길에 도전하는 거지.'

그래서 자동차의 속도는 더욱 빨라졌다.

그는 언제부터인가 자신이 수사 팀에서 소외되고 있으며 동료들로부터 따돌림당하고 있다는 것을 알게 되었고 그 원인은 이반과, 그의 돈이라는 것을 눈치채게 되었다. 지금 그 복수를 일거에 해치우려는 것이다.

그가 역에 도착했을 때, 부하들은 역 현관을 지키고 있었다.

"어디 있나."

"대합실에 있습니다."

혼자? 그렇다면 계산이 맞지 않는다. 그는 조심스럽게 대합실로 들어갔다. 저쪽에 이반이 혼자 어슬렁거리며 서 있는데 일행은 없어 보였다. 홀 내부로 좀 더 들어갔는데, 홈에는 약 100여 명 정도가 기차를 기다리고 있었다. 얼굴을 최대한 감추고 사진에서 보았던 이동호를 찾았지만 보이지 않았다. 뚱뚱이 세르게이의 앞 의자에 퀘퀘한 냄새가 나는 노인이 앉아 꾸벅꾸벅 조는 것이 보였지만 더 이상 눈길은 가지 않았다.

'도대체 이반 저녀석 어딜 가는 거야. 저녀석을 잡아야 실마리가 풀릴 텐데.'

이제 열차가 도착할 시간은 20여 분밖에 남지 않았다. 모스크바에서 출발한 시베리아 횡단열차(TSR)는 이곳에서 출발하여 하루를 더 달린 뒤 블라디보스토크에 도착한다.

개찰이 시작되었다. 이반은 제일 먼저 빠져나갔다. 뚱뚱이 세르게이로서는 그나마 다행이다. 그는 개찰원에게 신분증을 보여주고 개찰구를 빠져나가는 한 사람, 한 사람을 일일이 체크했다.

꾸부정한 노인이 보호자도 없이 열차를 향해 걸어갔고, 늘씬한 동양여자가 나가는 것을 보며 도대체 이동호는 어디 있는가를 다시 생각했다.

마지막 러시아 군인이 개찰구를 빠져나가자 그는 허탈감에 빠진 채 무거운 걸음으로 돌아갔다.

이반의 부하 한 사람이 그의 자동차를 몰고 시내를 향해 출발했고 광장은 조금씩 사람들로 붐비기 시작했다.

이동호를 초청했다가 그의 탈출로 곤경에 빠진 전차부대 지휘관

께렌스키는 50세 중반으로 보이는 한 남자 앞에서 사색이 된 채 앉아 있었다.

"이동호는 매우 유능한 전차 전략가입니다. 만일 우리가 체첸을 공격하게 되면 그와 함께할 생각이었습니다. 전, 그가 탈출하리라고는 상상도 못했습니다. 제가 계획적으로 초청했거나 빼돌린 것은 절대 아닙니다."

"알고 있어. 그 문제 때문에 시끄러워 매듭짓자고 부른 거지, 책임을 따지자는 건 아니니 너무 걱정하지 말라구."

그가 직접 차를 따라주었다.

콘스탄틴 폴리코프스키! 께렌스키로 하여금 고양이 앞의 쥐처럼 벌벌 떨게 하는 이 사내의 이름이다. 그는 러시아 대통령 극동지구 전권대표. 그러니까 극동지역 대통령이나 다름없는 이 지역 최고 지도자다.

1948년 극동 프리모르스키(연해주)에서 태어나 울리야노프스크 기갑사관학교를 졸업한 기갑장교 출신으로 체첸 주둔군 사령관을 지낸 체첸전의 영웅이다. 이번 탱크전 동계훈련을 직접 지시했고, 께렌스키를 지휘관으로 발탁하기도 한 실력자다.

그는 특히 북한의 김정일 국방위원장과의 친밀한 관계로 푸틴 대통령의 각별한 신임을 받고 있으며 김정일과 푸틴 간의 양국 채널을 맡고 있는 독특한 인물이다.

그는 김정일의 60회 생일에 초대되고 김정일의 러시아 방문시 수행한 인물로 최근 『김정일과의 러시아 동방특급』이라는, 김정일과의 비화秘話를 쓴 인물이기도 하다.

"자넨, 내 후계자야. 이 러시아에 탱크전에 관한한 자네를 능가할 사람은 없어. 자네가 이동호를 초청하는 데는 나도 동의했으니까."

"평양에서는…… 정말 죄송합니다."

"걱정할 것 없어. 어제 평양과 전화했는데, 오히려 무관심하더군. 서울로 갈 테면 가라는 게야."

"?"

뜻밖의 발언이다. 평양은 무리를 해서라도 그를 체포해 달라고 할 것으로 생각했었다.

"그러니 안심하고 있어. 근데 참, 미국 말이야. 무섭긴 무서운 나라야. 우리가 칠 년이나 국력을 소모하고도 장악하지 못한 아프가니스탄을 손쉽게 먹어가고 있어…… 우리 러시아 정신차려야 돼."

"명심하겠습니다. 그런데 이동호는 지금 어디 있는지 혹……."

"음, 하바로프스크에 있어. 전에 KGB에 있던 이반이란 요원 있지? 그가 평양과 접선하고 있는데, 그자가 이동호 문제를 해결할 모양이야. 우린 구경이나 하자구. 대통령께서도 이 일엔 관심 없으시니까."

"감사합니다."

"자네완 꽤 친했지?"

"네, 각하."

"다음 체첸을 공략하게 되면 자네가 앞장서서 승리해 주게."

"네, 각하."

께렌스키는 비로소 가슴을 쓸어내렸다. 최근 며칠은 그야말로 생지옥 같은 나날들이었다. 결국 폴리코프스키가 살려준 셈이다. 그리고 후에 만일 그가 대통령이 된다면 자신은 대단한 승진을 할 것이라는 기대를 갖게 되었다.

'덜컹!'

마침내 열차는 몸체를 크게 한 번 들썩이더니 서서히 궤도를 미끄러져 가기 시작했다. 가슴 졸이며 출발시간을 기다리던 이동호는 길고 긴 안도의 한숨을 쉬었다.

떠난다. 목숨을 건 탈출, 한국 기업인들의 도움, 그리고 이반의 출현. 피를 말리는 시간을 보낸 뒤 마침내 이 도시를 떠난다. 이제 절반의 성공은 거둔 셈이다. 블라디보스토크에서 탈출하기는 훨씬 쉽다는 것이 이반이나 김용기의 설명이다.

여명이 밝아오는 시베리아 벌판은 아침 햇살로 붉게 물들어 오기 시작했다. 살았다는 안도는 곧이어 다시 가족에 대한 그리움으로 바뀌었다. 당으로부터 어떤 보복을 당하는지, 얼마나 고통에 시달리는지, 생각하면 가슴이 터져 이대로 죽고 싶은 심정뿐이다. 슬픔과 고통을 견디지 못한 그의 눈에 또 눈물이 맺혔다.

오발로 허벅지에 박힌 총알을 꺼낼 때도 찍소리 한 번 하지 않던 그가, 요즈음은 시간만 나면 가족 생각이고, 그때마다 눈물이 맺혔다.

열차의 여행객들은 대부분 다시 잠들거나 멍 하니 창밖을 바라보는 사람들뿐이다. 이반은 저쪽 맞은편에서 뭔가를 꺼내 읽고 있었다. 포로노 잡지 같았다. 가방 깊숙이 김용기가 준 책이 몇 권 있지만 꺼내 읽을 수는 없었다. 그는 남조선 생각에 몰두하기 시작했다.

가족의 잔영을 잊을 방법은 그뿐이다. 암담한 북조선과 가족을 빼놓는다면 그가 지금 생각할 수 있는 것은 남조선과 서울뿐이다. 남조선이 눈부신 경제성장으로 올 6월 월드컵을 개최한다는 것은 웬만한 인민들은 다 알고 있다. 그리고 이에 맞서 평양에서는 '아리랑 대축제'를 한다고 야단이다.

한때, 서울에는 거지들이 득시글대고 거리에는 굶어 죽는 시체가 즐비하며 어린아이들이 깡통을 들고 먹을 것을 찾아 서울 시내를 헤매고 다닌다는 교육을 받았었다. 좀 과장되기는 했지만 6·25 직후의 참상은 실제 그보다 나을 것이 없었다. 그리고 그 참상의 원인도 따지고 보면 김일성의 남침 야욕과 소련의 패권주의가 합작하여 저지른 죄과다.

그러나 그런 폐허에서 남조선은 경제대국으로 우뚝 섰고 북조선은 남조선의 궁핍한 시절로 거꾸로 돌아갔다. 그나마 지금 남조선의 지원이 없다면 식량을 해결할 방법이 없다.

'속았었어. 우리는 이념에 속고 통치자에 속았어. 사회주의, 공산주의의 유토피아 환상은 깨졌고 우리는 깨진 밥그릇을 들고 무기를 협박으로 구걸하고 있는 거야. 형식적이 아닌 진정한 사유재산제도, 완전한 성과급이 채택되어야 하는데 이미 우리는 모든 재산이 바닥이 났어. 뭐 줄 게 있어야지. 전쟁? 사흘만 치르면 다 동이 나. 보름만 치르면 식량, 석유, 무기 다 떨어져. 그런데도 그나마 그 무기를 줄이지 않고 인민들을 굶겨? 그렇다면 개방 약속 지키고 남조선의 신뢰를 얻어야지.'

군부 일각에서 언젠가, 그러니까 1999년 연평해전에서 대 참패를 한 해군이 보복전을 해야 한다며 벼르던 말이 다시 기억에 떠올랐다.

그때는 이동호도 분개하며 보복전이 반드시 필요하다고 울분을 토했지만 연두흠 선생의 설명으로 마음을 가라앉힌 일이 있었다.

"전면전은 북·남조선 모두의 파멸이고 국지전은 우리의 패배며, 지금 무인도처럼 고립된 우리의 입장만 더 어려워진다. 그리고 그것은 지금까지 그래도 지원을 아끼지 않은 남조선에 대한 대 반역죄다."

한마디로 얻어먹는 주제에 먼저 도발했다가 한 방 먹은 것이라고. 그때, 연두흠 선생은 반통일론자에 대한 말씀도 들려주셨다.

"남조선의 대부분이 아직도 6·25의 증오를 잊지 못하고 있다. 그나마 동족상잔의 비극을 운명으로 돌리며 따뜻한 시선을 보내주는 사람도 많다. 북조선 인민에 대한 애증은 거의 다 갖고 있어 인도적 지원에 반대하는 사람은 많지 않다. 하지만 김정일 반대론자들, 다시 말해, 북조선 지도자들, 집권 세력, 특히 군부에 대해서는 절대 신뢰하지 않는 숫자가 지배적이다. 왜냐, 인민을 통제하고 독재로 다스려 반발 세력의 씨를 말리기 때문이다. 누가 인민의 희생을 바탕으로 꾸려가는 독재자를 사랑하겠는가. 그런데도 때로 우리는 남조선에 공포감을 주는 도발을 한다. 이것이 국제사회에서 신뢰받지 못하는 이유다. 진짜 반통일 세력은 평양에 모여 있다. 그래서 과감히 군축하라는 것이다."

이동호는 남조선이 매우 궁금했다. 말로만 듣던 경제는 얼마만큼 눈부시게 발전했으며 한참 무르익어 가는 북·남 평화 무드에 비해 얼마나 평양을 이해하고 있는지. 남조선의 그늘진 사람들은 어떻게 살고 있으며 어떤 대책이 있는지. 또 군대는 얼마나 현대화됐는지. 그리고 연두흠 선생이 늘 말씀하시던 황장엽 선생의 근황은 어떤지…….

벌써 오후로 접어들었고 시베리아 횡단열차는 비껴 들어오는 햇살을 받으며 벌판을 가로질러 달리고 있었다.

이동호는 이반이 챙겨준 점심을 가방에서 꺼내 먹었다. 책이라도 읽고 싶은 유혹이 강렬했지만 미행자가 있는지 알 수 없어 참을 수밖에 없었다.

무료하게 시간을 보내자 이반이 스쳐가며 보드카 한 병을 흘려주었고, 그는 술을 마신 후 곧바로 잠에 떨어졌다. 그는 잠들며 저주받은 나라에서 태어난 자신을 저주했다.

'개떡 같은 이념에 희생된 나는 개떡 같은 놈. 이놈의 팔자 개나 먹으라지.'

얼마나 잤을까. 출발할 때처럼 열차는 다시 덜컹거렸고, 그 소음과 진동에 이동호는 잠시 깨어났다. 그사이 블라디보스토크에 도착한 것이다. 이동호는 앞서가는 이반을 따라나섰다. 개찰구에서는 별다른 조사나 검문이 없었고 역원도 이 늙고 초라한 노인을 눈여겨보지 않았다.

이동호는 지시받은대로 화장실에 들어가 낡아빠진 코트를 벗어버리고 분장사가 준 약품으로 얼굴의 주름을 떼어냈다. 머리를 감고 제자리로 돌아오는데 무려 1시간 반이나 걸렸다.

밖에서 끈질기게 기다리던 이반이 그를 광장으로 데려갔다. 가죽

롱코트를 걸친 건장한 남자 두 명이 이들을 깎듯이 맞으며 승용차로 안내했다.

하바로프스크를 벗어나는 것으로 위기는 벗어난 셈이다. 여기서는 눈에 쌍심지 돋으며 찾을 사람이 없다. 뚱뚱이 세르게이를 제외한 모든 러시아인들은 이동호에게 무관심해 보였고, 이동호의 얼굴은 비로소 평정을 찾을 수 있었다.

만일 푸틴이나 극동지구 전권대표 풀리코프스키의 체포명령만 있었으면 이동호는 이미 오래전에 체포되어 북조선으로 압송되었을 것이며, 이렇게 상황이 변하게 된 것은 9·11테러로 시작된 미국의 아프가니스탄 침공이 원인이 된 것이다.

그러나 그보다 더 직접적인 원인은 북한이 이반을 따라붙여 한국으로 보낸 것이 더 큰 원인이다. 그들은 황장엽까지 처단할 목표를 세웠던 것이다.

거리는 하바로프스크보다 훨씬 더 활기차 보였다. 원래 러시아의 극동함대가 주둔하고 있는 매우 주요한 해군 도시이기도 하지만 한·러 수교 후 양국의 교역이 이 도시를 중심으로 활발하게 움직이고 있기 때문이다. 그렇게 보아서 그런지 도시 사람들 표정도 훨씬 밝고 걸음걸이도 활기차 보였다. 이반이 웃으며 돌아보았다.

"이제 부산의 반쯤 왔다고 보서도 됩니다. 고생 많이 하셨습니다."

여권용 사진을 찍고, 두툼한 파카 한 벌을 얻어입었다. 털로 된 후드가 얼굴을 가려주었지만 그의 얼굴을 알아볼 사람도 없을 것이다. 그러나 결코 방심해서는 안 된다. 이동호는 죽음 직전까지 갔던 위기를 겪으며 위기는 언제나 올 수 있다는 긴장을 늦추지 않았다.

그렇게 하루가 가고 저녁 무렵 이동호는 블라디보스토크에 나타난 김용기와 박정남을 만날 수 있었다. 그들도 한결 밝은 표정이다.

"자, 이제 위기는 넘겼습니다. 저희 본부장님 댁으로 갑니다. 거기서 묵으시는 동안 이반은 여권을 마련할 것이며 다음 무역 선박이나 비행기로 서울을 향해 갑니다. 자, 가시죠. 이반은 여기서 헤어졌다가 부산이나 서울에서 다시 만나게 될 겁니다."

그들은 악수를 하고 헤어졌다. 이반에게 한국에서 돈을 주면 이제 그의 임무는 끝난다.

본부장의 숙소로 가며 이동호가 의아한 얼굴로 김용기에게 물었다.

"이반이 왜 서울까지 갑니까. 여기서 계산 끝내고 보내면 되지 않겠습니까?"

"저런 사람들은 믿을 수 없습니다. 만일 여기서 계산을 끝내면 그는 밀고를 하고 또 상금을 노리거나 자신의 범법행위를 정당화시킬 수도 있으니까요. 서울에서 보상금을 주는 것이 안전합니다."

"알겠습니다."

일행은 바다가 보이는 서유럽풍의 아담한 한 단독주택 앞에서 차를 멈춰 세웠다. 이곳이 바로 제일무역 극동본부장 자택이다.

집은 매우 호화스러웠다. 러시아에서 흔히 볼 수 없는 가구들이 실내를 번쩍이고 있었다. 대개가 유럽산 사치품들이다.

이동호는 이 집에 들어서서야 비로소 마음의 안정을 찾을 수 있었다. 가슴에 깊이 감춰두었던 권총을 꺼내 본부장에게 맡겼고, 박정남과 달리 부인과 함께 생활하는 모습을 부러운 눈으로 바라보며 그 아내가 장만한 한식 저녁식사를 꿀맛처럼 먹었다. 밤에는 환담이 있을 예정이라고 했다.

  이동호 일행이 떠나는 모습을 바라보며 이반은 회심의 미소를 짓
고 있었다.
  '이동호는 서울에서 죽는다.'

새로운 지령

　귀족과 천민 간의 불균형이 러시아혁명을 도발시켰다. 과거 시민혁명을 일으켜 귀족들을 몰아냈던 '프랑스 시민혁명'과 그 맥을 같이한다. 하지만 프랑스는 민주주의로 발전시켰고, 러시아는 투쟁을 선동하는 독재정치로 나라를 끌어갔다.

　프랑스는 시민들에게 '자유주의'를 주었고, 권력의 시민화를 성공시켰다. 민주체제를 수립하면서 유능한 인재를 시민들이 뽑아 국가 경영을 위탁시켰다. 반면 스탈린은 그 반대의 길을 걸었다. 그는 '1인 지배'의 독재체제를 도입했고 민주주의를 말살시켰다. 수많은 정적들을 제거시키고 자기 합리화에 열정적으로 매달렸다.

　소련의 역사를 보면 북한이 보인다. 김일성은 스탈린식 공산주의를 평양으로 끌어와 이를 다시 변형시키면서 자신을 신격화하는데 총력을 기울였다. 소련이 볼셰비키(소련 공산당)중심으로 독재를 자행했다면 김일성은 북한 공산당을 장악, 자신 개인 중심으로 독재정치를 자행해 왔다. 약간의 차이는 있지만 스탈린식 정치는 바로 김일성식 정치였다. 왜냐하면 그 자신이 스탈린의 열렬한 추종자였기 때문이다.

스탈린 대숙청의 역사를 보면, 그는 자신의 추종 세력이라 할지라도 미래의 경쟁자가 될만한 사람들은 모조리 처형시켰다. 여운형을 비롯한 남로당 공산주의자들을 처형시킨 김일성은 스탈린의 이런 통치수법을 학습했기 때문이다.

연두흠은 언젠가 이동호에게 스탈린의 공포정치에 대한 역사책을 선물한 일이 있었다. 북한에서는 좀처럼 구하기 힘든 어두운 소련의 역사가 기술되어 있었는데, 이 역사가 바로 김일성이 답습한 그대로가 기록되어 있었기 때문이다.

……숙청은 더욱 광범위하게 퍼져나갔다. 그 결과 연방구성 공화국의 지도급 관료들, 당과 콤소몰 및 노동조합기국의 서기들, 기업의 우두머리들, 외국 공산주의자들, 지도적 위치에 있는 작가들, 학자, 기술자 및 과학자들이 전면적으로 제거되고 체포당했다. 주요 인사들의 체포와 함께 그 측근들에 대한 체포도 뒤따랐다. 측근자들의 체포는 그들의 친지와 친지들의 투옥을 불러왔다. 연루자와 관련자를 잇는 끝없는 고리는 소비에트 사회의 전 계층을 위협했다. 체포에 대한 두려움과 상호 경계심의 고취 및 엉뚱한 야망은 새로운 고발의 홍수를 일으켰고 또한 이 새로운 고발은 다시 악순환을 거듭하여 누적되는 취조와 구금사태를 몰고 왔다. 각 분야의 소비에트 시민들은 바로 그들 자신의 외적 특징 때문에 체포 대상으로 분류된다는 사실을 알았다.

원로 볼셰비키, 적군赤軍 유격대, 독일, 오스트리아, 폴란드 태생의 외국 공산당, 해외에 거주했거나 외국, 혹은 외국인과 관련이 있었던 소비에트 시민들 및 억압받던 분자들은(저항을 우려하여) 내무인민위원부의 전면적인 투옥망에 걸려들었다. 체포된 자의 숫자는 수백만 명에 이르렀다. 생존자들의 증언 중 꽉찬 감방과 수많은 강제노동수용소 부분에 대한 증언만은 이구동성으로 일치하고 있다. 대부분의 투옥자들은 그들 앞에 닥쳐온 운명에 의해 완전히 얼이 빠졌다.

내무인민위원부의 방대한 자료는 한 가지 목적 즉 소비에트의 권력을 붕괴시키려는 거대한 음모가 실재했다는 사실을 입증하려는 것에만 집중되었다. 날조된 죄를 사실인 것처럼 자백시키는 일이 이 기관의 주요 업무가 되었다.

내무인민위원부의 검사관들의 광적이고 무자비한 직무수행으로 인하여 수백만 명의 무고한 사람들이 반역자, 테러리스트 그리고 인민의 적으로 몰리게 되었다. 심지어 소비에트 전체 주민의 일정 비율을 무조건 체포하라는 명령까지 하달되었다. 비밀경찰이 체포한 사람의 총수는 약 800만 명에 달한 것으로 추산된다.

대숙청이 마무리되기 전임에도 불구하고 스탈린과 동향으로 그루지아 출신인 베리야가 내무인민위원부를 장악하자, 예조프(대숙청의 지휘자)와 그의 수많은 충복들은 이 대숙청의 제물이 되었다.

김일성이 그랬다. 평양에 김일성 정권을 수립하는 과정에서 정적이 될만한 인물들은 가차없이 숙청시켰으며, 박헌영을 비롯한 남로당 공산주의자들, 허헌 같은 유력자들은 씨를 말렸다.

6·25 남침 때, 경찰과 그 가족들을 친일파로 규정하여 공개 총살을 서슴지 않았고 농민, 노동자들을 앞세워 지주와 기업인들을 인민재판에 부쳐 때려죽이거나 고문으로 없앴다. 패전하여 도망칠 때는 수없는 예술인들을 북으로 끌어가 결국 숙청하거나 죽여버렸다.

그리고 김정일은 그런 아버지를 보며 자랐다. 그러는 사이, 외국은 눈부시게 발전했고 공산권은 퇴보를 거듭하다 기어이 붕괴되고 말았다. 김일성은 북한 주민들이 이런 사실을 아는 것을 두려워하여 더욱 무섭게 통치하며 외국과 벽을 쌓았다. 고립무원, 독재자는 북한을 망망대해의 섬으로 만들어놓고 죽어버렸다. 그리고 그 아들이 왕의 자리를 세습받아 통치권자가 되었다.

황장엽, 연두홈은 그의 또 하나의 숙청 대상이 되었다. 황장엽은 일찍 서울로 도망쳤고 연두홈은 죽음을 맞았다.

하지만 체제는 무너지기 시작했다. 사람이 굶고는 살 수 없는 법이다. 탈북자, 귀순자들이 속출하고 굶어 죽는 아사자는 그 수를 헤아릴 수 없게 되었다. 체제의 모순이 그 결과를 나타내고 있지만 바꿀 수는 없는 딜레마에 빠지게 되었다. 급기야 전쟁 위협, 핵무기 개발을 빌미로 돈을 구걸하기 시작하게 된 것이다.

그러나 세습자 김정일도 통제하기 어려운 집단이 있었다. 바로 군부 강경파가 그들이다. 대를 이어 충성하지만 군부는 자신들의 약화를 용납할 수 없는 세력이다. 그들은 항상 일을 저지르기 전에 김정일에게 보고하지만 이를 거부하지 않는다.

무장공비의 남한 출현, 서해 교전, 휴전선 교전, 연두홈 암살 등이 강경파의 작품이지만 김정일은 공개사과 한 번 하지 않는다. 군부 강경파의 입김이 두려운 것일까? 아니다. 그가 강경파의 중심에 서 있다.

강경파들은 연두흠을 살해하고, 그의 추종자 이동호를 제거할 계획을 수립하여 차질없이 진행 중이며 내친김에 황장엽에게까지 복수할 꿈을 꾸고 있다. 정치는 정치 쪽에서 해결하면 그만이고 싸움은 반드시 이겨야 한다.

다행히 남쪽은 사상적으로 무장되어 있지 않은 데다 '민족'이라는 이름을 내세워 평양에 호의적인 인사가 하나 둘이 아니다. 그들의 대통령은 평양까지 달려와 인사까지 하고 돌아갔다.

이제 무엇이 두려우랴. 남조선의 경제 흡수통일이 아니라, 남조선을 사상으로 흡수통일시키겠다는 것이 평양의 바뀐 대남전략이다.

그러나 이동호와 황장엽은 안 된다. 일본에 일본인을 납치해 갔다는 사실은 자백할 수 있어도, 이 둘 만큼은 귀신도 모르게 해치워야 한다. 절대 용서되지 않는 반역자들이다.

이반은 이제 한숨을 돌렸다. 이틀이면 이동호의 여권이 나온다. 물론 위조여권이지만 이것만으로는 마음을 놓을 수 없다. 전문가가 여권을 만드는 사이 기관원들을 매수하여 탈없이 출국시켜야 한다.

'민간인을 살해하지만 않았어도 일이 훨씬 쉬워졌을 텐데……'

자살을 위장한다며 민간인을 살해한 것이 언제나 큰 짐이 되었다. 또 그런데는 익숙지 않은 이동호로서는 그래도 최대한 머리를 굴린 일이다.

이동호를 항만이나 공항으로 내보내기 위해서는 최소한 1만 달러의 현찰과 3천 달러의 향수 화장품이 필요하다. 러시아 고위층은 옛날에는 프랑스제나 미제만을 고집했지만 요즈음은 한국제품도 선호하고 있는데, 한국제품으로는 TV나 비디오, 비디오 카메라 등 전자제품을 아주 좋아한다. 고위층 10명에게 1천 달러부터 500달러의 차등급 현찰, 그리고 TV, 냉장고 등 고가품과 일제 소형 카메라를 준비하면 된다. 이 정도 뇌물이면 위조여권을 안다고 해도 거수경례까지 붙이며 위엄 있게 출국시켜 줄 것이다.

돈은 아직도 충분하다. 평양 밀사로부터 받은 돈, 그리고 김용기로부터 받은 계약금, 도합 3만 달러면 뒤집어쓰고도 남는다. 여기서 서울이나 부산에 도착하여 김용기로부터 받을 잔금 8만 달러가 있다.

휘파람이라도 불고 싶은 기분이다. 최근 이런 거액을 만져 본 지 오래되었다. 그리고 힘은 들었지만 무사히 블라디보스토크까지 데려왔고, 이동호는 남한의 기업인들이 안전하게 보호하고 있다.

이반은 이곳 북조선 영사관으로 전화를 걸었다. 평양 조직국장과의 약속이 있다. 적어도 사흘에 한 번은 진행상황을 보고하라는 것이다. 지금 그 약속을 지키는 전화다. 전화를 거는 주인공이 이반이라는 사실을 알자 영사는 정중한 태도로 받았다.

"네, 네. 이반 선생, 훈령을 받았습니다. 지금 어디 계십니까."

"오늘 오전 블라디보스토크에 도착했습니다. 전화로는 다 말씀 드리기 곤란합니다. 어떻게 할까요."

"앞으로 한두 시간 여유 있겠습니까?"

"물론입니다. 접선하고 싶으시면 장소만 정해 주세요."

"러시아 무역대표부 건물 앞에 서 계시면 차를 몰고 가겠습니다.

앞으로 정확히 삼십 분 후에 도착하겠습니다. 새로운 거래가 생겼습니다. 중요한 일입니다."

시계를 들여다보았다. 그리고 거리를 계산했지만 시간은 충분하다. 이반은 찻집에 들러 따뜻한 커피 한 잔으로 몸을 덥히고 천천히 일어나 걷기 시작했다.

낡아빠진 구형 벤츠 한 대가 무역대표부 앞으로 달려와 멈추어 섰다. 이반이 그 차를 알아보고 재빨리 달려가 뒷좌석으로 올라탔다.

"약속을 정확히 지켜주셨군요. 마땅한 장소가 없어 교외 해변으로 갑니다. 대단히 중대한 지령을 받았습니다."

"이 차, 도청에 노출되지는 않겠죠."

"염려하시지 않아도 됩니다."

낡은 벤츠는 털털대며 1시간을 달렸고, 민가가 없는 바닷가 언덕에서 멈추어 섰다. 차를 직접 몰고 나온 영사가 핸들을 놓고 뒷좌석으로 옮겨앉았다.

"지금 저희들 경제 사정이 어떤지는 잘 알고 계실 겁니다. 붕괴 직전입니다. 십 달러에 목숨을 거는 사람도 있을 정도입니다. 그럼에도 불구하고 저희들은 이반 선생님께 막대한 자금을 투자하고 있습니다. 실패하시면 안 됩니다."

"그건 걱정하지 않아도 됩니다…… 그런데 새로운 거래라는 건 또 뭡니까."

잠시 침묵을 지키던 그가 무겁게 입을 열었다.

"잘 아시겠지만 이곳 극동지구 전권대표 폴리코프스키와 우리 김정일 국방위원장과는 매우 밀접한 관계입니다. 뿐만 아니라 푸틴 대통령의 최고 심복 중 하나가 또 폴리코프스키입니다. 푸틴은 그의 말이라면 절대 신임하고 듣습니다."

"그렇지요. 그건 다 아는 사실입니다."

"우리 군부에서 모종의 청탁이 있습니다. 이반 선생께."

"?"

"남조선에서 이동호를 처단하는 것은 처음의 계약입니다. 만일…… 황장엽까지 없애준다면 엄청난 혜택을 제공해 주겠다고 했습니다."

"혜택을요. 무슨……."

"우리 조선인민공화국 군대에서 구입할 러시아 무기의 거래권을 주겠답니다. 앞으로 경제가 회복되면 먼저 소련제 전차와 소형 개인화기를 대대적으로 구입하게 될 텐데. 그때 창구를 이반 선생 앞으로 일원화시키겠다는 겁니다."

"무기 구입?"

"네, 금년 위원장께서 러시아를 방문하십니다. 푸틴 대통령과 정상회담을 하는데 모스크바가 아니고 이곳 블라디보스토크에서 하십니다. 그때 군수공장을 시찰하시는데 이반 선생을 안내자로 초청하실 계획이십니다."

"네! 저를요?"

"일정은 극비사항이라 저희들도 아직 모릅니다만 우리 군부에서 위원장님께 적극 추천하면 됩니다. 푸틴 대통령과 저희 지도자 김정일 위원장님을 함께 모실 수 있는 귀중한 기회입니다. 게다가 무기구입시 저희 측 협상위원으로 이반 선생을 정하기로 되어 있습니다.

조건은…… 황장엽까지…….”

　이건 꿈 같은 얘기다. 그렇지 않아도 큰일을 하고 싶어 몸이 근질 거리던 참이다. 이까짓 이동호 같은 일에 목숨 걸 일이 없지만 그래 도 관계를 돈독히 한 덕에 이런 기회가 오게 되는 것이다.

　“그런 조건 하에서 황장엽까지?”

　“네! 하지만 실패한다고 해도 문제 삼지는 않겠답니다. 단, 남조선 에 신분 노출만 시키지 말라고 하셨습니다. 그래야 군부에 어려움이 없을 거라구요. 최악의 경우 자결할 용의가 있어야 하겠답니다.”

　“그런 일은 내 평생 직업이었으니까…… 그럼 이동호는?”

　“그건 무조건 성공해야 합니다.”

　가슴이 뛰었다. 김정일의 신뢰자로 푸틴 앞에 설 수 있다면 그건 곧바로 열리는 출세의 길이다. 만일 조·러 무기계약에 조선 측 로비 스트로 나설 수 있다면 막대한 이익이 들어올 것이며 지금의 사조직 을 확대시킬 절호의 찬스가 된다.

　17~18세 어린 시절 공산주의에 열광했을 때의 끓는 피가 다시 용 솟음 치고 있다. 그때는 당과 사상이지만 지금은 돈과 출세다.

　“하지만 그 약속을 믿을 수 있다는 장치가 필요합니다.”

　“약속은 반드시 지킵니다. 당국에서는 십만 달러를 추가로 지급할 것입니다. 이동호, 황장엽이 제거되면 선생을 평양으로 초청, 대대적 인 영접을 할 겁니다. 조직국장께서 제게 직접 말씀하신 약속입니 다.”

　‘좋다, 하자. 남자는 칼을 뽑을 때 뽑아야 한다. 하지만 아무리 허 술해졌다고 하지만 혼자서 그것이 가능할까?

이반은 그 문제를 제기했다.

"부산 십여 차례, 서울을 서너 차례 방문한 일은 있습니다. 사업과 관광차…… 하지만 이런 일을 어떻게 혼자 수행합니까. 물론 제가 모든 책임을 지는 일이긴 하지만 남조선은 사실 너무 낯선 나라 아닙니까?"

"허허허……."

그가 너털웃음을 웃었다.

"서울요? 부산요? 이반 선생을 도울 사람은 얼마든지 있습니다. 결정만 하시면 됩니다. 남조선 도착과 함께 접선자가 나타나도록 할 테니 아무 걱정 마십시오. 무기도 가져가지 마세요. 남조선에 가면 저절로 다 해결될 겁니다."

"알겠습니다. 연구를 좀 해야겠지만 할만한 일입니다."

"만일 원하신다면 남조선에 내려가기 전에 평양을 방문하셔도 됩니다."

"그럴 필요까지 없습니다. 조직국장과 전화나 한 통 했으면 합니다. 내일 새벽 영사관으로 방문하겠습니다. 이동호가 언제 어떤 방법으로 내려갈지 알 수 없으니까요."

"남쪽에 도착하시면…… 거기 가시거든 좀 즐기세요. 즐기기 좋은 나라니까. 돈이면 다 해결됩니다. 여자, 술, 쇼핑, 무엇이든지……."

털털대는 벤츠는 다시 시내로 돌아왔고 이반은 차에서 내려 어두워지는 거리를 걸었다.

걷다가 배가 고파 햄버거 매점에서 콜라와 함께 저녁식사를 때웠다. 미제 햄버거와 콜라는 언제나 입맛을 돋구어 주었다.

'황장엽이라…… 그런데 그자는 실패해도 괜찮다고 했는데 왜 그럴까. 너무 어려운 일이라고 생각해서 그런가? 조직국장은 내 실력을 알 텐데?

그렇다면 탈출 아니면 죽음이다. 만일 남조선에서 체포될 때에는 자살해야 하는 일이다. 그렇지만 '실패'란 있을 수 없는 일이다. 더구나 뒤에서 조직국장이 후원하면 더욱 그렇다.

'옛날, 그러니까 남조선에서 전두환이 대통령 하던 시절, 그는 각료들을 이끌고 미얀마 아웅산을 참배할 계획을 세웠을 때, 멋지게 테러하지 않았던가. 그때 내가 요원들을 훈련시키고 탈출을 도와주었지. 비록 전두환은 죽이지 못했지만 그건 대단한 승리였지. 덕분에 북조선 테러 책임자는 지금 조직국장까지 되었지만…… 어디, 황장엽 해치우는 솜씨를 보여줘야지. 그럼 내 미래는 탄탄대로를 걷게 되는 거야.'

이반은 흥분을 감출 수 없었다. 그리고 이 대 도박에 운명을 걸기로 맹세했다.

'죽고 사는 것은 내 운명이지. 이런 기회를 놓치면 내가 바보야.'

돈과 출세라는 두 마리 토끼를 한꺼번에 잡을 수 있는 기회가 왔다. 황장엽 문제는 그렇다 쳐도 이동호는 완전히 손아귀에 들어온 상태다. 1차 목표는 땅 짚고 헤엄치기지만 2차 목표는 꽤 많은 장애가 있을 것으로 보였다.

한 이틀 쉬는 동안 그 문제를 연구할 것이다. 그리고 이동호의 여권이 완성되면 김용기와 함께 러시아를 떠날 것이다.

이반은 모처럼 한가하고 여유로운 시간을 즐길 수 있게 되었다. 그리고 돈도 두둑하다. 오늘 밤은 술과 여자를 즐길 것이며, 내일 새벽 북조선 영사관에서 조직국장과 확인의 전화를 하면 된다. 어둠 속으로 사라지는 그의 발걸음이 한결 가벼워 보였다.

그 시간, 이반이 영사와 만나 새 지령을 받던 시간. 제일무역 본부장 응접실에서는 환담이 오가고 있었다. 본부장과 김용기, 이동호와 박정남, 그리고 연구차 와 있는 한 정치학 교수가 그들이다.

대화는 주로 교수와 이동호 간에 많이 이루어지고 있었다. 피차 처음 듣는 정보도 있고, 알고 있던 정보를 확인하는 것도 있었다. 북한 현실은 이미 황장엽에 의해 밝혀져 있었다. 이동호는 한국에서 현지 조사까지 마쳐 김정일이 하바로프스크에서 태어났다는, 다 알고 있는 사실을 처음 듣는 듯했다.

"김일성은 자신의 우상화를 위해 자신의 아들 출생까지 거짓말을 했었죠. 김정일이 백두산의 정기를 받고 태어났다고 했지만 사실은 하바로프스크에서 태어났죠. 도시 북쪽 칠십오 킬로미터 지점에서 태어났는데 빨치산 시절 김정숙金貞淑과 만난 김일성 사이에서 임신을 했다가 브츠야크 야영으로 이동하여 출산한 겁니다. 당시 김정숙은 교통연대 무선통신대(무선반) 소속으로 있던 여전사였는데 김일성의 사랑을 받은 거죠."

당시 브츠야크 야영장은 하바로프스크 북쪽 75Km 지점에 있었고, 아무르강 유역에 있었다. 이때가 정확히 1941년 11월로 증언자들은 기억하고 있다.

그럴 것이라고 생각은 했지만 교수가 김정일의 어린 시절 사진과 그가 태어났다는 통나무집, 그리고 김정일에게 젖을 먹여 키워준 유모의 사진까지 본 것은 충격적 사건이었다.

김 교수가 충격을 받은 것은 '아웅산 테러사건'이다.

"이 내용은 연두흠 선생을 통해서 알게 되었습니다. 테러나 납치는 소관 업무가 다른 우리로서는 알 길이 없었죠. 당시 남조선 대통령은 전두환이었습니다. 전두환 대통령은 북한과의 수교를 위해 무척 노력했습니다. 또 김일성도 언젠가는 세계에 문호를 열어야 하며, 그에 앞서 남조선과 다소나마 역사적 상처(6·25)를 사과할 뜻을 가지고 있었습니다. 그래서 비밀통로를 만들었는데 남조선에서 법조계 출신 박철언朴哲彦을 선발하여 보냈습니다. 그때가 1983년이었을 겁니다. 분위기는 무르익어 갔지만 이 문제에 제동을 건 사람이 있었죠. 바로 김정일입니다. 그는 군부 강경파의 힘을 등에 업고 전두환을 살해할 목적으로 아웅산 테러를 감행했고, 운 좋게 살아남은 전두환은 북조선과의 수교계획을 모두 포기하고 말았죠."

이미 그때는 김정일이 권력을 거의 다 장악하고 있을 때였다.

"대남공작 훈련의 일환으로 일본으로 침투하여 일본인들을 납치한 것도 이 무렵이죠. 정확히는 모르지만 그 당시 대남공작은 강경 일변도였습니다. 김일성은 속수무책으로 앉아 있다가 사망했고, 그 후 김영삼 대통령 시절까지 무장공비, 휴전선 교전 등 무력시위를 계속 강행해 왔습니다. 남조선에서는 김일성만 죽으면 금방이라도 통일이 될 것이라고 믿었지만 그건 폐쇄된 북조선을 몰랐기 때문입니다."

그동안 남한은 북한에 대한 정보가 너무나 어두웠다.

1994년 7월 9일. 폭염 속에서 남한은 김일성의 죽음이라는 믿기 어려운 충격의 뉴스를 듣는다. 언젠가도 '金日成 死亡' 뉴스가 전국을 뒤덮은 일이 있어 이번에도 반신반의, 예의 주시하고 있었지만 기어이 사망을 확인하게 되었다.

그때만 해도 김정일은 정치적으로 매우 위태로운 것으로 판단하여 후계자에 관심이 모아지고 있었다.

한 작가는 신문에 기고를 통해, 강경파 대 온건파의 내전이 일어나 김정일이 중국으로 도주하고 새 정부가 평화통일의 길을 모색할 것이라고 썼지만 이건 완전히 빗나간 예측이 되고 말았다. 그만큼 정보에 어두웠다는 증거다.

"평화 무드가 무르익어 가면 북한은 예외없이 군사도발을 하여 찬물을 끼얹고는 했죠. 거의가 김정일의 주도 하에 일어난 일일 것이라 추측했지만 오늘 듣고 보니 사실이 그렇군요."

"문제는 지금 김정일이 앞장서서 평화공세를 펴고, DJ정부가 이에 화답하고 있다는 것입니다. 틀림없이 다시 군사도발이 있을 겁니다. 군부는 언제나 그랬으니까요. 북한에 대해 그렇게 애태우던 전두환 정권이 끝나가고 노태우, 김영삼, 김대중 셋이 대선을 치를 때 KAL기 폭파사건이 있었잖아요. 언제나 평화 무드 뒤에는 군사도발이나 테러가 있습니다. 그것이 북한입니다."

모두들 교수의 말에 머리를 끄덕였다.

"금년에도 틀림없이 무력도발이 있을 겁니다. 제가 장담하죠."

설마! 모두가 머리를 가로저었지만 이동호만은 크게 머리를 끄덕였다.

DJ정부가 아무리 '햇볕정책' 을 쓰고 국민들 반대여론에 시달리면서도 계속 돈을 퍼부어도 군부 강경파의 도전은 김정일도 어쩌지 못한다는 이동호의 부연 설명이 교수의 말에 힘을 실어주었다.(실제 2002년 6월, 서해 교전이 계획된 도발로 밝혀지고 많은 국군이 사상당하고 함정이 침몰되는 사건을 겪는다.)

"도발사건은 다시 한 번 조선 전체를 뒤흔들겠지만 북조선의 경제 사정 DJ정부의 이유 없는 지원이 계속되면 남북교류는 틀림없이 이어집니다. 그러나 설마 그렇게 된다고 하더라도 남조선은 불행해질 겁니다."

"왜죠?"

"천문학적인 통일비용, 핵폭탄 보유 폭로, 남조선의 반김정일 세력, 미국의 부정적인 김정일에 대한 시각, 남남 갈등, 김대중 정권의 침몰 등 많은 변수가 있기 때문이죠. 더구나 육이오의 앙금은 쉽게 씻어지지 않을 겁니다. 연두흠 선생께서 늘 이런 말씀을 제게 해 주셨습니다…… 특히 군부가 언제 어떤 일을 저지를지 모른다는 겁니다."

모처럼 평온을 되찾은 이동호는 군사적인 문제보다 정치적인 면에서 많은 얘기를 듣고 싶어했고, 교수와 김용기는 솔직하게 많은 정보를 들려주었다. 가족들에 대한 찢어지는 아픔도 이때는 잠시 잊을 수 있었다.

환담을 나누는 동안에도 따뜻한 차와 북조선에서는 구경도 할 수 없었던 열대지방 과일들이 계속 날라져 왔다. 그리고 이동호는 신기한 얼굴로 엄청 먹어댔다.

서울의 밤도 함께 깊어갔다.

30여 평 가까이 되는 용산의 한 오피스텔은 단조로우면서도 깔끔한 실내장식으로 치장되어 있고, 500여 권이 넘는 장서가 서가에 꽂혀 있었다. 노출된 오피스텔임에도 불구하고 문은 2중, 3중으로 잠금장치가 되어 있어 예사롭지가 않아 보였다.

이 오피스텔을 사용하는 50대 남자는 대학교수로 독일에 유학했던 철학박사다. 하지만 독일 유학 당시 평양을 몇 차례 방문하였고, 마르크시즘과 아시아 공산주의에 대한 연구로 박사학위를 취득한 인물이다. 평양에서는 이 사람을 '오로라' 라고 부른다.

그는 한국의 여러 가지 정세상황을 정확히 판단하여 정기적으로 평양에 보고하지만 대한민국 어느 기관에서도 이 '오로라' 라는 정체에 대해 정확히 알지 못하고 있고, 이 인물에 대한 의심을 하면서도 집요하게 추적하는 사람이 없다.

그는 그가 좋아하는 쿠바제 시거를 씹으며 무엇인가를 골똘히 생각하고 있다.

한국사회는 생각보다 좀 더 부패되어 있고, 개인주의가 만연하다. 돈과 권력과 섹스에 대한 관심을 빼놓는다면 한국엔 남는 것이 없다. 보수 세력이 엄연히 존재하고 국민정서가 아직은 진보보다 보수에 가깝지만 그러나 이를 세력화하거나 결집시킬 역량은 없다. 조선일보가 보수 세력의 대표 주자가 되어 뛰고 있고 한국 제1의 발행부수를 자랑하지만 '안티 조선' 또한 세력이 만만치 않다. 지금 평양이 해야 할 일은 무엇인가.

첫째, 국민의 정서를 테스트하는 일이다. 꽃게잡이 어선이 출항하는

6월 말이나 7월 초, 지난 서해 교전의 패배를 복수하는 도발을 해 보는 것이다. 하지만 한국군이 피살되고 함정이 침몰된다고 해도 대규모 반공궐기나 반김정일 세력이 '타도 김정일'을 외치지는 못할 것이다. 젊은 층의 표를 의식하는 '한나라당'도 목숨을 건 반공투쟁은 절대 하지 못할 것이다. 이렇게만 된다면 DJ의 '햇볕정책'은 성공한 전략으로 보아도 무방할 것이다.

둘째, 평양은 소기의 성과를 이뤘다고 판단되면 과감히 평화공세로 나가야 한다. 휴전선을 개방하고, 지뢰를 제거하고 금강산 관광을 육로로 통행하도록 허락하고, 일본과의 수교를 세계에 발표하여 남·북한 평화 무드에 총력을 기울인다. 세계는 DJ의 '햇볕정책'에 힘을 실어줄 것이며 국민들은 방심할 것이다. 그 대가는 경제지원이다.

실제 국민들은 평양에 대한 위기의식이 해이해져, 휴전선이 뚫리고 지뢰가 제거되고, 아시안게임에 인공기가 올라가도 별 관심을 갖지 않을 것이다. 그리고 최대한 경제지원을 받고, 일본으로부터 '대일 청구권'을 받아낸 JP처럼 보상을 받아 경제 재건에 박차를 기한다. 이 모든 일을 한국의 '대선 전'에 실천해야 한다.

일을 속전속결로 처리하여 한국 국민들의 얼을 빼놓고 '북으로부터의 위기 및 위험의식'을 무디게 만든다. 설혹 정권이 바뀐다고 해도 보수 세력들은 이러한 평화공세를 단숨에 차단시키지 못하고 결국 평양의 의도대로 끌어갈 수 있다. 만일 진보 세력이 집권한다면 평화공세를 더욱 강화시켜 사회주의 국가 건설에 박차를 가한다.

만일 보수 세력이 집권하여 대남정책에 제동을 건다면 휴전선에서 총격전을 벌이거나 국지전을 일으키고, 이를 남한의 책임으로 떠넘기면 된다. 국제 여론은 결코 남한의 보수 세력을 지지하지 않을 것이다. 대남 평화공세에 가속력을 붙여라. 총선이 끝나기 전에…….

'오로라'는 여기서 생각을 멈추고 커피를 들며 회심의 미소를 짓고 있었다.

"평양의 대남전략이 바뀐다. 이건 평화공세다. '한시적인 전략이아니라 사상적 흡수통일이 될 때까지…… 북한은 지금 남조선의 경제력을 절대 필요로 하고 있다. 그것을 얻어내는 것이다. 최대한……."

1. 북한은 남한에게 금강산을 팔아먹고 있다. 그렇다고 금강산이 어디로 날아가는 것도 아니다.
2. 북한은 이산가족 상봉을 최대 전략화하여 보수 세력의 기를 꺾는다.
3. 평화공세로 '남북은 한민족'임을 최대한 강조시킨다. 사상무장은 해제될 것이며, 점차 인공기에 친숙하도록 만든다.
4. 경제적 위기를 완전히 벗어나면 그때는 '남한의 반미 세력과 진보 세력'을 조직화하여 정계 진출에 박차를 가한다.
5. 진보 세력을 통하여 젊은 대학생들을 중심으로 '김일성 주체사상'을 강력히 교육시켜 확대시킨다.

대충 이런 것이 평양의 전략이다. 그리고 이런 계획은 한국의 국민들이 눈치채지 못하는 사이 착착 진행되어가고 있었다.

어느 정도 세월이 흘러 '북한 동족', '이념보다 민족'이라는 슬로건이 기세를 올리면 이번에는 '미군 철수', '민족문제는 민족끼리'

를 앞세워 한국에서 미군을 몰아낼 것이다.

그 전초전이 반미 감정 고조다. 최대한 반미 감정을 일으켜 미군을 쫓아내면 한국은 6·25 직전의 풍전등화가 될 것이다. 통일은 피 흘리지 않고 북한의 의도대로 될 것이다. 그리고 주체사상이 한국을 지배하게 될 것이다. 공산주의나 빨갱이라는 혐오스러운 말 대신 주체사상이 자연스럽게 자리잡게 되면 김일성은 한민족을 대표하는 영웅적 지도자가 될 것이다. 그리고 이승만과 박정희는 민족의 만고 역적이 될 것이다.

그 무렵, 황장엽은 깊은 고뇌에 빠져 있었다. 연두흠의 죽음은 그를 슬픔에 빠뜨리게 했고, 또 자신에 대한 암살 위협을 느끼게도 했다.

'연두흠을 없앴다면 반드시 나도 제거시키려 할 것이다. 나는 이곳(서울)이 가장 안전한 망명처라 생각했는데 지금 이곳의 정치 분위기는 나의 기대와 전혀 다른 곳이 되어 있다. 아! 차라리 미국으로 재망명이나 할까?

그렇게 고민하던 그가 일본의 한 언론인에게 다음과 같은 메모를 전달했다.

메모를 받은 일본인 하기와라 료는 원래 일본 공산당원이었다. 그는 일본 공산당 기관지 『아카하다(赤旗)』의 평양 특파원이었지만 김일성, 김정일의 행태에 분노를 느껴 '김정일이야말로 진정한 공산주의자들의 진정한 적이다. 인민을 굶겨 죽이고 권력 세습을 하는 자이니까!' 라고 일갈한 사람이다.

또 속칭 마유미 사건의 김현희가 한국 안기부에서 조작한 인물이라고 평양이 역공세를 펼칠 때, 남북회담 당시 꽃다발을 들고 나온 그녀의 사진을 공개하여 북한의 역공작을 잠재운 사람이기도 하다.(『월간조선』2002년 3월호 참조)

그가 받은 황장엽의 메모는 그를 또 한 번 놀라게 했다. 그 메모 내용은 다음과 같다.

적들이 우리를 살해할 가능성이 현실적으로 존재하는 조건에서 두 가지 방법을 고려함이 필요.
1. 미국으로 망명하였다가 야당 집권 후 다시 돌아오는 방법.(위험을 피하여 적을 폭로하는 방법)
2. 지금 언론에 공개하고 투쟁하는 방법.(공개적 투쟁방법)
두 가지 방법이 있는데 심사숙고할 필요가 있다. 지금 당장 미국 대사관에 망명할 수 있다면 그것이 제일 좋은 방법이라고 생각된다. 이 문제를 미국 측과 협의하고 방도를 확정하면 좋겠다. 망명문제는 만일의 경우를 생각하여 반드시 서면으로만 협의하도록 할 것. 전화통화는 위험함.

지금은 상대방을 안심시키고 망명문제에 결론이 날 때까지 시간을 끄는 것이 유리할 것 같이 생각됨.

투쟁의 시기는 지금이 절호의 시기라고 본다. 이 시기를 어떻게 이용하는가에 따라 우리의 운명과 적의 운명이 결정된다고 봄.

가장 중요한 것은 적이 우리의 진의도를 모르게 하고 시간을 끌다가 단호한 조치를 취하도록 하는 것이다.

망명의 암호는 돈문제라고 함이 좋을 듯함. 돈문제의 가능성 여부를 확정하고 그것을 실현하기 위한 준비사업을 서두를 필요 있음.

하지만 황장엽은 망명도 투쟁도 모두 실천하지 못했다. 그러나 그는 자신의 암살 위협에 늘 시달리고 있었으며, 암살을 두려워하는 것은 '목숨' 때문이 아니라 북한의 실상과 김정일의 정체를 폭로하는 것이 더 중대사안이라고 판단했기 때문일 것이다.

황장엽은 왜 미국으로 가지 못했을까. 그것은 후에 역사가 찾아서 할 일일 것이다.

이제 길고 긴 하루가 다 가고 밤이 깊어졌다. 블라디보스토크 제일 무역 본부장 숙소에 은신처를 정한 이동호도, 80%쯤 목표를 이룬 김용기도 모두 깊은 잠에 빠져들었다.

20만 달러 가까운 돈을 움켜쥐게 된 이반도, 서울의 '오로라' 도, 심기가 불편한 황장엽도 모두 잠에 빠져들었고, 수억 년 빛을 발하는 별들만이 무심히 빛을 쏟아내고 있었다.

이반은 발이 넓다. KGB 극동 요원으로 재직할 당시 각계각층의 사람들을 만나 폭 넓게 사귀었고, 장래성 있는 사람들에게는 집요하게 접촉하여 어려운 일들을 해결해 주었다. 러시아의 힘의 한 축인 마피아단에는 자신의 옛날 하수인도 있고, 자신의 신세를 진 사람들도 많다.

그가 과감히 관직을 버리고 돈 버는 일에 뛰어든 배경에는 이런 탄탄한 인맥이 형성되어 있기 때문이다. 그렇지만 한ㆍ러 수교가 이뤄진 후 10년 세월이 넘게 흘렀어도 한국에서는 이반의 정체에 대해 아는 사람이 없다. 그만큼 그는 은밀히 행동했고, 한국에서는 러시아의 첩보계에 대해 캄캄하다는 것이다. 실제 별 관심도 없었다.

한국은 점점 무방비 국가, 무방비 도시가 되어가고 있었다. 일본, 미국, 러시아, 중국, 북한의 군사, 산업스파이가 판을 쳐도 단 한 건도 잡았다는 소식을 국민들은 듣지 못했고, 이제는 습관이 되어 관심도 없다.

미국이 9·11테러사건을 당했을 때도 잠깐, 언젠가 한국도 당할지 모른다는 경각심이 일기는 했지만 그나마 곧 잊고 있었다.

아웅산 테러로 한국의 최고위층 각료들이 목숨을 잃은 사실도, 동해 잠수함을 통한 무장공비 사건도 국민들은 사는데 바빠 곧 잊고 말았다. 잠재적인 테러집단은 여전히 존재하고 있는데도⋯⋯.

이반은 이 사실을 너무나 잘 알고 있다. 복잡한 도시, 서울이나 부산에서 이동호를 해치우는 건 너무나 쉬운 일이다. 그리고 이동호를 사정거리 안에 묶어둘 방법도 세워놓았다. 문제는 황장엽인데 최대한 노력하다 안 되면 철수하면 그만이다. 평양에서도 그걸 인정하고 있다. 거액을 투자하면서도 '실패해도 좋다, 신분만 노출되지 않으면 된다' 라는 약속을 했기 때문이다.

며칠, 비교적 온화하던 날씨는 다시 영하 25도로 뚝 떨어졌다. 뜨거운 물을 허공으로 쏟으면 허연 김(수증기)과 함께 얼음덩이가 되어 떨어지는 무시무시한 추위의 날씨다. 이 혹한의 날씨를 뚫고 한대의 승용차가 새벽 바람을 가르며 달리고 있다.

호텔 측에 돈을 주고 빌린 승용차다. 러시아 측에서 구입한 한국산 중고차, 현대의 중형 소나타 승용차다. 호텔에서 출발한 이 성능이 좋은 승용차는 엄청난 추위에도 끄떡없이 잘 달렸다.

30분 후, 승용차는 짙은 갈색의 2층 건물 앞에 멈추어 섰고, 차에서 내린 이반은 대기하고 있는 북조선 영사관의 직원 안내를 받으며 안으로 들어섰다. 정확히 새벽 5시 30분. 약속시간보다 2분 빨랐고, 영사는 그를 자신의 집무실로 다시 안내하여 들어갔다.

"오 분 후에 조직국장의 전화가 올 겁니다. 그동안 차나 한 잔 하고 몸을 푸십시오."

따뜻한 인삼차가 한 여인에 의해 날라져 왔다. 인삼차에 꿀을 넣었는지 맛과 향기가 그윽하고 좋았다.

차를 마시고 찻잔을 놓자 벨소리가 요란스럽게 울려왔다. 마침내 평양과 연결된 전화가 온 것이다. 상대는 적어도 평양의 최고 실권자인 조직국장의 전화다. 이반은 귀에 익은 그의 목소리를 확인하며 만면에 웃음을 지어 보였다.

"얼굴 뵈온 지 십 년이 넘었습니다."

"이반 동지. 우리 당을 위해 수고해 주시오. 나의 약속은 틀림없소. 충분한 사례비를 줄 것이며 기타 약속도 충실히 지키겠소. 날 믿으시오. 이번 일이 끝나면 우리 위대하신 국방위원장님을 알현할 기회가 생길 겁니다. 이상이오."

미처 대답도 하기 전에 통화는 일방적으로 끊어졌다.

"안녕히 가십시오."

영사는 통화가 끝나기가 무섭게 문을 열었다. 가라는 뜻이다. 최고 위층과의 약속이 이뤄졌으니 한시바삐 영사관을 떠나라는 뜻이다.

이반은 벽에 걸린 김일성, 김정일 초상화를 한 번 쳐다보고는 성큼성큼 주차장을 향해 걸어갔다.

승용차로 돌아온 그는 다시 호텔을 향해 쏜살처럼 달려갔다. 그리고 객실로 들어가 다시 코를 골며 잠에 빠져들었다.

호텔 밖에는 한 대의 지프가 서 있었다. 현대자동차 갤로퍼다. 러시아에서 가장 인기 있는 중고 자동차가 바로 이 갤로퍼다. 하바로프스크, 블라디보스토크는 물론 모스크바에서도 이 갤로퍼는 종종 눈에 띈다.

30대 초반의 사내가 호텔 앞에 도착한 것은 50분 전쯤의 일이다. 그는 시선을 호텔 정문 앞에 꽂은 채 움직이지 않고 지켜보고 있었다.

이반은 그가 차에서 내려 호텔로 들어가는 것을 목격했다.

"흠……."

그는 알았다는 듯 머리를 끄덕이고는 어디론가로 사라졌다.

아침 10시. 이반은 요란한 벨소리에 잠에서 깨어났다. 손을 더듬어 수화기를 들었다. 아마도 김용기가 틀림없으리라 믿었다. 이 숙소를 아는 사람이니까.

"아…… 저, 이반입니다."

"피곤하셨던 모양입니다. 로비에서 기다리고 있습니다."

역시 김용기다.

"아! 그렇습니까. 어제저녁 술을 너무 많이 마셔서 그만……."

"단잠을 깨운 건 아닙니까?"

"괜찮습니다. 곧 내려가겠습니다."

잠시 후 머리도 채 다듬지 못했는지 엉클어진 머리와 부스스한 얼굴로 내려왔다.

두 사람은 식당으로 내려왔다. 빵과 말린 고기, 우유, 계란으로 두둑이 배를 채운 다음, 이날의 일정에 대한 논의를 나누기 시작했다.

"정오까지 주무시게 해 드릴까 했는데 마음이 너무 조급해서요."

"사실……."

이반이 머리를 긁적였다.

"어제 오랜만에 술 마시고 여자와 잤습니다. 여자가 언제 갔는지도 모르게 곯아떨어졌죠."

"아이쿠. 그런 줄도 모르고……."

"괜찮다니까요. 그동안 너무 긴장해서 긴장을 좀 풀어야겠다고 생각했던 겁니다."

김용기가 웃으며 후식으로 들어온 커피를 마셨다.

'뭐라구!'

김용기는 깜짝 놀랐다. 얼굴은 웃고 있지만 마치 해머에 한 대 맞은 기분이었다. 그렇다면 다시 심각한 상황에 빠진 셈이다.

김용기는 제일무역 직원을 시켜 새벽부터 이반을 감시토록 했다. 오늘 그는 기관원의 협조를 얻기 위해 뛰어다닐 것이라고 했고, 김용기는 한국으로 떠나기 전에 이반에 대한 확인 점검을 하기로 했었다.

그런데 이반이 새벽 6시 10분에서야 호텔로 돌아왔다는 보고를 받았었다. 김용기는 이 사실을 감추고 이반을 만났다. 그리고 그의 거짓말을 들은 것이다.

'어떻게 된 것일까. 이 작자는 새벽에 어디를 다녀온 것일까. 아니면 아예 밖에 어디서 밤을 보낸 것은 아닐까?'

드디어 의문을 잡아냈다. 김용기는 지금까지 이반에 대한 의문점을 찾기 위해 무수한 노력을 기울였지만, 지금 이 시간까지 단 한 점의 의혹도 찾아내지 못했다. 그런데 마침내 여기서 꼬리가 잡혔다.

'지난밤 여자와 잤다는 말까지 했다면, 이반은 틀림없이 중대한 일로 외출했거나 어디서 밤을 보내고 돌아온 것이다. 왜 내게 이런 거짓말을 했을까. 어디서 누구와 만난 것일까?'

"자, 이반 선생. 오늘 스케줄은 어떻습니까."

시간이 늦어서인지 식당엔 사람들이 많지 않아, 대화 나누기가 좋았다.

"여권은 어제 맡겼기 때문에 내일 정오나 되어야 손에 들어옵니다. 오늘은 출국을 위해 기관 여기저기 손을 좀 써야 합니다. 여권이 있으니까 문제는 없지만 그래도 기관원들 매수는 해 놓아야 하거든요."

"돈이 더 필요하지는 않습니까?"

"전, 계약된 돈만 받습니다. 그 정도로 충분합니다."

"만일을 생각해서 선물을 준비했습니다. 25인치 컬러TV 석 대, 냉장고 중형 다섯 대, 선풍기 열 대, 그리고 프랑스제 향수와 화장품 열 세트, 조금 있으면 트럭으로 배달될 것입니다. 트럭까지 하루 이용하십시오."

"네? 그렇다면 아주 좋지요. 잘 준비하셨습니다. 여기서 최고 인기 품목만 준비한 겁니다."

이반은 뛸 듯이 기뻤다. 시간이 없어 미처 준비하지 못했던 선물들이다. 여기에 돈까지 얹어주면 일본 간첩이라도 보내줄 것이다.

"이동호 씨 컨디션은 괜찮습니까?"

"네, 아주 좋습니다. 어제 식사도 잘했고 잠도 잘 잤습니다. 지금은 아마 서울에서 가져온 책을 읽고 있을 겁니다. 바뀐 환경에 잘 적응하고 있는 것 같습니다. 체력이야 타고난 것 같고요."

"다행입니다. 건강한 몸으로 떠나야죠."

'그럼 그래야지. 그래야 내 목적이 이뤄지지. 여기서 쓰러져 앓기나 하면 시간만 소비할 뿐이거든. 아! 하루빨리 한국으로 떠나야 할 텐데.'

"자, 그만 일어납시다. 전, 지금부터 움직여야 하니까요."

"트럭은 곧 도착합니다. 그 차를 이용하세요. 떠날 때까지 마음대로 사용하셔도 됩니다."

김용기는 이반과 헤어져 돌아왔고, 이반은 대단히 만족스러운 얼굴로 떠나는 김용기의 뒷모습을 바라보고 있었다.

'생각보다 일이 너무 잘 진행되고 있어. 역시 난, 운이 좋은 놈이야.'

하지만 천하의 이반도 김용기가 선물과 함께 보낸 트럭에 고성능 비밀 도청장치가 부착된 사실을 전혀 눈치채지 못했다.

이제 러시아는 과거 소련이 아니라 우리의 우방국이 됐다는 안일함이 그 원인이다. 한국을 수차례나 방문했지만 그를 지목하여 뒷조사를 한 사람은 아무도 없었다. 이반에게는 그것이 큰 힘이 되었다. 이제는 완전히 상인으로 둔갑했지만 보따리 들고 시장바닥을 헤맬 사람이 아니다. 그는 꿈도 야망도 큰 사람이다.

　한국의 기관이나 정보계에 노출되지 않았기 때문에 그는 이동호와 황장엽, 두 인물을 암살하는데 가장 적절한 조건을 갖춘 사람인지도 모른다. 한국어, 일어에 능통하고 외모는 서울 한복판에 던져놓아도 아무도 구분하지 못한다. 그런 그가 이동호를 보호하고 있고, 이를 미끼로 이동호와 황장엽을 암살할 치밀한 전략을 구상하고 있었다.

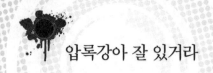

압록강아 잘 있거라

매섭게 몰아치던 한파가 한풀 꺾이는가 싶더니 이번에는 함박눈이 쏟아지기 시작했다. 폭설이 내릴 기세다. 폭설이 쏟아지면 평양은 더욱 적막해질 것이다.

온 시내가 하얀 눈으로 뒤덮여 보기에는 더없이 아름답지만, 열악한 전력난, 유류, 그리고 미래에 대한 불안한 생각들이 얼어붙은 시민들의 가슴을 더욱 답답하게 만들었다. 체제에 대한 불만도, 경직된 사회에 대한 걱정도 마음대로 표현할 수 없는 그런 답답함이다.

평양 근교의 제법 고위층들이 모여 사는 한 아파트 새벽, 일흔이 넘은 한 노파가 쪽지에 적힌 글을 읽고 있었다. 눈에서 쉴 새 없이 눈물이 흐르고 있었다.

─어머님, 저를 용서해 주세요. 아범을 찾기 위해 떠납니다. 아범은 틀림없이 살아 있을 겁니다. 선규와 선영이를 데리고 갑니다. 옷장 큰 서

랍에 돈을 넣어두었으니 필요하실 때 꺼내 쓰세요. 반드시 다시 뵈올 날이 있을 겁니다. 어머님을 홀로 남겨두고 제 자식들만 데리고 떠나는 저를 정말 용서하세요.

쪽지에는 얼마나 울었는지 아직도 눈물자국이 선명해 보였다. 노파는 다 읽은 쪽지를 성냥불로 태워버렸다. 눈물은 아직도 눈가에 홍건하지만 입에서는 쓸쓸한 미소가 흐르고 있다.

"그래. 동호가 죽을 리 없지. 게다가 애 엄마도 어떻게 될지 모르고. 잘 갔어. 이 늙은 거야 아무러면 어떠냐. 부디 살아서 동호를 만나거라."

노파는 창밖을 바라보았다. 아침이 밝아오고 솜뭉치 같은 함박눈이 펄펄 내리고 있었다. 노파는 거울 앞에 앉아 정성껏 화장을 하고, 명절이나 기념일에만 입는 고운 한복을 꺼내 입었다.

거울을 보며 흐트러진 곳을 매만지던 노파가 창가로 걸어갔다. 그리고 함박눈이 쏟아지는 하늘과 8층에서 보이는 까마득한 광장을 내려다보았다. 길게 한숨을 쉬던 노파는 창문을 열었다. 눈을 감고, 그리고 훌쩍 뛰어내렸다. 치마가 꽃처럼 활짝 퍼졌다.

'쿵!'

잠시 후 그녀는 차갑게 얼어붙은 콘크리트 바닥에 머리를 찧고, 길고도 한스러운 일생을 마쳤다.

이동호의 노모다. 아들의 사망통지서를 받은 사흘 뒤, 이 노파는 장렬한 죽음으로 스스로의 생애를 마감한 것이다.

"좀 더 빨리 갈 수는 없나요!"

김정애金正愛는 발을 동동 구르며 트럭 운전기사를 재촉했다.

"글쎄 눈이 너무 많이 내리고 짐이 많아서요."

"하여튼 돈은 충분히 드릴 테니 빨리만 가 주십시오."

평양을 출발하여 개천을 거쳐 회천으로 가는 트럭이다. 트럭의 기사 옆에는 30대 후반의 여인이 타고 있고, 열두 살의 아들 선규와 아홉 살 계집애 선영이가 잔뜩 움츠린 채 끼어 앉아 있다.

이동호의 아내와 아이들이다. 우아하고도 당당한 모습의 김정애는 김용범金鏞範의 손녀다. 김용범金鏞範, 김용범은 김일성과 아주 밀착된 인물이다. 1946년 3·1절, 김일성 암살 미수사건 당시 이 행사장의 사회를 보았던 심복 중에 심복이다.

당시(1946년 2월), 고당古堂 조만식曹晩植 선생이 북한을 점령하고 있던 소련 군정軍政에 의해 감금되자 그를 따르던 민주, 지주地主, 청년계열 인사들이 대거 남하南下하여, 북한은 비로소 평정을 되찾을 수 있었다.

소련 군정은 이런 평온을 정착시키기 위해 해방 후 첫 3·1절 기념식을 평양역 광장에서 갖되, 사회주의식 대규모 군중대회로 열 것을 준비하게 되었다. 하지만 1945년 11월 신의주 학생 반공 봉기 이후 지하로 숨어들었던 지식인, 청년단, 종교인, 학생지도자, 서울로 남하했던 세력들이 반소, 반공운동을 활발히 전개하기 시작했다. 이 지하운동의 하나가 3·1절 행사장에서의 김일성 암살계획이었다.

3·1절 기념식이 열리던 오전 11시, 단상에는 소련 25군단 참모장 벤코프스키 중장, 정치군사위원 레데베프 소장, 민정사령관 로마넨코 소장 등 소련 군정 고위장성들과 김일성을 비롯한 그의 최측근 평

양정치군사학원장 김책, 임시인민위원회 보안국장 최용건, 여성동맹위원장 박정애, 임시인민부위원장 김두봉 등이 자리잡고 있었다.

이 행사의 사회자가 김용범이었다. 행사가 막 시작될 무렵, 한 청년이 '우리 3·1절 행사에 소련군이 무슨 자격으로 올라가 있느냐. 너희들이 한국말을 아느냐!' 며 수류탄을 던졌고, 이 수류탄은 불행하게도 소련군 경비대 소위 노비첸코에 의해 불발로 끝나게 되었다. 김용범도 그때 살아난 인물이다.

김용범의 손녀 김정애는 유망한 군장교 이동호를 연두흠에게 소개했고, 연두흠은 이동호의 됨됨이에 반해 두 사람을 결혼시켰다. 지금은 평양직할시 인민위원회 여성부장으로 일하고 있다.

김정애는 사회적 불안과 김정일식 통치에 반발하여 남편 이동호도 모르게 은밀히 평양을 함께 탈출할 준비를 하고 있었다. 당에 더욱 충성하고 열심히 봉사하면서 달러를 모으고 평북지역에 사람을 심어두었다.

그녀는 이동호에게, 언젠가는 서울로 갈 것이니 각오하고 있으라며 정신적 무장을 시켜왔고, 이동호의 하바로프스크에서의 실종소식을 접하자 탈출을 결행하게 된 것이다.

'이 장군은 절대 죽지 않는다. 반드시 살아서 남하할 것이다. 나와 내 아이들은 앞으로 어떻게 되든 상관없다. 살아서 남편을 만날 수 있다면 다행이고, 설혹 탈출에 실패하여 죽는다 해도 어쩔 수 없다. 어차피 죽을 바에는 탈출에 목숨을 걸자!'

한때, 그녀도 광적인 공산주의 지지자였고, 위대한 지도자, 민족의 태양 김일성을 하늘같이 우러러 모셨다.

하지만 대 원로들을 제치고 김정일이 지도자 자리를 승계받는 순간, 그녀는 '이건 진정한 사회주의도 공산주의도 주체사상도 아무것도 아니다' 라는 생각을 하게 되었다. 이동호와 마찬가지로 연두홈으로부터 많은 사상적 교육을 받게 되었다.

눈발은 더욱 거칠어지고 자동차의 속도는 현저히 떨어지고 있었다. 목숨을 건 대 도박의 탈출이지만 두렵지도 않았다. 아무것도 모르는 어린아이들의 초롱초롱한 눈동자들이 그녀의 가슴을 아프게 만들지만 그러나 슬퍼하지도 않았다. 그녀는 강했다. 떠나기 전, 아이들에게도 충분히 교육을 시켰다.

"남자란 죽음을 두려워해서는 안 된다. 우리는 아버지와 자유를 찾아 떠나는 것이다. 틀림없이 아버지를 만날 수 있을 것이다. 어떤 어려움이 오더라도 참고 견뎌야 한다."

하지만 어린것들은 알지 못한다. 그들은 이 에미의 대단한 결의와 자식들에 대한 걱정이 교차되어 수없이 흘린 눈물들을 알지 못한다. 세월이 더 흘러 어른이 되면 그때는 알 것이다. 자유와 억압, 아버지에의 목숨을 건 사랑의 의미를…….

당의 고위층 신분증과 전국 어디나 여행할 수 있는 증명서, 그리고 충분한 달러와 미리 매수한 몇몇 중국인, 그리고 그녀의 기백과 용기는 마침내 그녀로 하여금 탈출을 시도케 했다. 남편이 살아 있다는 확실한 신념과 함께…….

그녀는 어느 누구보다도 나라의 실정을 잘 알고 있었다. 눈 덮인 평양이 아름답게만 보이듯, 국제사회에서는 단지 불안한 나라 정도로밖에 보지 않는다. 하지만 속사정은 다르다. 이미 조국은 병들어 쓰러지기 직전의 늙은 사자에 불과하다.

죽기 직전, 혼신의 힘을 다해 얼룩말을 공격하면 한 마리쯤은 잡을 수 있을지 모르지만 고기를 씹을 힘도 없어 그냥 죽고 말 그런 사정이다. 도로는 엉망이고 철도는 녹이 슬어버린 지 오래다. 외국과 남조선에서 지원하는 곡물로 버텨는 가지만 기력조차 차릴 수 없을 만큼 턱없이 부족하다. 김정일은 이제 붕괴될 것이다.

민심은 흉흉하고 정국은 불안하다. 군부의 쿠데타 설도 내부에서는 솔솔 피어나고 있다. 나라를 고립화시킨 결과다.

'인민들 눈과 귀를 막는 것도 한계가 있어. 정권을 유지하기 위해 몸부림치지만 이를 유지하는 데도 한계가 있지. 아마, 남조선의 김대중 정권이 도와주지 않았다면 김정일은 테러로 사망했거나 쿠데타가 일어났을 거야. 하지만 남쪽의 지원 대부분은 평양에서 돌았지, 지방의 굶는 인민들에게는 별 혜택이 없었어. 김정일은 이제야 몸이 달아 애태우지. 미국의 협박에 주눅이 들었거든…… 이 정권이 하루라도 빨리 무너져야 통일이 빨라져.'

김정애는 군 강경파의 딜레마를 잘 알고 있었다. 지금 재정으로는 최저 국가운영비용의 절대치에도 턱없이 부족하지만 문을 열면 자유국가의 자본주의사상이 침투한다. 그러면 독재는 불가능하고 독재가 불가능해지면 정권은 날아간다. 만일 남조선이 경제력을 바탕으로 흡수통일하거나, 이대로 체제가 붕괴될 때에는 그 후, 우리는 여러 가지 책임을 물어 제거될 것이다. 이래 죽으나, 저래 죽으나 죽기는 매한가지다. 그럴 바에는 전쟁이나 한 번 하든가, 남조선을 이용하여 체제 유지에 총력을 쏟아야 한다.

지금 강경파는 숨을 죽이고 있지만 기회만 생기면 남조선에 한 방 먹일 준비도 늘 하고 있다. 이것은 정치와 관계없는 일이다. 군사정책은 언제나 정치 · 경제와 분리되어 독자적으로 운영되어 왔으며 모든 정책에 앞서 최우선으로 집행되어 왔다.

'전두환—김일성 정상회담이 이뤄질 무렵, 군 강경파는 아웅산 테러사건을 일으켰고, 김정일—김대중 정상회담 후 평화 무드에 빠져 있을 때, 군부는 서해 도발을 일으킨다. 이 외에도 민주 세력인 YS가 정권을 잡아 식료품, 의료품을 무더기로 보내주고 있을 때, 군부는 무장간첩, 동해안 잠수함 침투사건을 일으켰다. 이것은 통수권자의 의지와 관계없는 일이다.'

도발 준비는 늘 하고 있지만, 지금은 완전히 딜레마에 빠져 있다. 나라가 가난하면 군대도 가난해지기 마련인데, 지금 군대는 세 끼 밥 먹이는 일도 힘에 부치기 때문이다.

군부 강경파는 지금 독이 잔뜩 올라 있다. 군사문제보다 정치가 앞서 있기 때문이다. 그렇다고 뾰족한 방법도 없어 속앓이를 하고 있다. 이런 판국에 남편 같은 온건파는 설 자리를 잃게 마련이다. 더구나 한때 강경파의 한 일원이었으니까…….

한 시간을 내리던 솜덩이 같던 눈이 멈추었고 트럭은 좀 더 속력을 냈다. 김정애는 아직도 두려움이 가득한 아이들의 어깨를 감싸안았다. 두렵기는 자신도 마찬가지만 아이들 앞에서는 당당하고 자신감에 넘쳐 있어야 했다.

그녀는 보따리에서 지난밤 정성스럽게 준비한 주먹밥과 물통의 물

과, 몰래몰래 비축했던 말린 쇠고기를 꺼내 아이들에게 먹였고, 운전
기사에게는 밥과 중국제 담배와 비상약 몇 가지를 선물로 주었다.

　트럭에는 회천으로 가는 곡식이 실려져 있고, 이 운반을 지도라는
명목으로 김정애가 인솔하는 것이다. 기사는 보초병 대신 아이들이
탈 때부터 의심하기 시작했지만 이미 50달러의 현찰과 이런 선물을
받아 더 이상 생각하지 않기로 했다.

　그동안 몇 군데의 검문이 있었지만 별 문제는 없었고, 검문을 받을
때마다 돈과 쌀을 뇌물로 주어, 아이들 동승을 무마시켰다. 연두홈
급서의 발표가 있던 날부터 그녀는 치밀하게 준비했고, 중국의 한 정
치 간부를 통하여 중국으로 도망칠 결심을 굳혔었다.

　하지만 지금 그녀의 발을 동동 구르게 만드는 것은 남편 이동호의
생사 여부다. 그녀는 남편이 절대 쉽게 죽을 사람이 아니란 것을 잘
알고 있지만, 그가 실종된 도시는 혹한의 러시아, 극동의 하바로프스
크다. 틀림없이 평양에서 추적대를 보냈을 것이며 러시아에서도 혈
안이 되어 찾고 있을 것이다.

　'체포당하지 마세요. 어떻게든 살아남으세요. 전, 서울로 갑니다.
만약 서울까지 못 오시면 다시 러시아로 당신을 찾아 떠날 겁니다.
아이들은 제가 최대한 안전하게 데리고 갈 겁니다. 다시 모여서 살자
구요. 우리 손으로 통일 한 번 해 봅시다.'

　김일성에 이어 김정일까지도 숭배의 대상이 되어가는 데 대해 그
녀는 울분을 참지 못했다. 마르크스나 레닌은 자신의 숭배를 철저히
반대했는데 김일성 부자는 반대로 철저한 숭배를 강요하였다. 그들
은 '숭배'를 위해 인민들을 사상이라는 철책으로 가두어두고, 외부

와의 교류를 차단하여 지도자만의 국가를 만들어 버렸다.

인민의 창조능력이나 비판은 철저히 봉쇄하고 허위 선전과 기만에 총력을 기울인 결과, 소정의 목적은 달성했지만 그 대신 나라꼴은 '세계의 미아', '세계의 거지'가 되어버렸다.

'나라를 온통 거지로 만들었어. 그놈의 첨단무기 사들일 돈으로 쌀이나 사놓았어야지. 군비에 그렇게 투자하고, 생산은 못하고, 그러니 온 인민이 굶어 죽고 도망치지. 체제 유지하겠다고 나라를 이렇게 만들어?

개자식들 쇠자식들 마음속으로 신나게 욕을 해대니 그래도 좀 후련했다. 긴장했던 아이들은 어느새 머리를 떨군 채 깊은 잠에 빠져들었고 운전기사는 말 한마디 없이 조심스럽게 운전을 하고 있었다.

눈이 내려 미끄러운 데다, 도로는 열악하기 짝이 없는데 파여지고 무너진 도로들을 제대로 보수하지 못해 요철이 너무나 심했다. 게다가 자동차는 성능이 떨어져 털털거렸고, 검문소마다 멈춰서고 뇌물을 먹이느라 필요 이상의 시간을 지체할 수밖에 없었다. 더구나 겨울해는 짧기 이를 데 없어 오후 4시가 되었는데 벌써 날은 어둠을 재촉하고 있었다.

순천, 개천을 지나 구장에 이르자 날은 완전히 어두워졌고, 기사는 오늘밤 여기서 하룻밤 휴식을 취할 작정이었다.

"회천까지는 못 갑니다. 길이 워낙 험악해서요. 또 얼음길 달리느라 저도 많이 지쳤습니다."

어쩔 수 없는 일이다. 무리하게 강행군하다 사고라도 난다면 그건 더 낭패스러운 일이다. 김정애는 조급한 마음을 누르며 하루 숙박을 허락했다.

곡식을 실은 트럭을 보위부 구장지소에 보관시킨 후 당 간부의 집을 찾아가 하룻밤을 보냈다.

내일 회천에 도착하면 거기서 잠적하여 강계까지 도망친다. 강계에 가면 중국에서 온 한인족 보따리 장수와 접선하여 만포로 달려가 압록강을 건너게 되어 있었다.

가장 위험한 지구는 만포였다. 강을 건너면 중국 땅이 나와 별 걱정 없으나 만포는 무장 경비병들이 강을 철통같이 지키고 있었기 때문이다. 강물이 얼어붙으면 걸어서 가야 하고, 얼지 않았다면 저쪽에서 보내주는 작은 목선을 타고 넘어야 한다. 강물이 얼었거나, 두 시간 이상 지체되면 목선은 떠난다고 했다. 이 목숨을 건 탈출을 어린 두 아이들과 함께한다는 것은 사실 자살행위나 다름없는 일이었다.

평양 고위층 손님을 맞는 당 간부는 정성을 다해 접대했다. 하얀 쌀밥이 나오고, 무국에 귀한 쇠고기 몇 점이 떠다녔다. 좁지만 군불을 땐 사랑채 방은 따뜻해서 언 몸을 녹여주었다.

김정애는 아이들을 재우고 불을 끄고 잠을 청했지만 도무지 잠을 이룰 수 없었다. 남편의 안위 걱정과 회천에서 탈출하여 강계, 만포를 거쳐 압록강을 건널 일이 꿈만 같았다.

'과연 살아서 건너갈 수 있을까? 이 장군은 남조선에 무사히 도착했을까?

이런저런 생각에 잠기다가 깜빡 잠이 들었고 그녀는 심한 악몽에 시달리다가 어디선가 어렴풋 들려오는 신음 소리에 잠에서 깨어났다.

눈을 뜨고도 잠시 정신을 차릴 수가 없었다. 이곳이 평양인지 구장인지도 알지 못했다. 자신이 왜 여기 누워 있는지조차 분명히 알지 못했다. 신음 소리가 조금 더 크게 들린 후에야 그는 비로소 기겁을 하며 일어났다. 딸 선영이의 신음 소리였다.

성냥을 찾아 초에 불을 당겼다. 선영이는 울지도 못한 채 힘없는 신음을 토하고 있는데 머리가 불덩이처럼 뜨거웠다. 놀라움과 장거리여행의 피로가 겹쳐 몸살이 난 것이다. 김정애는 깜짝 놀라 보따리에서 아스피린을 꺼내 먹이고 수건을 얼음으로 둘둘 말아 머리에 얹었지만, 고열이 오르내리며 진통을 계속했다.

'안 돼, 안 돼. 선영아, 여기서 쓰러지면 안 돼. 아직 출발도 못했어. 이겨라. 며칠만 참고 견뎌라. 어떻게든 살아서 아버지를 만나 봐야지.'

김정애는 울지 않았다. 이를 악물며 선영이를 보살폈고 놀라 깨어난 아들 선규는 어쩔 줄 몰라 수건을 들고 밖을 드나들며 얼음수건을 만들어 왔다.

새벽 3시부터 시작한 고열은 아침 7시에서야 겨우 진전 기미를 보였지만 선영이는 체력에 한계를 느끼는지 입에서 단내를 내뿜으며 깊은 잠에 떨어졌다.

김정애는 놀라고 다급한 마음으로 운전기사를 재촉하여 회천을 향해 다시 출발했다. 구장에서 회천까지의 거리는 서울에서 가평까지의 길밖에 안 되지만 묘향산 자락으로 도로가 뚫려 길이 꾸불꾸불하고 고개가 많아 험준하기로 소문이 나 있었다.

운전기사도 여간 조심하는 눈치가 아니었다. 다행히 이곳엔 눈이 내리지 않아 미끄럽지는 않았지만 트럭이 오르내리기에는 힘이 너무나 부족했다. 그녀는 저 멀리 장엄하게 서 있는 묘향산을 바라보았다. 거기 연두흠 선생이 묻혀 있다.

"개자식들……."

그는 묘향산 허공을 향해 욕지거리를 퍼부었고, 기사는 여전히 입을 다물고 운전에만 열중하고 있었다. 칼바람은 무섭게 울어대고 트럭은 숨이 차는지 허덕이며 가쁜 엔진음을 뿌려댔다.

김정애는 늘어진 딸아이를 잔뜩 끌어안고 묘향산 설봉을 향해 딸을 지켜 달라고 기원했다.

선영이의 열이 다시 오르는지 엷은 신음을 흘렸다. 그녀는 벌써 버쩍 말라버린 아이의 입술에 물을 적셔주었고 몇 알 남지 않은 아스피린을 가루로 부수어 입에 밀어넣었다.

'불쌍한 계집애. 왜 이런 척박한 땅에서 태어났니.'

늘어져 신음을 흘리면 그녀는 애타는 심정으로 기원했고, 나라를 이렇게 만든 위정자들을 향해 욕을 했다.

'겨우 오십 년 만에 나라를 이 꼴로 만들다니. 자신들의 정권을 유지하겠다고. 미쳤어. 미쳐버린 게 틀림없어. 같은 공산주의를 했는데도 중국은 저렇게 잘 사는데…… 이놈의 나라는 어째 이 모양 이 꼴인 게야.'

선규는 입을 앙다물고 창밖만 바라보고 있었다. 아이는 대상도 없는 허공을 향해 저주를 퍼붓고 있었다.

'복수할 거야. 내가 어른이 되면 꼭 복수할 거야…… 도대체 아버지는 죽은 거야 살아 계신 거야. 아버지, 죽기만 해 봐라. 아버지 죽게 한 놈들 전부 쓸어버릴 테니까.'

선규는 제대로 영글지도 않은 주먹뼈를 굳게 움켜잡았다.

트럭은 험준한 준령을 넘어 4시간이나 지난 뒤에야 회천에 도착했다. 회천은 지난해 가을 수확 초과달성 공로상을 받았고, 그 상금으로 쌀과 밀가루를 하사받게 되었는데, 그 상품이 이제 전달되는 것이다.

마을은 아침부터 축제분위기였다.

'위대한 지도자 김정일 위원장 만세' 라는 현수막이 걸려 있고, 수많은 사람들이 광장에 모여 있었다. 김정애는 먼저 아이를 병원으로 후송시키고 행사장에 참석하여 곡식을 전달하고 축사를 해 주었다.

트럭은 먼저 평양으로 돌려보냈다.

김정애는 행사에 참석하면서도 비애를 느끼지 않을 수 없었다.

'누더기 같은 옷, 쌀밥 한 번 제대로 먹을 수 없는 농민들, 이 작은 하사품에 기뻐 어쩔 줄 모르는 사람들. 해방 50년 만에 누더기가 된 나라에서 밖의 세상물정을 모르는 이 순박한 사람들, 그래도 김일성, 김정일을 하늘같이 아는 이들을 누가 책임져 줄 것인가. 어쩌다 이 지경까지 왔는가……'

회천 사람들은 참으로 오랜만에 돼지를 잡고, 쌀밥을 짓고 술을 따르며 공회당에서 하루를 행복하게 보냈다.

다음날, 그녀와 그녀가 데려온 아이들을 본 사람들은 아무도 없었다. 그들은 평양에서 온 높은 여성동무가 평양으로 조용히 떠났을 것이라고 믿었다.

김정애는 회천에서 당 간부용 소형 승용차 한 대를 빌렸다. 그 대가로 100달러를 주었는데, 이 거금을 사용한 이유는 시간절약도 있었지만 딸 선영이 때문이었다. 병원엘 보냈다고는 하지만 만만한 약이 있을 리도 없고 주사약은 더욱 귀했다. 게다가 기침까지 시작하여 부득 거액을 투자하여 차를 빌린 것이다.

평양으로 돌아가야 할 김정애는 강계를 향해 달렸고, 덤으로 돈을 받은 기사는 평양에서의 트럭 운전기사처럼 묵묵히 운전에만 열중했다.

김정애는 압록강이 가까워지면 가까워질수록 탈출이라는 중압감을 견디지 못하고 있었다. 선영이가 건강을 잃지 않았어도 이렇게 조바심 내지는 않았을 것이다.

열은 다소 내렸지만 목에 이물질이 걸리기라도 한 듯, 쉴 새 없이 기침을 해댔다. 큰 병원에서 정밀진찰을 받았다면 '급성폐렴입니다. 하루 속히 입원하여야겠습니다.' 라는 충고를 들었을 것이다.

강계읍에서 다시 정기적으로 운행하는 트럭을 갈아타고 마침내 최후 목적지인 만포에 도착했다. 만포는 압록강 강변에 있으며, 강을 건너면 중국 지안이 나오는데, 이곳이 고구려 중흥의 상징 광개토대왕비廣開土大王碑가 서 있는 곳이다.

만포에서 시골로 20리 길을 걸어가면 약 200여 호가 모여 사는 작은 마을이 나온다. 여우가 많이 출몰하여 여우골이라고도 부른다. 만포라는 읍이 발전하게 된 원인도 여우골이 그 시발점이 되었다.

지금은 외진 마을이 되었고, 도시의 정치적 영향을 덜 받는 시골로 사냥, 벌목, 극소 면적의 밭농사로 생계를 이어간다. 마을 책임자로부터 질 좋은 여우가죽을 구입한 것이 인연이 되었고, 이 인연을 구실로 은신처를 마련했었다.

김정애는 만포에서 남자 한 명을 구해 짐보따리를 지게에 지고 가도록 했다. 그녀 자신은 선영이를 둘러업고 여우골 은신처를 향해 발걸음을 움직이기 시작했다.

선규가 몸을 잔뜩 웅크리며 종종걸음을 걷자 김정애가 호통을 쳤다.

"어깨 펴. 웅크린다고 덜 추우면 얼마나 덜 춥겠어. 싸워, 바람과 맞붙어 싸워서 이겨. 사내란 마음도 몸도 웅크리는 게 아냐."

"알았어요, 엄마."

선규가 이를 악물더니 어깨를 펴고 성큼성큼 걷기 시작했다.

'강해야지. 암, 강해야 하고 말고. 이제 시작이다. 앞으로 어떤 극한 상황이 오더라도 움츠러들지 않도록 정신무장을 단단히 해야 한다.'

날씨가 풀렸다고는 하지만 압록강의 겨울은 영하 20도를 오르내린다. 어깨를 펴고 팔을 죽어라 하고 휘저어야 추위를 이긴다. 볼을 찢을 것만 같은 추위지만 인류는 이보다 더 혹독한 추위와 더 열악한 환경 속에서도 싸워 이기며 오늘까지 버텨왔다.

평안도 출신의 김정애는 이 무시무시한 추위에 조금도 주눅들지 않고 맞서 싸우며 걸었다. 등에 업힌 선영이는 잠이 들었는지 이따금 몸을 한 번씩 뒤척일 뿐, 조용히 업혀 있다. 그러다가 가끔 기침을 시작하면 한 4~5분간은 숨이 끊어지게 기침을 토해내고 있었다. 짐을 진 지게꾼도 칼바람에 신음하면서도 10달러라는 돈에 목숨을 건 듯 열심히 걸었다.

멀리서 이 모습을 보면 한 폭의 동양화를 연상시킬 만큼 아름다워 보이지만 길을 걷는 이들은 사실 목숨을 건 투쟁이고 고통이다. 눈 덮인 평양의 축소판이라면 딱 어울릴 것이다. 눈은 내리지 않았지만 쌓인 눈이 녹지 않아 들판은 하얗게 채색되어 있었다.

김정애는 앞장서서 성큼성큼 걷는 아들을 대견한 얼굴로 바라보았다.

'그래. 꼭 제 애비 닮았어. 선규야, 절대 포기해서는 안 된다. 가슴 쭉 펴고 걸어라. 강을 건너면 거기 우리의 희망이 기다리고 있다. 목숨을 걸고 남조선으로 가면 틀림없이 네 아빠가 기다리고 있을 것이다. 네 아빠는 이보다 더 큰 고통을 당했을 것이다. 참자, 아빠를 위해서라도 참자. 우리가 이렇게 탈출하여 다시 만날 수 있다면 얼마나 놀라고 반가워하겠니. 선규야, 이겨라. 이 정도 추위에 사람이 죽지는 않는다.'

말이 20리 길이지 늘어진 아이를 업고 걷는 이 맹추위 속의 길은 천리 길 만큼이나 힘들고 멀었다. 만일, 돈이 없었다면 짐보따리는 포기했을 것이다. 돈은 그렇게 중요했다. 하지만 북조선 화폐는 안 된다. 파란 미국 달러만이 절대적인 대접을 받는다. 김정애는 그동안 달러를 모으는데 총력을 기울였고 지금 그 혜택을 단단히 보고 있다.

회천과 강계에서의 영양보충도 큰 힘이 되어주었다. 짐 속에는 아주 귀중한 두 가지가 있었다. 하나는 삶은 돼지고기와 약간의 소금과 평양에서 준비한 말린 쇠고기며, 또 하나는 만일의 사태를 대비한 한 자루 권총과 10발의 탄환이었다. 최악의 경우 아이들과 함께 깨끗이 자결하여 남편 이름에 먹칠하지 않겠다는 의도였다.

씩씩하게 걷던 선규도, 지게꾼도, 김정애도 다리 힘이 풀려 질질 끌려가고 있었다. 씽— 칼바람이 또 얼굴을 찢었고, 발은 이미 감각을 잃은 지 오래되었다. 이제는 정신까지 가물가물해지는 느낌이다. 그때마다 이를 악물고 입술을 물었다.

'살아야 한다. 이 길은 결코 죽을 만큼 먼 길이 아니다. 조금만 더 걷자. 그러면 우리는 살아남는다.'

하지만 체력에는 한계가 있는 법이다. 한 손으로 선영이 엉덩이를 받쳐주고 한 손으로 선규 팔을 잡아끌며 한 발짝 걷지만 그녀의 다리는 쇠뭉치보다 무거워 보였다.

그래도 지게꾼은 이런 강추위에 익숙한 듯 머리를 숙인 채 묵묵히 걷고 있었다.

"저기다, 저기. 선규야 다 왔다."

김정애가 쓰러지듯 비틀거리는 선규의 손을 잡아 흔들었다. 저쪽 멀리 산등성이 아래 마치 조개껍질처럼 땅바닥에 잔뜩 달라붙은 집들이 보였던 것이다. 그래서 비명 같은 고함을 질러댔고, 쓰러지려던 선규도 버쩍 정신을 차리는지 머리를 들어올렸다.

"됐다. 이제 살았다!'

그녀의 입가에 처음으로 웃음이 떠올랐지만 눈에는 가득 눈물이 고이고 있었다. 그 후의 일을 그녀는 분명히 기억하지 못하고 있었다. 그녀가 눈을 떴을 때는 이미 이틀이나 지난 뒤였다. 눈을 뜨자 마자 선영이부터 찾았다.

"선영이는…… 선영이는…….'

근심스러운 얼굴로 지켜보는 사람들이 보였다. 마을 지도원으로 거래를 튼 그 낯익은 얼굴이다.

"동무 어찌 되었습니까. 우리 선영이는…….'

"걱정하지 마세요. 잠들어 있으니까요.'

"중국에서 올 사람들은…….'

"천만 다행으로 출발 날짜를 사흘 뒤로 미뤘습니다. 그쪽에 사정이 좀 생겨서요."

"선규는……."

"동상 증세가 있어 손을 좀 보고 있습니다. 괜찮을 겁니다. 저쪽에 마련한 집으로 옮기세요. 군불도 뜨뜻하게 짚혀놓았고 청소도 해 놓았으니 한 이, 삼 일 지내시기는 좋을 겁니다."

그녀는 죽을힘을 다해 일어나 잠든 선규와 선영이를 들여다보았다. 선규는 평온해 보였으나 선영이는 몸을 뒤척이며 괴로워하는데, 간간이 참을 수 없는 기침을 하고 있었다. 선영이를 보던 그녀가 질겁을 하며 소리쳤다.

"지도원 동무, 애 옷자락에 이 피는 뭐죠? 왜 피가 묻었어요?"

"저…… 그게…… 아마 급성폐렴인 듯싶습니다. 기침 끝에 피를 토합니다."

"폐렴? 급성폐렴, 선영이가…… 안 돼, 안 돼!"

다시 비명을 지르며 잠든 선영이에게 뛰어드는 김정애를 지도원이 뜯어 말렸다.

"깨우지 마세요. 며칠 시간이 있으니 영양도 보충시키고 휴식시키면 회복될지도 모릅니다."

"영양보충…… 전…… 겨우……."

"걱정하지 마세요. 만포에서 개를 한 마리 잡아다 얼음구덩이에 묻어두었습니다. 그걸 좀 먹여야겠습니다."

"어쩌죠, 고마워서……."

"그런 말씀하지 마세요. 저희들이 진 신세가 얼마인데요…… 자,

건너가시죠. 아이들은 제가 업어 옮겨놓겠습니다."

"이쪽 경비는 어떤가요."

"이상하게 옛날 같지가 않아요. 훨씬 허술해졌어요."

경비가 허술해진 것은 사실이다. 지난해 빈 라덴이 뉴욕 한복판에서 뉴욕의 상징인 '무역센터'를 두 대의 납치 여객기로 날려버렸고, 미국은 '아프가니스탄', '이라크'와 함께 '북한과 김정일'을 '악의 축'으로 공식 지명했다. 그로 인해 북한은 전 병력을 전방 휴전선에 접근시켜 비상태세로 돌입했기 때문이다.

대화는 여기서 잠깐 끊기고 두 사람은 짐과 아이들을 은신처로 옮겨놓았다. 선영이의 객혈이 한 번 더 있었고, 냉동시킨 개고기를 꺼내 푹 삶아 먹였다. 선규는 생각보다 훨씬 빨리 회복되어 아버지의 핏줄임을 다시 한 번 입증했다.

마을 몇몇 믿을만한 사람들이 모여들어 평양 얘기와 이곳 평안북도, 가까이 함경도에서 들려오는 등골 서늘한 얘기들을 주고받았다. 이곳 사람들은 한마디로 거지 행세였다. 옷이며 음식이며, 이것은 도저히 사람의 생활이라고 볼 수 없었다. 하지만 그들은 그래도 이곳은 괜찮은 편이라고 했다.

"요즘은 그래도 사정이 조금 나아지고 있는 셈입니다. 이웃 함북에서는 굶어 죽는 사람 숫자가 말로 표현할 수 없답니다. 사람을 잡아먹었다는 소문까지 퍼지고 있습니다."

"사람을?"

"예, 풀뿌리로 연명하는 데는 한계가 있지요. 어린아이들은 영양실조로 죽고 노인들은 약 한 봉 구할 수 없어 앓다 죽고, 젊은것들은 먹을 것을 찾는다고 강을 건너고…… 그러다가 총에 죽고…… 난장판입니다, 난장판. 지옥이 따로 없어요. 우리는 그래도 이럭저럭 그 꼴은 당하지 않고 삽니다만……."

믿기 어려운 일이다. 하긴 평양이 그 모양이니 시골 변두리야 오죽하겠는가. 사람이 수십만 명씩 굶어 죽는다던 소문이 평양에 은밀히 번지기는 했지만 그 정도로 심각한 상태란 것은 알지 못했다.

'실제 굶어 죽는 숫자는 함경북도가 가장 높은 수치를 나타내고 있었다. 1995~1997년까지의 3년간, 대 기근으로 발생한 아사자(굶어 죽는 자)의 숫자를 26만 명으로 추산하고 있으며 이는 전체 인구의(함북의) 13%나 된다.'

"특히 노인들은 아무도 돌보아 줄 사람이 없어 피해가 더 컸었습니다. 노인들이 죽어도 관(棺)을 짤 나무가 없어 그냥 버리거나, 태워버리는 게 고작이니까요."

그들은 기어이 김정일에 대해 직설적인 표현을 쓰며 비난하기 시작했다.

"시골이라도 다 압니다. 촌놈들도 다 알죠. 우리는 굶어 죽는데 김일성 묘는 황궁을 지을만큼 엄청나게 지었다면서요? 평양 사람만 사람인가요? 참…… 김정애 동지는 빼놓고요…… 전국적으로 수백만이 죽었답니다. 그런데 읍내(만포) 소문으로는 우리가 미국에 유도탄을 쏘았다지요? 인민들이 그 뉴스 듣고 전부 치를 떨었습니다. 그거 만들 돈하고, 김일성 장례 치를 돈이면 인민들 다 먹여 살릴 겁니다."

김정애는 차마 고개를 들지 못했다. 그래도 평양 집에는 냉장고도, TV도, 충분한 식량도 있다. 그런데도 김정일의 독선적 독재정치에만 비난을 퍼부었다. 이 굶어 죽는 인민들을 위해 한 것이라고는 고작 이 여우골에 쌀 몇 가마, 고기, 옷가지 조금 보내준 것이 고작이었다.

"평양은 인민공화국이 아닙니다. 김정애 동지, 거긴 천국이고 여긴 지옥입니다. 그런데 세상 사람들은 평양만 보고, 다들 웬만큼 사는 줄 알 거 아닙니까."

"그래요…… 휴…… 그렇습니다. 평양과 조선은 다른 나라입니다."

이때 조용히 문이 열리며 20대 초반 정도로 보이는 눈이 초롱초롱한 젊은이가 들어왔다. 김정애가 놀라 그를 바라보았고, 지도위원은 그를 친절히 맞아주었다.

"괜찮습니다. 제가 인사시켜 드리지요. 박 군, 이쪽 여성동지는 평양직할시 인민위원회 여성부장 출신이시고요, 이 젊은이는 함흥에서 대학을 다니다가 중국으로 탈출하려고 이곳까지 흘러온 청년동지입니다."

"용케도 숨겨주셨네요."

"네…… 사실 제 아들도 함께 딸려 보낼 작정입니다. 위험하기는 해도 이런 추위가 도망치기엔 제일 좋은 때거든요."

"네, 그랬군요."

경계심이 풀어지자 대화는 계속되었다. 특히 젊은이는 입에 게거품을 물고 김정일을 비난했다. 아마, 그가 태어난 이래 가장 시원하게 비난하는 자리가 아닐까 생각될 정도였다.

"김정일은 죽여야 합니다. 아니 죽어야 합니다. 저는 이 진저리나는 땅이 싫어서 도망칠 작정을 했습니다. 이렇게 수많은 인민들이 굶어 떼죽음을 당하는 데도 아무 대책도 없이 자기 권력만 즐기고 있으니 말입니다. 여기가 어딥니까. 공산주의 국가입니다. 모두 평등하게 살 권리가 있는 나라입니다. 그런데 어디 그렇습니까. 인민은 굶어 죽는데 아무 대책도 세우지 않습니다. 모든 재산의 권한은 당과 수령에게 있고, 굶어 죽는 것은 죽는 자의 책임이고, 이런 법이 어디 있습니까. 자신 없으면 외국으로 튀던가 자살이라도 해야죠…… 난, 갑니다. 남조선으로 갑니다. 밥 세 끼는 먹고 살 수 있지 않겠습니까. 여긴 공산주의 나라도 사회주의 국가도 아닙니다. 스탈린처럼 김일성, 김정일 두 사람 나라예요. 황제皇帝라구요, 황제!'

김정애는 비통한 마음으로 듣고만 있었다. 이들이 굶어 죽고, 풀뿌리 캐 먹고, 약이 없어 병들어 죽어도 치울 관 하나 만들지 못할 때, 그래도 자신은 따뜻한 아파트에서 호의호식하며 살아오지 않았던가.

김정일 정권이 싫어 남편은 러시아에서 도망치고 자신은 압록강까지 죽을힘을 다해 도망친 것일 뿐, 달리 내세울만한 변명거리가 없었다.

그녀는 생각에 잠기고 있었다.

'남조선 사람들이 이런 말을 들으면 정말 믿을 수 있겠는가. 그들은 이런 참상을 상상도 하지 못할 것이다.'

김정애가 보따리에서 약간의 먹거리를 꺼내 이들에게 대접했고, 지도원은 몰래 숨겨두었던 뱀술을 꺼내 술잔을 돌렸다. 그렇게 비난의 욕설을 퍼부으면서도 이들의 가슴 한쪽에는 곧 감행할 탈북에의 불안으로 가득 차 있었다.

밤은 깊어지고, 압록강의 물은 두꺼운 얼음 밑에서 하염없이 흐르고 있었다. 그 얼음 위로 달빛이 차갑게 빛나며 이들을 기다리고 있었다.

이틀이 지나고 사흘이 되던 새벽, 선영이는 몇 번이나 피를 토하고 죽은 듯 잠에 빠져든 시간, 겨우겨우 다시 잠자리에 든 김정애는 놀라, 자리에서 벌떡 일어났다.

"접니다, 저. 문 여세요."

지도원의 목소리다. 그의 목소리는 숨죽이는 소리지만 힘이 잔뜩 들어 있었다.

"네, 잠깐만요."

그녀는 서둘러 파카를 뒤집어쓰고 한걸음에 달려가 문을 열었다. 중국에서 길을 안내할 사람이 왔다고 했다. 젊은 그 청년과, 지도원 아들, 그리고 김정애 세 식구. 모두 다섯 명이다. 지도원 뒤에는 낯선 사람이 보였는데, 그가 탈북을 도와줄 조선족 남자라고 했다. 김정애가 1천 달러로 매수한 바로 그 사람이지만, 이 일은 모두 지도원이 나서서 해결한 일이다. 김정애로서는 처음 보는 얼굴이다.

두 남자는 등에 배낭 하나씩을 메고 있었다. 음식과 탈출에 필요한 옷가지들이 있을 것이다. 지도원이 커다란 배낭 하나를 던져주었다.

"최소한으로 줄여서 넣으세요."

"전 배낭, 메지 못합니다. 우리 선영이를 업어야 하거든요."

지도원이 난처한 표정을 지었다.

"안 됩니다. 아가씨는 데려가지 못합니다. 압록강을 건너기 전에 죽어버릴 겁니다. 차라리 여기 맡겨두고 가세요. 제가 보살피겠습니다."

"뭐라구요? 그건 안 됩니다. 죽어도 같이 죽어야죠."

지도원 목소리가 좀 더 단호해졌다.

"기침 소리에 초병이 잠을 깨면 강을 건너기 전에 사살당합니다. 그렇게 되면 모두 개죽음하는 거죠…… 압니다, 부장동지 심정 충분히 압니다. 하지만 선영이를 데려가면 여기 이 사람들 다 죽습니다. 보초가 허술해졌다고는 하지만 걸리면 끝장입니다. 그리고 이 아이도 건강상 강을 건너지 못합니다. 시간 끌지 마세요. 강을 건너면 자동차가 기다렸다가 안전한 장소에서 내려줄 겁니다. 약속이 돼 있어서 시간을 지체하지 못합니다."

하지만 지도원의 간곡한 만류에도 불구하고 그녀는 선영이를 들쳐업고, 그 위로 담요를 덮어씌웠다.

"가다가 죽으면 묻어버리죠. 여기 두어도 살아남지 못합니다. 이 지겨운 땅이나 벗어나게 해 주렵니다."

그는 식량과 돈과 권총이 든 보따리를 집어들었다. 보다 못한 '박'이라는 청년이 짐을 받아들었다.

"이건 제가 들겠습니다."

그리고 앞서서 걷기 시작했다. 어느 정도 기운을 차린 선규는 다시 주먹을 쥐며 걷기 시작했고, 김정애는 아무 표정도 없는 석고 같은 얼굴로 발걸음을 떼기 시작했다.

아들을 딸려 보내는 지도원은 기어이 눈물을 흘리고 말았다.

"이제 겨우 열여섯 살인데…… 저것이 그 험한 땅에서 어떻게 살아남아 남조선까지 갈 수 있겠는가…… 으흐흐……."

지도원의 아들도 뒤 한 번 돌아보지 않고 이들 뒤를 따르기 시작했다. 김정애는 이를 악물었다. 연두흠의 서거 발표가 있자 마자 탈출을 계획하고 여우골 지도원에게 연락을 취하지 않았다면 아마 탈출은 훨씬 더 늦어지게 되었을 것이고, 그때는 이미 감시망이 자신을 향해 좁혀와 실패하고 말았을 것이다.

'어머님은…… 아참, 어머님은?'

증오로 가득했던 조선 땅을 마지막 밟는다고 생각하니 그때서야 집에 홀로 남았을 노모가 기억에 떠올랐다.

'아, 어머님. 용서하세요. 저 혼자 세 식구 데리고 탈출하기에는 너무나 힘겨운 일이었어요.'

강직한 성격의 어머님이 그냥 앉아 있지는 않을 것이다.

'틀림없이 스스로 목숨을 끊으셨을 거야. 살아 계신다면 추후 어떻게든 모시러 올 것이고…… 통일? 그건 그렇게 쉽게 오지 않아.'

선영이는 다시 잠이 들었는지 기침도 하지 않았다.

멀리 어둠 속으로 사라지는 일행을 지켜보던 지도원은 옆의 얼어붙은 나무 기둥에 머리를 찧으며 짐승 같은 울음을 울어대기 시작했다.

"으흐흐흐…… 으흐흐흐……."

그의 아내가 병들어 죽은 지 채 일 년도 안 되어 아들을 중국으로 떠나보내는 것이다. 그 울음소리가 밤하늘을 찌렁찌렁 울리고 있었다.

"직선으로 가면 삼십여 분밖에 걸리지 않지만 그렇게 가면 경비병에게 발각될 우려가 많습니다. 한 시간 삼십 분 정도 돌아서 가야 하니 그렇게들 아십시오. 날이 밝기 전에 강을 건너야 합니다. 다행히 압록강이 꽝꽝 얼어붙어 건너기에는 편할 겁니다."

안내원은 친절하고 또 침착했다.

"금년엔 첫 번째 일이지만 작년엔 열 번 이런 짓을 했습니다. 일반인들은 알아서 넘어가지만 높으신 분들은 안내원이 필요하죠……강만 넘어가면 일단은 성공입니다."

압록강을 건넌다고 해도 자유가 보장되는 것은 아니다. 아니, 오히려 위험은 그때부터 시작된다. 중국 공안원과의 숨바꼭질이 시작되며 이 싸움에서 패배하면 다시 쫓겨 돌아오게 된다. 이런 최악의 상황은 애초부터 떠나지 않음만도 못한 일을 겪는다. 잘못하면 총살이거나, 잘된다 하더라도 지옥 같은 생활이 다시 되풀이되는 것이다.

하지만 아무리 두렵다 하더라도 이들에게는 희망이 있다. 그 희망에의 열정이 이들 발걸음을 가볍게 만들고 있다. 그것은 '자유의 나라'를 향한 집념이었다.

만포 일대의 지형은 사납기로 정평이 나 있었다. 철길이 있지만 열차는 멈춘 지 오래되었고, 지역이 사나워 왕래하는 사람도 그리 많지 않았다. 제대로 뚫린 길이 아니라 주민들이 사냥이나 벌목을 위해 만든 소로길이라 험하기 짝이 없었다. 이런 길을 밤에 걷는다는 것 또한 고통스러운 일이었다. 안내원마저 없었다면 일찍 포기하고 돌아섰을 것이다.

발이 다시 부르트고 바람도 없는 찬공기는 볼을 얼어붙게 만들었다. 아무도 입을 여는 사람이 없었다. 턱이 떨어지지 않았기 때문이다. 돌자갈 밟는 발자국 소리만이 어둠 속에 흩어지고 있었다. 다행히 선영이는 기침 한 번 하지 않았고, 마음이 놓인 김정애의 발걸음은 조금 더 빨라지고 있었다. 이런 힘든 걸음을 한 번 경험한 일이 있는 선규는 어깨를 힘껏 편 채 힘있는 걸음으로 걸었다.

달빛이 스산하게 비쳤고, 추위에 얼어붙었는지 짐승 우는 소리도 들리지 않았다. 그렇게 얼마나 걸었을까. 앞서 가던 발걸음이 우뚝 멈추어 섰다. 그리고 낮은 목소리로 말했다.

"다 왔습니다. 이제부터가 힘든 길입니다."

마침내 압록강에 이른 것이다. 달빛에 비친 얼음이 더욱 싸늘하게 보였다. 안내원은 그 말 한마디를 하고 꽝꽝 얼어붙은 압록강 얼음 위로 올라섰다. 그리고 어서 따라오라며 팔을 휘둘렀다. 그가 먼저 선규를 번쩍 안아 얼음 위에 올려놓았다.

"애야 미끄럽다. 아까는 가끔 업어주기도 했지만 여기서는 네 힘으로 걸어야 한다. 아저씨 옷자락에 매달려도 좋고 네가 균형을 잘 잡아 넘어지지 않게 걸어도 좋다."

그렇게 말하던 그가 뭔가가 생각난 듯 다시 땅으로 올라갔다. 그리고 잎이 다 떨어져 앙상한 나뭇가지 하나를 꺾어들었다.

솜씨 좋게 꺾은 나무의 끝은 송곳처럼 날카로웠다.

"아주머니, 이걸 지팡이 삼아 걸으세요. 산길보다 얼음길이 걷기가 더 힘드니까요. 장딴지에 여간 힘이 들어가는 게 아니거든요."

선영이를 업어 균형잡기가 여간 어렵지 않았다. 김정애는 나뭇가지에 몸을 의지한 채 얼어붙은 압록강에 첫 발을 내딛었다. 그의 입에서 탄성 같은 소리가 튀어나왔다.

"여보, 이제 해냈어. 당신 곁으로 갈 수 있어."

서울에 있어도 좋고, 러시아에 있어도 좋다. 어디든 찾아갈 것이다. 지옥 끝이라도 찾아내고 말 것이다. 남편은 죽지 않았을 테니까.

안내원의 충고처럼 얼음 위를 걷는 것은 산길보다도 훨씬 힘들었다. 여기서 넘어져 엉덩뼈라도 부러지면 목숨까지 잃을 수도 있다. 앞으로는 강을 건너는 순간부터 숨어살아야 한다.

그래도 이들은 행복한 것이다. 연변 자치족들이 있는 곳에 당분간 숨어살며 겨울을 보낼 곳을 마련했으니. 만일 그렇지 못했다면 이 엄동설한에의 탈출은 꿈도 꾸지 못했을 것이다.

때로는 서로에게 의지하며 때로는 엉덩방아도 찧으며 어렵게 어렵게 강을 건너 숲속까지 이르렀다. 중국 땅에 다시 첫 발을 내딛는 김정애는 감격에 북받쳤다. 중국이다. 이제는 중국이다. 연변에서 휴식을 취한 뒤 북경으로 건너가 망명할 것이다.

안내원이 자동차가 있을 거라고 했지만 아직 도착하지 않았는지 보이질 않았다.

"어떻게 된 거예요. 자동차가 없잖아요."

"뭐, 약간의 차질은 있겠지만 꼭 옵니다. 한 번도 약속을 어겨 본 일이 없으니까요…… 자, 조금만 더 걸읍시다. 저 모퉁이 넘어가서 모닥불이라도 피워야죠. 여기는 안심해도 좋습니다."

다시 200여 미터를 걸어 모퉁이를 돌자 널찍한 공간이 나왔다. 안내원이 숲으로 들어가 나뭇가지를 꺾어와 불을 붙였다.

턱턱, 턱까지 떨어대던 사람들이 모닥불을 둥그렇게 둘러쌌다. 말한마디 없던 선규도 후들대며 손을 내밀었다.

김정애는 비로소 한숨을 돌리며 등에 업은 선영이를 내려놓았다.

"아니! 애가……."

선영이의 입에 피가 잔뜩 고여 있고, 손이며 팔이며 힘없이 늘어진 것이다. 깜짝 놀라 언 볼을 두드리며 이름을 불러댔다.

"선영아! 선영아!"

하지만 고개가 옆으로 꺾이자 입에 괸 피가 주르르 흘러내렸다.

"선영아. 얘, 선영아. 정신차려!"

온몸에 소름이 돋고 피가 거꾸로 치솟았다. 불길한 예감이 머리를 스쳤다. 놀라 비명을 지르자 사람들이 모여들었다. 선규가 선영이 손을 잡고 흔들었다.

"선영아. 오빠야, 오빠! 일어나. 일어나서 불 쬐. 빨리."

뒤에서 팔짱을 낀 채 우두커니 바라보던 안내원이 불붙은 나무를 선영이의 얼굴에 대고 눈을 뒤집어 보았다. 그리고 손으로 심장박동을 재보았다. 불붙은 나무를 불더미에 다시 던지고 김정애를 바라보았다. 그는 말하지 않고 머리를 가로저었다.

"네! 죽었다구요? 선영이가! 안 돼요. 살려야 해요. 얘, 아직 죽지 않았어요…… 얘, 선영아. 선영아!"

그렇게 강하던 그녀가 마침내 오열을 터뜨리고 말았다. 하지만 생명을 잃은 선영이는 다시는 눈을 뜨지도, '엄마' 라고 부르지도 못했다. 그 모진 추위와 꿋꿋이 맞싸우며 여기까지 달려온 선규도 비로소 울음을 터뜨렸다. 안내원과, 청년과, 지도원의 어린 아들은 차갑게 별이 빛나는 하늘만 바라보고 있었다. 이들에게는 이미 흘릴만한 눈물이 없었다. 이보다 더 참혹한 꼴을 보는 것이 결코 이번만이 아니기 때문이었다.

단말마 같은 여인의 비명이 이어지는 동안, 저쪽에서 두 줄기 라이트 불이 비춰왔다. 약속했던 자동차가 도착한 것이다.

김정애는 선영이의 입에 묻은 피를 닦고 다시 들쳐업었지만, 이것은 안내원과 자동차 운전기사에 의해 저지되었다.

"안 됩니다."

"안 되다니요. 데려가야죠. 가서 매장이라도 해야죠. 여기다 버리고 가라는 말씀입니까?"

"하여튼 죽은 사람은 아이든, 어른이든 안 됩니다."

운전기사가 다시 시동을 걸었다. 자동차는 트럭이었지만 뒤에 포장을 씌워 찬바람은 막을 수 있었다.

"안 됩니다. 아이를 여기다 버리느니 차라리 같이 죽겠습니다."

시동을 걸던 운전기사가 다시 내려왔다. 그리고 시체를 빼앗았다.

"아줌마! 이러시면 안 됩니다."

그동안 약간의 조선족 말투를 쓰던 기사가 뚜렷한 서울 말씨로 소리쳤다. 김정애가 깜짝 놀라 사내를 바라보았다.

"당신은 그래도 그동안 잘 먹고, 잘 입고, 잘 산 것으로 압니다. 다른 수많은 탈북자들은 산속에서 굶어 죽거나 총살당해 죽기도 했습니다. 마침 불이 있으니 화장하세요. 그냥 놓고 가면 짐승 밥이 됩니다. 이해하세요. 북한에는 이런 비극이 부지기수로 일어납니다. 나, 서울에서 온 사람입니다. 고위층 여성이라고 들어서 여기까지 왔습니다. 죽은 아이를 데리고는 갈 수 없습니다. 절 이해하세요."

서울에서 왔다는 사람이 눈짓을 하자, 조선족으로 보이는 안내원이 아이를 품에서 빼앗아 들었다.

"자, 자동차로 갑시다. 여기서 끝없이 시간을 빼앗길 수는 없습니다."

탈출을 도와주는 사람이 김정애를 잡아 일으켰다. 그리고 엉엉 울어대는 선규를 한 팔에 들어올렸다.

"자, 차에 타세요. 너도 그만 울고. 잘못하면 우리 모두 죽습니다."

함께 동행했던 일행들도 천천히 차에 올랐다. 안내원이 아이를 들고 이글대는 모닥불을 향해 걸어가자 김정애는 그만 정신을 잃고 쓰러지고 말았다.

죽은 선영이를 모닥불 위에 올려놓고, 트럭에서 휘발유를 꺼내 그 위에 들이부었다. 선영이는 화염 속에서 그렇게 그리워하던 아버지도 보지 못한 채 짧은 생애를 이렇게 끝냈다. 이동호가 목숨처럼 사랑하던 딸아이가 이렇게 비참한 죽음을 맞았지만, 그는 결코 이 비통한 종말을 알지 못할 것이다.

"이렇게라도 해야 들짐승들이 뜯어먹지 못하지. 쯧쯧…… 불쌍한 것……."

온 시신이 화염에 뒤덮인 뒤에야 안내원은 몸을 돌려 차에 올랐고, 차는 털털대는 엔진음을 뿌리며 어둠 속을 향해 달리기 시작했다.

달빛에 반사되어 반짝이던 압록강이 멀어지기 시작했다.

김정애는 가까스로 정신을 차렸지만 가슴이 찢어지듯 아파왔다.

'그 어린것을…… 그 어린것을 불 속에 던지고 가다니…… 아, 아! 이 에미를 마음껏 욕해라. 마음껏! 으흐흐흐…….'

눈물이 펑펑 쏟아졌다. 머리를 무릎에 파묻고 피눈물이 흐르도록 울었다. 이제 압록강은 시야에서 완전히 사라졌고, 그녀는 뒤를 한 번 더 돌아보았다.

'선영아, 압록강아 잘 있거라. 반드시 다시 찾아올 것이다. 네 아빠와 함께…….'

트럭을 몰고 있는 운전기사는 서울의 종교단체에서 탈북자를 돕기 위해 와 있는 사람이었다. 그는 기독교계의 후원을 얻어 탈북자와 굶는 북한 주민들을 돕기 위해 중국에서 암약하고 있는 인물이었다. 그도 한때, 대학 초년병 시절에는 공산주의에 매료되었던 일이 있었다.

어린아이를 화염 속에 던져놓고 오는 그의 심정 또한 마찬가지로 비통에 잠겨 있었다. 사람이 굶어 죽을 지경이 되었다면 이 체제는 이미 붕괴된 체제라고 보아야 한다. 그는 김정일을 생각하고 있었다.

'도저히 이해가 가지 않아. 전쟁 시절도 아닌데 국민들이 굶어 죽다니. 그리고도 위대한 지도자 소리를 듣다니. 한국 같으면 옛날에 쫓겨났거나 누가 암살을 해도 했겠지. 그런데도 나라를 지배하는 것은 총구 때문이야. 나라를 책임지고 있으면 그에 상응하는 대가를 인민들에게 줘야 하는데 전혀 그렇지가 않아. 그런데다가 '남조선 점령'까지 꿈꾸고 있으니 말이야! 오죽하면 나 같은 평범한 시민들이 여기까지 와서 탈북자 구출 작업에 나서겠나. 도대체 한국 정부는 뭘 하고 있는 거야. 이러고도 통일하겠다고? 이러고도 평양에서 김정일 끌어안고 노벨 평화상 받았다고…… 그걸 자랑이라고. 아니지. DJ는 김정일과 한패야. 노벨 평화상 같이 타지 못해 안타깝다고 하지 않았나, 어떤 미친 개새끼가 그런 독재자에게 노벨상을 주겠어. 삶은 개대가리가 다 웃을 일이지. 자기 국민들 굶겨 죽이고 노벨상을 받는다면 히틀러, 무솔리니, 스탈린 다 받아야지. 안 그래?'

그는 생각하고 있었다.

'김정일은 갑자기 '평화와 민족'을 앞세워 한국 국민들을 혼란에 빠뜨리고 있다. 호탕한 웃음과 거침없는 말투로 '민족'을 말하고

'통일'을 말하지만 그는 자신의 국민들이 굶어 죽고, 국경을 넘어 도 망치는 사태에 대한 사과나 변명 한마디 없다. 금강산을 이용하여 돈을 벌지만, 그것이 굶주리는 백성에게 가지 않는다. 만일 그가 정말 국가와 민족을 걱정한다면 먼저 자국내 국민들에 대한 의무부터 실천해야 할 것이다. 김일성 묘지에 투자된 자금만도 자그마치 3억 달러가 소모되었다고 한다. 핵무기 개발에도 수억 달러를 쓴다. 그런데 인민들은 옥수수죽 한 그릇 제대로 먹지 못한다. 어찌 이것을 책임 있는 지도자라 할 수 있겠는가. 지금 김정일이 노리고 있는 통일은 자신의 체제로 남·북한을 만들겠다는 계산이 분명해. 무력통일이 불가능해지니까 이번에는 '통일·민족'이라는 깃발 뒤에 자신의 야욕을 감추고 있어. 남한에서 자신을 반대하는 자는 무조건 '반민족주의자', '반통일론자'로 몰고 가고 있는 거야. 김정일은 교활하지. 그의 '민족·통일'의 깃발 뒤에는 사상과 체제로 남조선을 흡수하려는 음모가 숨어 있단 말이야. 여기에 DJ정부가 맞장구 치고 있지…… 보라구, 언젠가는 인공기가 대한민국에서 펄럭일 날이 올 테니까. 돈을 주고 사서라도 이 정권은 인공기를 하늘 높이 매달 거야. 우리의 '경제흡수통일'이 아니라 북한식 '사상흡수통일'을 노리고 있는 거라구. 하지만 우리는 속지 않지. 아무리 일부 세력이 동조한다고 해도…… 안 돼. 이렇게 가다가는 반드시 역사가 뒤집혀. 이승만은 미국의 앞잡이, 박정희는 일본의 앞잡이. 그리고 두 전 대통령을 독재와 쿠데타의 상징으로 만들고, 김일성은 민족의 영웅, 구국의 영웅. 구국과 독립의 상징이 될 테니…… 엣, 퉤!

그는 차 창을 열고 힘껏 침을 뱉었다.

'DJ는 자책골의 명수야. 그것도 의도적으로. 그리고 김정일과 닮은 점이 많아. 인민이야 죽든 말든 자신의 명예나 안전, 사치에 힘쓰는 게 김정일이야. 아마 올여름 태풍이 휩쓸어 우리나라가 폐허가 되어도 눈 하나 깜빡하지 않고 자기 호화 개인주택 건설에만 신경쓸 DJ일 거야. 국민들은 IMF 왔다고 지하철에서 누더기 옷 입고 굶을 때, 온 국민들이 금반지 한 개라도 더 내놓으려고 줄을 설 때, 그 아들들은 기업체 돈 뜯고 있었거든. 과연 DJ가 몰랐을까? 몰랐다면 부패를 방치한 것이고, 알았다면 함께 해먹은 거지. 씨팔! 국민 세금으로 김정일한테 돈 펑펑 퍼붓고, 이런 탈북자들한테는 철저히 외면하니…… 그거 노벨 평화상 나한테 넘기든가, 양심껏 반납하라고.'

사람이야 굶어 죽든 얼어 죽든, 김정일은 별 관심이 없는 지도자다. 김정일을 측근에서 경호했다는 '이영국'이라는 경호원의 수기를 잠깐 훑어보자.

북한에서 아사자가 가장 많이 발생했다는 함경북도에 김정일은 '72호'라는 최대 호화 별장을 가지고 있으며, 이런 별장은 전국적으로 12곳이나 된다고 한다. 10층 규모에 연건평 8천 평에 달한다고 한다니, 이건 세계적인 갑부라도 두 손을 들 일이다. 차고에는 세계적인 명품들만 100여 대가 빼곡이 들어 있고, 그의 경호원들에게는 최고의 대우를 해 주어 충성케 한다.

김정일을 비방하기 위한 날조된 표현이 아니다. 그를 최측근에서 경호하며 보아왔던 사실이다.

평양과 서울을 머릿속으로 오가며 두서 없이 비난을 퍼붓던 그의 머리에 언젠가 읽은 한 기자의 글이 머리에 떠올랐다.

북한 정권의 통일전략은 적화통일이다. 한반도 전체를 김정일 체제 하에 넣겠다는 것이다. 더 구체적으로 정리하면 한반도 남쪽에서 외세를 몰아내고 전국적 범위에서 민족적 자주성을 회복하는 것이다. 여기서 외세는 미국이고, 상징적으로는 주한 미군이다.

북한 정권은 대한민국을 미국의 식민지로 본다. 미국이 주한 미군을 통해서 대한민국을 지배, 착취하고 있다고 보는 것이다. 북한 정권은 이런 통일전략을 민족해방이라고 표현하기도 하고, 자주성 회복이라고 말하기도 한다. 북한 정권이 자주라고 말할 때, 그 뜻은 사전적 의미가 아니며 정치적 의미로서 주한 미군의 철수를 뜻한다. 이 민족적 자주성을 회복하기 위한 방법으로써 저들이 내세우는 것은 민족 대단결이다. 그들은 더 이상 프롤레타리아 계급 혁명을 내세우지 않는다. 민족이 이념을 초월하여 대단결하여 미국을 몰아내고 자주성을 회복하자는 것이다.

그 구체적인 전술은 통일전선이다. 대한민국의 주류층과 미국에 반대하는 사람들은 모두 동지라고 규정하고 그가 기업인이든 공무원이든 손을 잡고, 미국과 그 주구 세력인 대한민국 수호 세력을 타도하자는 전략인 것이다.

민족과 자주를 앞세운 김정일의 통일전선전략을 경계하자. 주한 미군 철수는 이 전략의 핵심이다. 주한 미군 철수를 포기했다는 주장은 적화통일을 포기했다는 의미이고, 더 이상 조선인민민주주의공화국이 아니란 얘기다.

김대중 대통령이 지난해 평양회담 이후, 김정일이 주한 미군 철수 요구를 포기했다고 말하고 다니는 것은 이런 점에는 남한 국민들의 김정일에 대한 경계심을 이완시킬 위험성을 내포한다.

김정일의 통일전략은 대한민국 정부가 좌익이 주도하는 정변에 의하여 좌익 정권으로 교체되는 것을 목표로 하고 있다.

아무리 남북한이 평화협정을 맺고 불가침조약을 맺어도, 또 김정일이 아무리 주한 미군이 통일 이후에까지도 주둔하는 것을 용인한다고 떠들어도 대한민국이 공산 정권으로 교체되면 그날로 통일이 이뤄지는 것이니 만큼 그런 약속과 보장은 의미가 없는 것이다.

오히려 김정일은 평화협정이니 주한 미군 계속 주둔이니 연방제 통일론이니 하는 것은, 남한 내의 혁명 분위기가 성숙되는 방향으로 이용하기 때문에 김정일의 전술을 믿고 진실된 대화를 하겠다는 것은 자해행위自害行爲나 다름없다. 아무리 남한이 모든 면에서 북한을 압도한다고 해도, 북한이 망하기 전에 남한이 먼저 자중지란을 일으켜 자해하고, 그 연장선상에서 자살의 길을 선택한다면 아무도 한국을 도울 수 없는 일이다. 우리는 우리 곁에서 대한민국의 자해행위를 선동하고 자살하도록 권유하며 돌아다니는 내부의 적을 경계하고 단속해야 할 것이다.

지금 남북관계는 누가 민족을 대표하는가 하는 것을 놓고 벌이는 권력투쟁이다. 그리고 어떤 체제와 이념으로 국가를 통치할 것인가를 놓고 선택하는 싸움이다.

대한민국은 모든 국민에게 선택권이 있지만 북한은 김정일 최고 지도자 한 사람이 결정한다. 그래서 대한민국은 의견이 분분하지만 그래서 외형적으로 어수선해 보이지만 그 속에 질서를 가지고 잘 움직인다. 다수의 의견이 항상 우위를 차지하기 때문이다.

그러나 북한은 1인의 지배에 의지한다. 언뜻 보기에는 일사분란하게 움직이는 것 같지만, 통치자 한 사람의 생각이 잘못되었을 때 모든 국민이 희생당한다. 그리고 저항하지 못한다.

그러나 사상전思想戰에서는 1인 지배 체제가 강하다. 그것도 단기전에서는 더 그렇다. 왜냐하면 지도자의 능력이 검증되기 어렵기 때문이다. 히틀러가 그랬고, 스탈린이 그랬고, 김일성, 김정일이 그렇다.

김정일은 어수선한 한국을 우습게 보고 사상접수, 무혈접수를 노리고 있다. 그 이유는 그에게 동조하는 정신나간 세력이 있기 때문이다.

"그럴 수는 없지. 그렇게 쉽게는 안 돼!"

탈북자를 돕기 위해, 낯선 중국 땅으로 건너왔다는 이 트럭 기사는 머리를 절레절레 흔들었다.

안타까운 것은 국내에 정돈되지 않은 북한관을 가지고 있는 진보 세력이 많은데 그들은 한결같이 박정희, 이승만을 비난하고 있다. 독재자! 군사파쇼! 그러면서도 그들이 김일성이나 김정일을 비난하는 것 또한 본 일이 없다.

그렇다면 그들은 진보 세력이 아니라 친북 세력인 것이다. 내부에 자중지란을 일으키는, 자해행위를 하는…… 일부러 자살골을 넣으려는 세력으로밖에 달리 평가할 방법이 없다.

김일성, 즉 김정일의 아버지. 그가 누구인가. 과연 독립투사며 민족애民族愛를 가지고 있는 인물인가? 해방과 동시, 스탈린은 북한 지도자로 김일성, 박헌영, 조만식, 김책 등을 놓고 저울질하다가 평양에 진주하고 있던 소련군 25군 정치사령부 정치담당관이었던 메크

레르 중좌의 후원을 업고, 스탈린으로부터 지도자 낙점을 받아 평양을 접수한 인물이다.

그 후, 그는 조만식, 박헌영을 희생타로 만들어 실질적으로 정권을 잡은 후, 스탈린의 지원으로 대 민족상잔의 6·25를 일으킨 민족의 반역자가 아닌가.

김정일은 누군가. 바로 그 아들이다. 대한민국을 향해 수없는 테러와 납치와 전쟁 위협을 하며 괴롭혔고, 북한 동포를 수십만 아사시킨 장본인 아닌가.

김일성 그가 진정한 항일전투의 영웅이라면 중국 8로군八路軍에서 해방투쟁에 앞장섰던 무정武亭은 왜 없애버렸는가. 그는 단지 권력욕이 앞선 독재자일뿐이다. 죽을 때까지 권좌에서 물러나지 않았고, 그 빈자리를 아들이 이어받았다. 그런데도 남한의 진보 세력은 단 한마디도 그들을 향해 비난하지 않고 있다.

'아무리 사상의 자유가 있다지만 이건 너무한 거야. 너희들이 자식을 불꽃 속에 던지는 모습을 봤어야 했는데……'

"카!"

그는 또 한 번 척박한 중국 땅에 침을 뱉었다. 김일성, 김정일을 비난하자면 일 년 열두 달 밤낮을 가리지 않고 해도 모자랄 것이다.

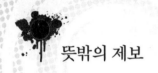

뜻밖의 제보

　겨우 영하 8도인데도 사람들은 어깨를 웅크리고 손을 비비며 종종 걸음을 걸었다.

　"날씨 되게 추워졌는데."

　"글쎄 말이야. 이거 갑자기 또 한파가 몰려오니. 가세, 가서 복국이라도 한 그릇 하자구. 오늘은 내가 한 잔 살 테니."

　30대 중후반의 남자들이다. 양복을 입고 넥타이를 맨 젊은층 사내들이지만 그리 단정해 보이지는 않았다. 다들 두터운 겨울 점퍼를 입고 있었다.

　그들은 무교동으로 건너가 '마산 복국집'이라는 간판이 걸린 식당으로 몰려갔다. 점심시간을 약간 넘긴 시간이라 그런지, 손님들은 별반 보이지 않았다.

　근처 한 신문사 특집부 기자들이다. 점심을 사겠다던 기자가 가장 선배로 보였다. 그가 김성수金性洙 차장이다. 김 차장이 주인을 향해 소리쳤다.

"아줌마, 소주 두 병하고 복지리 네 개요. 소주하고 김치부터 먼저 주세요."

"네, 알았어요…… 에이구, 성급하긴."

단골집인 모양이다. 소주와 기본 반찬이 들어오자, 서로 술을 따르며 추위를 녹이기 시작했고, 화제는 월드컵으로 옮겨갔다. 때마침 히딩크 사단이 북중미 골드컵에 출전하여 신통치 않은 성적을 내고 남미로 내려가 있을 무렵이다.

"거, 그래가지고 되겠어요? 김 선배!"

후배 하나가 불만을 토했고, 다른 하나가 맞장구를 쳤다.

"글쎄, 체력단련한다고 파김치를 만들어 놓았으니 공을 찰 수가 있어야지."

"히딩크 돈만 챙기고 떠나는 거 아냐?"

잠자코 있던 김 차장이 반론을 제기했다.

"아직 속단할 때는 아냐. 히딩크는 세계적인 감독이라고. 그동안 우리는 너무 우물 안 개구리식으로 훈련했어. 뭔가 보여주겠지."

"아따, 김 선배. 히딩크가 이주일인가요? 보여주긴 뭘 보여줘요. 십육 강은커녕 일 승도 못하겠더구만."

"참, 근데 말이예요. 미국이 쎄긴 쎄더군요. 소련이 칠 년이나 싸웠어도 아프가니스탄 잡지 못했는데, 회의적인 시각에도 불구하고 전쟁 잘 치르고 있던데요."

"옛날하곤 다르지. 이젠 전자장비 무기 체제로 완전히 틀을 잡았으니까."

"그건 그렇고 빈 라덴도 그거 대단한 놈 아네요?"

"그럼! 일본 빼놓고 미국을 상대로 전쟁을 벌인 건 이번이 처음이니까."

술잔이 오고 가고, 복국이 들어와 후후 불며 먹기 시작할 때, 김 차장의 휴대폰 전화가 요란스럽게 울려왔다.

'뭐야 제길, 밥 먹는데…….'

"김 차장, 김 차장. 나야!"

"네? 국장님. 웬일이세요?"

편집국장의 다급한 목소리다.

"지금 어디 있어!"

"무교동에서 식사 중인데요."

"식사? 숟갈 놓고, 빨리 뛰어 들어와. 급한 일인데 내용은 오면 얘기할게."

제길. 그는 입에 물고 있던 소주를 뱉어내고, 복어 고기 몇 점을 집어 정신없이 씹어대며 밖으로 뛰어나갔다.

"먹지도 못하고 점심값 낼 수는 없으니까 알아서들 하라구. 나 먼저 가."

"김 차장, 꼭 저렇다니까."

하지만 김성수는 이미 무교동을 빠져나가 신문사로 달려가고 있었다.

김 차장이 들어오자, 국장이 그의 집무실로 불러들였다.

"무슨 일이에요."

"김 차장이 북한문제 전담으로 맡고 있지."

"네, 근데……."

"사실은 오늘 중국에서 제보가 하나 들어왔어. 내가 잘 아는 분인데, 탈북자 돕겠다며 중국에 가 있는 분이거든."

"근데요?"

"평양에서 고위층 부인이 아들과 함께 압록강을 건너 탈북했다는 거야."

"네?"

'이런 일은 종종 있는 일이지만 고위층 부인이, 그것도 압록강을 건너 탈출했다면 특종이 될 수도 있다.'

"그거 특종감 아닙니까."

"김칫국부터 마시지 마."

"고위층 부인이면 남편은 누군지 아시나요? 그 제보는……."

"어쨌든 굉장히 중요한 사건인가 봐. 도와줄 사람이 꼭 필요하다는 거야. 소문없이 귀국시켜야 하는데…… 어쨌든 내일 베이징으로 가 봐."

"내일? 베이징으로요?"

"벌써 비행기 예약해 놓았으니 잔말하지 말고 준비해…… 김 차장. 이건 특급비밀이야. 마누라한테도 말해서는 안 돼. 알았지!"

"네…… 저, 근데…… 그 남편이 누굽니까."

"이…동호라든가? 난, 전혀 생소한 이름이야. 가서 어떤 사정으로 탈북했는지, 남편은 어떤 위치에 있는지 취재해 봐. 만약 비밀리 데려와야 한다면 그 여자의 신분도 비밀에 붙여야 하니까. 제보자는 중국에 가면 만날 수 있을 거야. 가, 어서 준비하라구."

"알겠습니다."

'이동호…… 이동호…… 이동호.'

책상에 돌아와 컴퓨터로 자신의 파일을 찾고 있는 김 차장 머리에 이동호는 아주 낯선 이름은 아니었다.

북한에 관한 정보는 하나하나 입력시켜 제법 많은 파일을 축적해 놓고 있다. 하지만 저장된 파일에 이동호는 없었다.

그는 손으로 턱을 괸 채 곰곰이 생각하기 시작했다. 왜냐하면 틀림없이 북한 측 정보에서 들은 이름이기 때문이다. 아! 이제사 그의 머리에 전광석화처럼 떠오르는 기억이 있다. 러시아 하바로프스크에서 훈련 중 사망했다고 보도하는 평양 뉴스를 들은 기억이 떠오른 것이다.

'역시 난 컴퓨터야!'

득의만만한 미소를 지으며 집으로 전화를 걸었다. 아내에게 내일 베이징으로 가니 준비를 좀 해 달라는 부탁이다. 이런 일에는 그의 아내도 익숙해 있다. '알았어요.' 하면 그뿐이다.

통화를 끝낸 김 차장은 생각하기 시작했다. 두뇌 회전이 빠르고 판단력이 정확하기로 정평이 나 있다. 차기 부장감으로 손색이 없는 그다. 그의 그런 머리가 돌아가고 있는 것이다.

'뭔가 냄새가 나…… 이동호는 러시아 훈련에 참가했다가 죽었다고 보도되었는데, 그의 아내가 압록강을 건너 탈북했다? 이건 논리가 맞지 않아. 훈장이라도 대신 받아야 할 입장 아닌가!'

그리고 그녀가 그 이동호의 부인이 틀림없는지도 확인할 필요가 있다.

그 무렵 북한 방송에서 북한의 사상 이론가이며 제2의 황장엽으로 불리우는 '연두흠'의 사망 보도도 있었지만 그것과 연관시키지는 못했다.

김 차장은 조금씩 흥분에 들뜨기 시작했다. 이상한 냄새를 맡은 것이다. 더구나 고위층 부인이 홀로 탈출한 것은 이번이 처음이기 때문이다. 게다가 국장의 지시라면 더 그렇다. 국장은 국내에서 결성한 한 비밀조직에 깊이 간여하고 있다.

이 조직은 몇몇 종교단체와 사회단체가 모여 구성한 것인데, 그들의 임무는 중국 연변 일대에서 떠도는 탈북자들을 돕기도 하고, 또 직접 탈북을 지휘하기도 하는 단체다. 그러니까 김정애를 위해 트럭을 몰고 왔던 인물이 이 단체의 소속인 것이다. 그가 국장에게 이런 놀라운 정보를 제공했던 것이다.

그는 이렇게 연락을 주었다.

'며칠 전, 저는 도움을 청하는 평양 고위층의 부인인 한 여인을 압록강을 통하여 탈북시켰습니다. 부인의 남편은 현역장성으로 하바로프스크 러시아 기갑부대 훈련에 참관차 초대되어 갔다가 사망한 것으로 알려졌습니다만 평양 당국에서는 시신을 보내겠다는 약속도 없었고, 또 남편은 절대 죽지 않았을 것이라는 확신으로 탈북을 결심하게 되었다고 합니다. 이 부부는 김정일 체제에 반감을 품고 오래전부터 탈북을 계획해 왔기 때문에 남편 이동호도 지금쯤 서울로 귀순했을 거라는 부인의 말이었습니다. 아울러 우리나라에 최근 '이동호'라는 군 장성이 귀순한 일이 있는지 알아주시기 바라며, 부인과의 접촉을 위해 귀사의 기자 한 분을 보내주시면 감사하겠습니다. 신

분으로 보아 위협이 있을 수도 있으니 이 사실을 철저히 비밀에 붙여 주시기 바랍니다.'

대충 이런 요지의 내용이었다.

정부는 중국과의 외교문제로 탈북자에 대한 지원을 하지 못한다고 하지만, 사실은 김정일의 눈치를 보느라 방치하고 있는 실정이다. 만일, 정부가 의욕을 가지고 적극적으로 대처한다면, 굶어가며 중국을 떠도는 탈북자들을 난민으로 규정하여 보호시설쯤은 만들 수 있는 일이다.

'정부가 움직이지 않으면 우리가 움직이지. 어차피 이 정부는 김정일 비위에 거슬리는 일은 하지 못하니까.'

국장은 이러한 조직에 적극 협조하고 있다. 굶어 죽는 탈북자들을 돕는 것이 바로 통일로 가는 길이라고 생각했다. 그들을 외면해서도 안 되고, 이런 사태를 침묵해서도 안 된다.

운동장에 인공기 깃발 꽂고 같이 축구하고, 연예인들이 평양에 가서 노래 부른다고 통일이 되는 것이 아니다.

통일에 관한한 이 정부는 '반통일노선'을 열심히 달리고 있는 것이다. 반통일론자는 바로 지금 추진하고 있는 대북정책 입안자立案者들이다. 그는 언젠가 사석에서 이런 말을 한 일이 있었다.

"이건 '햇볕정책'이 아니다. 위장된 '햇볕정책'이다. 김정일이 왜 그늘인가. 진짜 그늘은 약 없어 죽고, 쌀 없어 죽는 인민들이다. 김정일이 정말 통일을 원하는가? 정말 북한 국민들을 사랑하는가? 그렇다면 왜 우리 의료진을 불러 전국 방방곡곡에 풀어놓지 않는가. 왜 우리에게 직접 쌀을 전달하라고 하지 않는가. 우리에게는 그만한 힘이 있지 않은가. 왜 TV는 매일 평양만 보여주는가. 왜 북한의 실정을 그대로 고백하지 않는가. 이런 사실을 DJ는 대통령으로서 생각하지 않는다는 말인가. 햇볕은 그늘에 필요하지 햇볕이 햇볕에게 무얼 도와주겠다는 말인가! 또 통일, 통일 하는데 어떻게 통일하자는 것인가. 체제는 어떻게 하며 사상은 어떻게 할 것인가. 체제의 변화가 있어야 한다. 남·북 어디든 자신의 사상과 체제를 포기해야 통일이 되는데, 그럼 우리에게 공산당 하자는 얘기인가, 김정일에게 민주적으로 대통령에 출마하라는 말인가. 그것이 가능한가? 통일정책은 이렇게 해서는 안 된다. 우리만 혼란에 빠지며, 우리만 남남갈등으로 진화한다. 이건 이적행위다."

국장의 생각은 너무나 확고했다.

다음날, 오후 1시. 인천공항을 출발하여 베이징으로 가는 아시아나 여객기에 김성수는 탑승하고 있었다.

떠나기 전, 그는 국장과 꽤 많은 대화를 주고받았다. 국장은 다음 몇 가지 취재 포인트를 알려주었다.

첫째, 탈북의 정확한 이유를 알아보라.

둘째, 이동호의 북한에서의 위치와 그가 왜 러시아를 갔는지.

셋째, 왜 이동호가 서울에 있다고 믿고 있는지.

넷째, 서울로 오기를 정말 희망하는지.

'어떤 사람일까?

하지만 이것은 압록강을 건너 북한을 탈출했다는 그 여인을 염두에 둔 말이 아니다. 이동호, 바로 그 인물에 대한 궁금증과 호기심 때문이다.

장성이라면 적어도 김정일의 틀림없는 측근이어야 하며, 움직일 수 없는 신뢰를 바탕으로 별을 달았을 것이다. 그래야 그가 러시아군 훈련에 참관할 수도 있다. 문제는 그의 죽음과 부인의 탈출이며 두 부부 간에 탈북의 약속이 있지 않았나 하는 점이다. 어쩌면 이동호는 죽음을 위장하여 한국으로 탈출했는지도 모를 일이다.

만일, 두 부부의 문제를 비밀에 붙여야 한다면 붙여야 한다. 특종 보다는 두 부부의 목숨이 더 중요하니까. 하지만 모든 사건이 완전히 해결된다면 다큐멘터리로 쓴다고 해도 '특종' 이상의 효과를 볼 것 이다.

기대와 흥분이 교차되는 가운데, 여객기는 중국을 향해 하늘을 날고 있었다. 인천공항을 출발하여 두 시간이면 도착한다. 김 차장은 의자 를 젖히고 몸을 눕혔다. 작은 창밖에는 솜 같은 구름이 아름답게 떠 있었다.

김정애는 아침부터 마음이 설레어 마음의 중심을 잡지 못하고 있 었다. 그녀와 그녀의 아들은 연변을 통하여 중국의 수도 베이징까지 안내되어 왔다. 압록강 강변에서 딸을 태워죽인 아픔을 생각하면 당 장 자살이라도 해야 견딜 것 같지만, 그러나 앞으로 해야 할 일들이 더 많았다.

아들 선규도 서울로 데려가야 하고, 남편도 찾아야 한다. 선영이는 혹한의 벌판에서 피를 토하고 죽었지만 남편은 틀림없이 러시아를 탈출했을 것으로 믿어졌다.

다시 남편을 만나면 숨이 막혀 그녀도 그 자리에서 죽어버릴 것만 같았다. 이날 아침, 자신을 구출해 주었던 그 '장씨'라는 사람이 희망적인 말을 해 주었다.

"여하튼 이곳은 절대 안전한 장소입니다. 지금까지와 같이 마음 편하게 계세요. 밖으로 움직이지만 않으면 되니까요…… 사실 오늘 서울서 사람이 옵니다. 남편이신 이동호 장군의 안부를 가지고 올지도 모릅니다."

흥분되지 않는다면 그건 거짓말이다. 그녀는 혼자 계속 묻고 대답했다.

'남편 소식부터 물어봐야지. 살아 있다면 서울이든, 러시아든 일본이든, 지구 끝까지라도 찾아가겠다고 해야지. 우리가 다시 서울에서 살 수 있다면, 선규를 다시 학교에 보내고, 북조선의 실상을 낱낱이 폭로해야지. 책을 써야지. 만일 만날 수 있다면 황장엽 선생님도 만나 봐야지.'

선규는 장씨라는 사람이 구해서 준 한국 소년소녀용 잡지를 정신없이 읽고 있었다. 세상에 태어나서 이렇게 재미있고 화려한 책을 처음 읽어 본다. 동생이 보고 싶고 불쌍해서 몇 번이나 울었지만, 지금은 아득히 잊은 채, 책에만 푹 빠져 있다.

김성수 차장은 사람들로 북적이는 공항 출구를 통하여 대합실로 나섰다. 두리번거리며 영접 나온 사람들을 찾아보았다. 저쪽 한구석에 자신의 이름이 적힌 피켓을 들고 있는 사람이 보였다. 두터운 점퍼를 입은 40대 중반쯤 되어 보이는 남자였다.

김 차장은 피켓을 든 남자 앞으로 걸어갔다.

"제가 김성수인데요…… 혹."

"아! 그렇습니까. 그럼 홍 국장님이……."

"맞습니다. 이렇게 나와주셔서 대단히 감사합니다."

김 차장이 명함을 꺼내 넘겨주었다.

"오시느라 수고 많으셨습니다. 오히려 제가 감사 드려야죠. 홍봉수 국장님은 안녕하시죠? 아침에 통화는 나누었습니다. 자, 밖에 차를 대기시켰으니 가시죠."

인사를 마친 후, 두 사람은 공항 광장으로 나섰다. 주차장에 소형 승용차가 빈 채 서 있었다.

"타시죠. 제가 안내하겠습니다."

오후 4시가 가까웠다. 신문사에서 예약한 호텔에서 체크 인, 수속을 마친 뒤 다시 출발하여 어디론가 낯선 길을 달렸다.

"그래, 그 여인은 한국으로 갈 생각은 분명한 겁니까?"

"그렇습니다. 의지는 분명합니다. 조금만 더 가시면 은신처에서 뵙게 될 겁니다."

이름은 김정애, 서른여덟의 여인으로 열두 살 된 아들이 하나 있다고 했다. 장씨라는 사람은 운전을 하면서도 압록강을 건너 북한을 탈출하기까지의 눈물겨운 과정을 여과없이 그대로 들려주었다.

"딸아이 죽은 충격에서 벗어나는데 무척 힘들었습니다. 저러다 병이라도 나면 어쩌나 했는데, 그래도 무척 강한 여자였습니다. 제가 돈을 주고 산 조선족 한 명이 직접 건너가 데려왔는데 그런 일에 익숙한 사람인데도 중간에 몇 번 포기할 생각을 했답니다. 그러면서도 김정애 씨의 놀라운 투혼에 눌려 끝까지 견뎠다고 했습니다."

"강한 여자로군요. 어서 뵈었으면 좋겠습니다."

승용차는 도심 외곽으로 빠져 한 허름한 아파트에서 멈췄다.

"잘못하면 이곳 공안원에게 체포당할 수도 있어 이렇게 꽁꽁 숨겨
놓았죠. 자, 올라갑시다."

4층 계단에서 걸음이 멈춰졌고, 투박한 철문 앞에서 장씨는 주먹
으로 문을 두드렸다. 잠시 후 문이 열렸다. 스웨터를 입은 여인이 얼
굴을 내밀더니 문을 활짝 열어주었고, 두 사람은 빠른 동작으로 들
어섰다.

김정애라는 여인은 잘 생긴 미인형의 여인이었다. 키는 167센티 정
도, 북한 여자로서는 제법 큰 키에 속한다. 당당한 체격에 기품도 있
어 보였다.

"우리 모임에서 급하게 돈을 만들어 이곳을 얻었지요. 앞으로도 중
요한 인사를 모시게 될 경우 이곳을 은신처로 제공할 작정입니다."

약간의 과일과 커피가 준비되어 있었다.

"저, 김성수라고 합니다."

"반갑습니다."

깍듯한 예의를 갖추며 명함을 받아들었다.

"신문사에 계시는군요. 저 때문에 먼 길 오시느라 수고 많으셨겠습
니다. 감사합니다."

"아, 뭐 괜찮습니다. 험한 길 건너오시느라 고생이 만만치 않으셨
을 텐데요."

"장 선생님이 제 목숨의 은인입니다."

인사가 오가고 본격적인 대화가 시작되었다. 대화가 시작되기 전, 몇 커트의 사진도 찍었다.

"나중에 필요로 할 때 보도용으로 사용하겠습니다. 하지만 지금 보도가 되면 오히려 불리할 수도 있으니, 충분히 검토했다가 적절할 때 쓰겠습니다."

남편이 살아 있어 한국으로 간다면 보도는 가장 중요한 연락망이 될 것이다. 그렇다면 필요한 모두를 제공해야지. 김정애는 어색한대로 포즈를 취해 주었다.

그녀는 차분하고도 당당한 자세로 취재에 응했다. 그리고 장성의 부인이라는 위엄을 잃지 않으려는 노력의 흔적이 곳곳에서 보였다.

"몇 가지 질문을 좀 드리겠습니다. 먼저 탈북을 계획하신 분명한 이유를 먼저…… 그 정도의 계급이라면 상당한 대우를 받고 계셨을 텐데……."

"네, 저희들이 탈출을 계획한 것은 벌써 일 년이 넘었습니다. 우리 인민들이 굶어 죽고 헐벗는 광경을 목격한 뒤부터 이 나라를 떠나야겠다고 결심하게 되었습니다."

"네…… 그 참상과 권력자의 비합리적 행태는 우리도 잘 알고 있습니다. 그런데 부군께서 살아 계시다는 확신을 하시는 이유는……."

"신념이 있는 분입니다. 그분은 남북문제를 떠나서 자신의 부하들에게 밥 따뜻이 먹이지 못하고 옷, 양말, 하다 못해 치약 칫솔, 감기약 하나 제대로 보급하지 못하는 데 대한 자괴감에 시달려 왔고, 평양 상류층의 호화로운 생활에 분노하고 있었습니다. 애당초 마르크스주의가 수없는 모순을 안고 시작했는데, 이건 그 모순에 모순을 곱하기

해버렸죠. 일인 왕국, 일인 숭배의 이상한 나라로 변질시켜 버렸습니다. 탈북하여 서울에 가서 잘 살아 보겠다는 생각도 물론 있습니다만 북조선 정권으로는 절대 통일되지 않는다는 것을 알려주고 싶었습니다. 저의 남편은 그러한 사명감과 신념을 가지고 있는 분입니다. 그리고 저와 함께 탈출에 대해 그동안 많은 연구를 해 왔습니다."

"왜 하필 이 시점이 되었습니까. 엄동설한에……."

"북조선에 연두흠이라는 학자가 한 분 계십니다. 말하자면 지금 남조선에 가 계시는 황장엽 선생 같으신 분이죠. 그분이 얼마 전에…… 당국에서는 심장마비로 서거하셨다며 애도의 뜻을 표하고 후한 장례를 치렀습니다만, 저희들은 암살이라고 확신했습니다. 저나 남편이나 그분의 영향을 많이 받았는데, 어차피 우리도 숙청될 것이라면 이때 탈북하자고 했던 거죠. 장소만 다를 뿐, 이심전심 그렇게 약속하듯 도망쳐 나온 겁니다."

"만일 탈주하는 중 사망하셨다면?…… 이 장군 말입니다."

"아닙니다. 절대 죽지 않았습니다. 만일 지금까지 서울에 도착하지 않으셨다면 러시아로 찾아 떠날 겁니다."

"이번 탈북에 굳이 의미를 말씀하신다면?"

"저나 남편은 역사의 변화를 위한 발을 딛는 것이라고 생각하고 있습니다. 황장엽 선생께서 이 체제를 버리셨고, 우리 같은 확실히 신분보장이 되는 계급도 떠날 수 있다는 것을 보여주고 싶은 겁니다."

"죄송하지만 통일에 대해 생각하신 일은 있으신지요."

"통일을 하자면 먼저 북조선이 변해야 합니다. 일인 지배 체제가 없어져야 하고, 그 다음 자유시장경제 체제로 바뀌어야 합니다. 중국처럼 말입니다. 그리고 대일對日, 대미對美에 탄력이 붙어야 합니다. 미국, 일본에 문을 여는 것은 세계에 문을 여는 것과 같습니다. 하지만 김정일 일인 체제에서는 힘들죠. 개방은 곧 붕괴라는 등식이 성립되기 때문입니다. 북조선이 경제 자립에 어느 정도 성공하면 그때는 통일이 논의되어어야죠."

"저…… 이런 말씀 드려서 죄송합니다만…… 압록강을 건너면서 따님을…….."

"네, 피할 얘기는 아닌 듯싶군요…… 그래요."

잠시 그녀의 얼굴이 회한에 잠기고 있다는 것을 느낄 수 있었다.

"어차피 북조선이라는 나무는 쓰러집니다. 아니! 쓰러지고 있습니다. 그 과정에서는 먼저, 잔가지가 부러지게 마련이지요…… 죽은 자기 자식을 등에 업고, 조국을 탈출하겠다며 얼어붙은 강을 건너 보지 않은 에미가 어떻게 내 속을 알겠습니까. 예! 장렬하게 전사했습니다. 자유를 위해 투쟁하다 죽었습니다. 하지만 우리 선영이 죽음은 결코 헛되지 않을 겁니다."

그녀는 목이 메이는지 물을 한 컵 따뤄 마신 후 다시 말문을 열었다.

"북조선은 중국을 배워야 합니다. 그렇지 않고서는 살아갈 방법이 없습니다. 김정일이 도시 한 번 둘러보고서는 절대 바꾸지 못합니다."

"뭘, 배워야 한다고 생각하십니까."

"개인 우상의 철폐죠. 모택동은 끊임없이 자신의 우상화를 강요했습니다. 그래서 퇴보했죠. 그런데 등소평은 자신에 대한 우상화를 거부하고 실리實利를 택했습니다. 그래서 오히려 그가 더 존경받게 되었죠. 또 하나는…… 나라를 다스릴 지도자가 늘 바뀔 수 있도록 장치를 마련해야 합니다. 인민이 이렇게 굶어 죽어가는 데도 지도자가 바뀌지 않으면 영원히 그렇게 비극이 지속됩니다. 남조선처럼 잘못하면 국민이 정권을 주지 않는 민주적 제도 말입니다. 또 하나, 경제 제도가 바뀌어야 합니다. 일한 만큼 성과급을 주는…… 자신의 땅에서, 자신의 직장에서 열심히 일하고 그만큼 대가를 받는…… 바로 이 중국처럼 말입니다."

그녀의 눈가에 처음으로 이슬이 맺혔다. 아름다운 눈물이…….

잠시 말을 그친 그녀가 일어서더니 가방을 뒤지기 시작했다. 그리고 한 장의 사진을 꺼내 가져왔다.

"부탁입니다. 제 남편 사진입니다. 이동호. 자, 가져가세요. 찾으실 수 있으면 찾아주세요. 저도 서울로 갈 준비를 하겠습니다."

군복을 입고 당당한 자세로 서 있는 군인의 사진이다. 사진으로 보아도 매우 강인한 인상을 주는 영락없는 무관 스타일이다.

"한국에 없다면 아직도 하바로프스크에 있거나 블라디보스토크로 갔을 겁니다."

"모스크바는 아니구요?"

"네, 그 극동지역은 남편이 잘 아는 지역이지요. 젊은 시절, 소련 시절, 거기서 군사 아카데미를 수료했으니까요."

'하바로프스크나 블라디보스토크…… 음. 그렇다면 귀국해서 거길 좀 뒤져 보아야겠군. 만일 이동호를 찾는다면 이건 세계적인 뉴스가 될 거야. 그 전에 한국에서 통일에 환상을 가지고 있는 국민이나 친북 동조 세력에게는 한 방 먹이는 펀치가 될 것이고…….'

나이에 비해 그녀의 식견은 매우 탁월했다. 정치, 경제, 국제문제에 대해서도 해박한 지식을 갖추고 있었다.

"평양에서 공부는……."

"김일성대학 정치학부 우등생이었습니다. 중국어를 전공했고요."

"역시 그러시군요…… 자본주의에 대해서는……."

"역시 모순이 많겠죠. 빈부의 격차, 경제 제일주의에 따른 부패, 정신적 타락도 문제가 되겠지요. 하지만 그건 내부에서 적극적으로 개선할 문제라고 생각합니다. 어찌 됐든 공산주의로 퇴보할 수는 없지 않겠습니까? 그건 바보나 하는 짓입니다. 세계가 다 버린 쓰레기에서 먹을 것 찾겠다고 코를 들이대고 쿵쿵대는 개 같은 짓이죠. 어차피 유토피아는 존재하지 못합니다…… 저는 공산주의, 북조선만이 유토피아로 알고 살아왔습니다만 이젠 그런 거 믿지 않습니다."

그것은 사실이다. 인정할 것은 인정해야 한다. 권력자들의 부패, 가진 자들의 도덕 불감증, 성 문란과 퇴폐문화, 가진 자와 갖지 못한 자의 갈등…….

하지만 그런 문제는 인류사에 한 번도 빠지지 않았던 문제점들의 단골 메뉴다. 국가는 좀 더 적극적으로 이를 치료하기 위해 나서야 하는데…… 민주화, 대중정치를 부르짖던 DJ의 두 아들이 부패로 연루되어 구속이 되지 않았나. 없는 자는 더욱 헐벗게 되고…… 정권 교체 후에 또 어떤 엄청난 비리가 터질지, 마치 뇌관 뽑힌 폭탄과 같다.

그렇지만 그런 문제는 어느 정도 해결될 수 있다. 어떤 일이 있더라도 공산화는 안 된다. 또 그렇게 되지도 않을 것이다.

김 차장은 이 여인이 오히려 존경스러워졌다. 북한 고위층의 부인이라는 말만 듣고 찾아왔는데, 대화가 길면 길수록 이 여인에 대한 존경심을 금할 수가 없었다.

피를 토하며 죽은 딸을 업고, 얼어붙은 압록강을 건넜다는 사실만으로도 머리를 숙이지 않을 수 없었고, 세계에 대한 안목, 남편에 대한 그리움과 고위층 부인이라는 당당한 자존심…… 분명한 가치관이 그를 머리 숙이게 만들었다.

이건 서울의 여인들이 꼭 배워야 할 대목이다. 그저 돈에만 환장하여 뛰어다니는 복부인들, 밤마다 술에 취해 카바레나 드나드는 여성들, 남편 진급시키겠다며 돈 싸들고 윗분 찾아다니는 한국 장교의 부인들…….

만일, 이 여인이 서울에 와서 이를 모두 알아차린다면 얼마나 실망할까. 오히려 부끄럽기까지 하다.

벌써 날이 깊었다. 한두 시간 내에 호텔로 돌아가야 한다. 시간이 아쉽다.

"여사님. 제가 서울로 돌아가면 이동호 씨를 찾기 위해 최선을 다하겠습니다. 제 생각에도 반드시 살아 계실 것으로 믿어집니다. 신념이 강한 사람은 쉽게 무너지지 않거든요. 두 분이 서울에서 만나 눈물을 쏟는 장면을 꼭 보고 싶습니다. 그리고 어린 선규가 가방 메고 지하철 타고 학교에 가는 모습도 보고 싶구요. 그보다 먼저 서울로 무사히 돌아오실 방법이 필요할 것 같습니다."

화제가 귀순에 이르자 장씨의 얼굴이 어두워졌다.

얼마 전, 북한에 납북되었다가 북한을 탈출한 한 어부 출신 탈북자가 한국 대사관에 구원을 요청했었다. 하지만 대사관 직원은 세금도 안 낸 사람이라며 오히려 호통을 쳤다는 것이다. 이런 정신나간 정부에 어떻게 이런 탈북자를 맡길 수 있단 말인가. 더구나 이 여인은 그런 사실조차 모르고 있을 텐데…….

김 차장은 서울서 만나자며 악수를 청했다.

"무교동이란 곳에 맛 좋은 복어집이 있습니다. 어제도 거기서 점심을 먹었죠. 제가 두 분 부부 꼭 초청하고 싶습니다. 그때 뵙겠습니다."

"감사합니다. 기대하겠습니다."

그 여인이 김 차장의 악수를 받아주었다.

남 · 북의 피가 거기서 뜨겁게 흐르고 있었다.

(2권에 계속)